金田一探案集⑤

八墓村

〔日〕横沟正史 著　孙雅甜 译

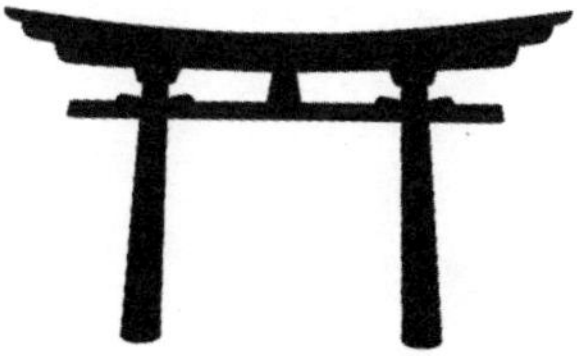

南海出版公司

新经典文化股份有限公司
www.readinglife.com
出　品

目录

序章

八墓村是鸟取县和冈山县交界处深山里的一个贫寒的小山村。

因为是在深山里，耕地自然很少，至多不过有一些十坪[①]或二十坪的水田零星分布在山中。再加上气候不好，收成不佳，不管怎样呼吁粮食增产，其出产的主食仅够勉强养活全村人口。

尽管如此，整个村子的生活却还算富裕，这是因为村民还有其他生计——烧炭和养牛。养牛是近两年才兴起的，烧炭从很久以前就是这个村子最主要的谋生之道了。

环绕着八墓村的山脉一直绵延至鸟取县，这些大山上长满了郁郁葱葱的橡树、栎树和柞树，所以从来不缺烧炭用的木材。从古时候起，这个地方的栎木炭在整个关西地区就很有名。

至于养牛，虽然近两年才兴起，如今却已经成为村子里重要的生财之道，比烧炭还要赚钱。这个地方的牛统称千屋牛，无论是做

---

①日本计量房屋和土地面积的单位，1 坪约为 3.3 平方米。

耕牛还是做肉食牛都很适合。当附近的新见举行牛市的时候，全国的牛贩子都会慕名前来。

因此村里的每一户人家几乎都会养上五六头牛，不过这些牛并不属于饲养人所有，而是村民从村里的大户那里领来牛犊，养大后卖掉，再以一定比例同出资者分成。换言之，普通农村里那种地主和佃户的关系在这里也存在，即便是深山里的一个小村子，也存在着巨大的贫富差距。八墓村共有两家大户，一家姓田治见，一家姓野村。田治见家在村东头，被称作东屋。为示区分，村民们便把野村家称作西屋。

最让人毛骨悚然的还是这个村子的名字——八墓村。

对于那些在这里出生、死亡，听着这个名字生活了一代又一代的人来说，也许早已不以为意。但那些第一次听到这个名字的异乡人，总有一种异样的感觉——这名字仿佛意味着某种所谓的可怕宿命。

的确如此。而且这个宿命发端于遥远的过去，足可追溯到距今三百八十余年的永禄[①]年间。

永禄九年七月六日，云州富田城主尼子义久向毛利元就投降，将月山城拱手让出。尼子义久麾下的一名贵族无法接受投降，这位年轻的武士率领七名近侍逃离了城池。据传，当时这八个人用三匹马驮载了三千两黄金，为的是日后能东山再起。他们翻山越岭，渡过湍急的河流，历尽千辛万苦，终于抵达了这个小山村。

村民们十分爽快地收留了这八位落魄的武士。武士们也被这深

---

①日本正亲町天皇在位期间使用的年号，时间为1558年到1570年。

山中质朴的民风所打动，心中踏实下来，便决定暂住在这里。他们化装成当地村民，开始从事烧炭的营生。

所幸这里是深山，作为藏身之处再合适不过。况且，若真是到了危急时刻，还有钟乳洞可作为绝佳的藏身之地。这一带的地层由石灰岩构成，若是下到山涧里，随处都能见到钟乳洞。据说其中还有深不见底的洞穴，就像八幡的灌木丛一样，从来没有人到达过幽深的洞穴底部。一旦追捕者追到这里，这些洞穴还可以作为最后的藏身之地。或许八位逃亡武士选定这个村子作为暂时的栖身之所，也是考虑到了这里的地形。

就这样过了半年有余，虽说是逃亡之人，日子倒也过得平安无事，也没有和村民起什么争执。

可是渐渐地，毛利一方的侦查越来越严格，终于有一天探子找到了这座深山里的小村庄。逃亡的大将毕竟是尼子一族中赫赫有名的年轻俊杰，若是让这种人活着，毛利家族必定后患无穷。

藏匿逃亡武士的村民们渐渐担心起自己的安危，毛利一方给出的悬赏金也令他们相当垂涎。比起悬赏金，他们更痴迷于那传说中用马运来的三千两黄金。只要把逃亡武士全部杀死，应该就没有人知道这三千两黄金的事了。就算毛利方面知道这件事，盘问黄金的下落，只要一口咬定“不知道、不清楚，从来没见过那种东西”，料想也能蒙混过关。

于是，村民们频繁聚在一起讨论，最终商定在某一天偷袭逃亡武士。那天，当所有的逃亡武士正聚在山里的烧炭小屋中烧炭之时，村民们包围了屋子，从三个方向点燃枯草放火，先断了他们的退路。接着，身强力壮的年轻人挥舞着厚刃刀和竹枪，杀进了烧炭小屋。

时逢乱世，即便是山野村民，也知晓战斗策略。

武士们被杀了个措手不及。当时他们早已对村民深信不疑，所以这次袭击可谓晴天霹雳。遇袭的地方是山中的烧炭小屋，他们并没有准备刀枪，只好抄起身边的柴刀和斧头投入战斗。毕竟寡不敌众，他们了无胜算。不久，一个武士倒下了，第二个也倒下了……最后，八名武士尽数死在了这帮村民的手上，不能不让人扼腕叹息。

村民们砍下了八名武士的头颅，放火烧了烧炭小屋，一路高唱着凯歌返回了村子。传说八颗头颅上都是一副悔恨至极的恐怖神色，让人一见之下顿起寒战。尤其是那位年轻首领悔恨的面容格外恐怖。据说他的头被村民粗暴地切下，沾满了鲜血，直到完全断气之前，一直大喊着："我要诅咒这个村子七生七世！"如此怨愤，确在情理之中。

村民们凭着这八颗人头，顺利得到了毛利家族的赏金。可是，那最重要的三千两黄金却无论如何也寻不到下落。他们拼命寻找，扒开草根，凿穿岩石，甚至挖掘山谷，最终却无功而返。不仅如此，在寻找黄金的过程中，还发生了许多不祥的怪事。

有人在钟乳洞洞底寻宝时突然遇上了塌方，死得十分凄惨。有人在挖掘岩石一角时，悬崖突然塌陷，脚底打滑跌入谷底受了重伤，最后成了跛子。还有一个人，在挖树根时被突然倒下来的树压死了。

这样的怪事接二连三，终于有一天，发生了一件事，将村民彻底抛入了恐惧的深渊。

事情发生在八名逃亡武士被残忍杀害半年之后。这一年不知为何本地的雷暴天气特别多，经常有雷击事件发生。人们觉得这或许是八名武士的怨恨所致，整日惴惴不安，惶惶度日。一天，村长田治见庄左卫门宅邸里的大杉树被雷劈了，彻底裂成了两半，直至根部。

这位田治见庄左卫门不是别人，正是偷袭武士事件的牵头人。自从那件事以后，他整日郁郁寡欢，经常会有一些发狂的举动，家仆也只能跟着他日日提心吊胆。谁曾想偏偏在这个时候杉树遭了雷击，庄左卫门顿时发了狂，嗖的一下拔刀出鞘，猛地砍倒了两三名家仆，飞奔出门，将迎面走来的村民尽数横刀砍倒，最后跑进山里自刎而死。

不论细节是否有出入，这桩事件都导致了十几个受害者。庄左卫门一刀致死的共有七人，再加上他自己，有八个人同时死亡。想必这也是那八位被残忍杀害的武士的怨恨所致！人们因此惧怕不已。

为了安抚八人的灵魂，村民们挖出了曾被视同猫狗一般胡乱掩埋的八具尸骨，重新郑重埋葬，并且立起了八块墓碑，将八人当作神明来供拜。这便是村后山丘上的八墓明神的来历，村子也因此得名。

以上是从遥远的古代流传下来的有关八墓村的故事。

常言道，历史会再度上演。最近几年，在这个深山中的小村发生了一起轰动全国的恶性事件，那正是我即将在这里叙述的诡异事件的直接导火索。

那是大正[①] × 年，距今已二十多年了。被称作东屋的田治见家当时的主人叫作要藏，时年三十六岁。田治见家自庄左卫门之后，代代都遗传疯病，要藏也不例外。从年轻时起，他便常有粗暴残虐的

①日本嘉仁天皇在位期间使用的年号，时间为 1912 年到 1926 年。

举动。二十岁那年，他和一个叫纪纱的女人结了婚，育有久弥和春代两个孩子。

要藏的父母在他很小的时候就去世了，他是被两位姑母抚养长大的。该事件发生时，田治见家的家族成员有要藏夫妇、十五岁的儿子久弥、八岁的女儿春代，还有两位姑母。

这两位姑母是孪生姐妹，两人终生未嫁。在要藏的双亲去世以后，她们成了田治见家所有事务的实际指挥者。要藏原本还有一个弟弟，但他被过继到母亲娘家继承家业，早早便离开了家，连姓氏也改成了里村。

在事件发生前的两三年，早已有妻有子的要藏突然开始了一段热烈的恋情，爱上了村里一名牛贩子的女儿。当时这姑娘从高等小学校毕业，正在邮电局做职员，芳龄十九，名曰鹤子。

前文已述，要藏是个粗暴残虐的男子，所以他的爱情也像烈火般炽烈而凶猛。一天，他堵在鹤子下班的路上，强行把她掳到自家的仓库，粗暴地侵犯了她。不仅如此，他还把鹤子囚禁在仓库里，把她当成自己变态情欲的牺牲品，发了疯似的对她百般折磨。

鹤子哭叫着求救。两位姑母和妻子纪纱得知此事后大吃一惊，苦苦劝告要藏，可是要藏十分固执，就是听不进去。鹤子的父母也惊惧不已，连忙跑到要藏面前，哭着央求他把女儿还给他们，可是要藏一句话就冷冷拒绝了。若是周围的人出言相劝，要藏就会两眼放出凶光，那副样子仿佛不知会做出怎样残暴的举动。

人们唯恐要藏发病，思来想去，只有说服鹤子做他的小妾这一条路了。最初鹤子宁死不从，可是即便她摇头，也改变不了什么。仓库的钥匙在要藏手里，他想来就来，动用暴力遂了心愿便扬长而去。

渐渐地，鹤子也开始动脑筋了。事已至此，不如乖乖答应下来，做要藏的小妾，如此就能从这个仓库脱身了。只要能出去，总会有逃脱的办法。鹤子下定了决心，便通过父母把这个意思转达给要藏。

要藏自然喜不自胜，立刻将鹤子放了出来，安置在一栋别院里。还给她置办了和服、头饰、日用品，各式各样稀罕的物品简直应有尽有。要藏对鹤子宠爱有加，整日整夜地泡在别院里，昼夜不停地爱抚她的肉体。

鹤子对此极为恐惧。据说要藏的情欲猛烈得近乎疯狂，普通女子断然接受不了。忍无可忍的鹤子多次试图逃跑，可是每次要藏都会发疯似的大闹一通，吓得村民们不知所措，跑到鹤子那里苦苦哀求。虽然极不情愿，鹤子终究不得不一次次回到要藏身边。

日子就这样一天天过去。鹤子怀孕了，生下了一个男孩。要藏大喜过望，给孩子起名辰弥。人们都觉得，孩子也出生了，鹤子应该能安定下来了。可此后她仍旧抱着孩子一次次地离家出走。说起个中缘由，孩子出生后，要藏那激烈的情欲丝毫没有改变。不，准确地说，要藏固执地认为，既然为他生下了孩子，这个女人就完完全全属于他了。所以他开始变本加厉地折磨鹤子，极尽猖狂丑陋之态。

鹤子频繁出走，既是因为忍受不了要藏的折磨，另外还有一个更深刻的缘由。她的父母和村民们也是到了此时才渐渐察觉出来。

鹤子以前曾有过一个私订终身的爱人。那个青年是村里的小学教师，名叫龟井阳一。教师这个身份将两人的恋情隐藏得很好。龟井并不是这个村里的人，而是从外地调过来的。他对此地的地质很感兴趣，经常去钟乳洞探险。人们就此推测两人应该是在人迹罕至的钟乳洞深处幽会。

村里人口无遮拦，一旦明白了是怎么回事，便开始对辰弥的身世说三道四。

“那孩子不是田治见家老爷的种，是龟井老师的。”

在这小小的村子里，这样的流言蜚语注定会传入要藏的耳朵。要藏的愤怒如烈火般燃烧起来。正所谓爱之深，恨之切，要藏抓住鹤子的头发拳打脚踢，甚至扒光她的衣服，往她身上泼冷水。之前他对辰弥百般疼爱，现在竟然用烧得滚烫的火钳猛烫辰弥的后背和大腿。

如此下去孩子和自己都会被这个禽兽杀了！鹤子实在忍无可忍，便又抱起辰弥逃出了家。她在父母那里躲了两三天，可是听别人讲述了她走后要藏发怒的样子，她愈发害怕，便逃出家乡，跑到姬路的亲戚家里躲了起来。

鹤子出走后的四五天里，要藏终日喝得酩酊大醉，等待她归来。以前鹤子即便离家出走，不出三两天，她的父母或是村民代表就会前来道歉，并把她带回来。可是这次要藏等了五天直到十天，鹤子也没有回来。等待的焦躁让他渐渐变得狂乱起来。两位姑母和妻子都吓得不敢靠近，村里也没人敢来斡旋了。

就这样，要藏的疯狂终于爆发了。

那是四月下旬的一天晚上。山里的春天总是姗姗来迟，村里人家还用着被炉。

村民们被突如其来的枪声和不寻常的惨叫声惊醒。枪声不止一下，隔了一会儿又听到了第二枪、第三枪。惨叫声、呼喊声和求救声越来越大。人们想要探个究竟，纷纷走出家门，结果看见了一个装束甚是诡异的男人。

那人穿着一件立领西服，扎着绑腿，脚穿草鞋，额头上缠着白色的缠头巾。缠头巾上还绑着两支打开的棒状手电筒，就像头上长了两只发光的犄角。胸前也垂着一支发亮的松下牌手电筒，简直就像丑时参拜神社时挂的镜子一样。西装外面系着用整幅布捋成的腰带，上插一把日本刀，单手端着一支猎枪。村里人见状都吓得丢了魂，一动也动不了。就算没被吓呆，也在逃跑之前便被那人开枪击中，眨眼间倒在地上。

此人便是要藏。

这身装束的他先是一刀砍死了妻子，接着便发疯似的跑出了家门。他终究还是没能对姑母和孩子下手。可是，他却肆意屠杀无辜的村民，要么砍倒后扔到一旁，要么用猎枪狙击。

根据后来的调查，有一户人家听到敲门声，主人便不假思索地打开了大门，结果砰的一声中枪倒地。还有一对年轻的新婚夫妇刚刚睡下，要藏便把防雨窗撬开一寸大小的缝隙，塞进枪口，杀了新郎。被枪声惊醒的新娘逃到墙角，双手合十求饶，可是要藏仍砰的一声取了她的性命。后来，负责的官员赶到现场后，看见保持双手合十的姿势死去的年轻新娘，不由得洒下了眼泪。这位新娘是半个月之前刚刚从十里外的村子嫁到这里的，和要藏毫无瓜葛。

就这样，要藏一夜之间令整个村子陷入腥风血雨。天快亮时，他逃进了山里，恐怖的一夜终于结束了。

第二天，紧急通报发出后，从附近的町和村涌来了大批警察和报社记者。而此时，八墓村早已成为一片血海，到处都横着沾满鲜血的尸体。每一户家庭都传出濒死的呻吟声，还有一些尚未断气的伤者发出呼救声。

被要藏打成重伤和轻伤者不计其数，当场死亡的就有三十二人，实在是惨不忍睹，令人发指，据说这在世界犯罪史上也是绝无仅有。

不仅如此，逃进山里的重犯要藏一直下落不明。警察、消防队员和村里的年轻人组成的搜查队将附近的大山搜了个遍，就连钟乳洞也一个不落地深入洞底。搜查行动持续数月，没能找到要藏，但发现了许多他一直活着的证据。曾经有人发现牛被射杀了，而且肉被剜走了一些。（这个地方的牛冬天会被拴在牛棚里，到了春天则被放到山上吃野草，连着好几天优哉游哉地从这个山头走到那个山头，一不小心甚至会溜达到鸟取县。每过半个月或一个月，它们想吃盐了，便会恬不知耻地晃下山来，回到主人身边。）在那头死牛旁边，还留下了用火药点火烤肉的痕迹。

这件事说明，逃进山里的要藏丝毫无意自杀，反而有着强烈的生存欲望。这再次将村民们打入新的恐怖深渊。

要藏的下落至今无人知晓。不管怎样，他已逃进山里二十多年，依常识判断，他根本不可能活那么久。然而，村里却有不少人一直在固执地否定这种说法。而认定要藏还活着的根据甚是可笑。

当时，被要藏当场杀死的是三十二人。三十二正好是八的倍数，即八墓明神的八块墓地分别要走了四份活祭品。若是要藏死了，祭品就会多出一份。不仅如此，赞同这个说法的人最后必定会加上这样一句："有了第二次就会有第三次。田治见的先祖庄左卫门是第一次，要藏算是第二次。如此看来，这样恐怖血腥的事件，迟早还会再发生一次。"

在八墓村，直到现在大人们还会这样吓唬哭闹的孩子：长着手电筒犄角的鬼要来了！孩子们听后，就会想起父母描述的那个魔鬼的样子：白色缠头巾上绑着两只发光的手电筒，胸前垂着一只松下牌手电筒，整幅布捋成的腰带上插着一把日本刀，单手端着一把猎枪。于是孩子们立刻吓得停止了哭泣。这是至今仍残留在八墓村人心中的噩梦。

那些与要藏发疯有着直接关系的人又怎样了呢？令人不可思议的是，当时被要藏杀害或打伤的人全都是和鹤子无关的人，相关之人却大抵都躲过了。

教师龟井阳一理应是要藏最为憎恨的人。当晚他去找邻村的和尚下围棋，命大地躲过了一劫。可是，或许是顾及村民的想法，事件发生后不久，他便远远离开村子，调到其他学校去了。

至于鹤子的父母，他们一听到屋外的骚动声，便料想一定出事了，于是逃到后院的草棚里躲了起来，也毫发未伤。

而引起这场骚动的罪魁祸首——鹤子母子，前文已述，二人逃往姬路的亲戚那里躲避风声，自然也安然无恙。

事件发生后，她曾被警察叫回村里，在村子里住了一段时间。然而村民对她实在是恨之入骨。如果她能一直老老实实地哄要藏高兴，我们怎会落得如此下场？——那些失去了父母、伴侣或孩子的人心中的憎恨之情着实无法释怀。

这样的恨意让鹤子如坐针毡，再加上人们怀疑要藏可能还活着，她无法忍受整日活在恐惧里，不久便抱着已经两岁的儿子逃出了村子，从此音讯全无。

就这样，二十六年过去了，到了昭和[1]二十 × 年。就像那位老人曾经说过的：有了第二次就会有第三次，八墓村又发生了一连串诡异的杀人事件。而且这次的事件和前两次不同，拖拖拉拉，接连不断，莫名其妙。八墓村又陷入了一种无法言说、令人毛骨悚然的恐怖氛围。

言归正传。开场白太过冗长了，下面就让我们揭开故事的序幕。在进入正题之前，请允许我事先声明：诸位读者即将读到的，是由一位在这个故事中扮演了重要角色的人士所写。至于我是怎样拿到了他的亲手记录，因为与故事无关，请允许我略去不谈。

---

①日本裕仁天皇在位期间使用的年号，时间为 1926 年到 1989 年。

第一章　寻人

从八墓村回来已经八个月，我的身心终于恢复了平静。

我坐在位于神户西郊小山丘上的新书斋里，一边欣赏如诗如画的淡路岛美景，一边静静地抽烟，心中却在感叹：我竟然能够活着回来！这是一种无比神奇的感觉。小说里经常出现这样的情节：由于极度恐惧，一夜白头。现在，我拿起桌上的镜子照了照，虽然没发现白发明显增多，可是仍旧有一种难以置信的感觉。我所经历的事情是如此恐怖。事后再来回想，当时无论我做出怎样的选择，似乎都是死路一条。

而现在，我不仅平安无事地活着，而且过上了比以前更幸福——不，应该说是做梦也想不到的幸福生活。我能有今天，多亏了一个叫作金田一耕助的人。若不是那位头发蓬乱、其貌不扬、语速缓慢、身材矮小的神奇侦探，我早已性命不保了。

金田一耕助曾对我说过一番话。当时事件已经解决，我正要离开八墓村。

“像你这般身处如此险境的人实在很少见。如果我是你，一定会把这三个月的经历写下来，留作终生的纪念。”

我回答：“我也是这样想的。一定会在某个时候——越快越好，在忘记之前，把这次事件的来龙去脉巨细靡遗地记录下来。我还会在文章中颂扬您的功绩。因为除此以外，我再也想不出其他能够报答您的方式了。”

我原本想尽快履行这一承诺，可经历的事情太过恐怖，身心都因此疲惫不堪，再加上我本就不习惯写文章，实在是觉得麻烦，所以一直拖到今日才兑现。

所幸我已经恢复了健康，最近不怎么做噩梦了，身体状态很好。虽说现在仍然对自己写的东西没有信心，但我倒也没打算写小说，只要把自己的遭遇如实记录下来就好。这是在汇报事实，是关于事实的陈述。或许事实的离奇恐怖程度多少能够挽救我拙劣的文笔吧。

八墓村——哦！即便只是想起这个名字，我依然战栗不已。这是一个多么令人厌恶的名字！这是一个多么令人厌恶的村庄！而那又是一起多么恐怖的事件！

八墓村——直到去年，长到二十七岁为止，我压根就不知道世上竟然还存在着名字如此诡异的村庄。我又怎能知道，自己竟然和这个村庄有重大关联？我模模糊糊地知道自己出生于冈山县，至于是在哪一个町、哪一个村，我就不知道了，也从来没想过要去了解。

自记事起，我就在神户长大，对乡下没有半点儿兴趣。母亲也说我们家在乡下没有亲戚，似乎总在努力避免提起老家的事。

啊！我的母亲！直到现在，当我闭上眼睛，眼前还能清晰浮现出在我七岁时去世的母亲的面容。就像所有幼年丧母的男孩一样，我也一直认为自己的母亲是这世界上最美的女人。母亲身材娇小，身体的每一个部位都仿佛缩小了一号。她的脸很小，五官也很秀气，长得端庄而精致，就像美丽的玩偶。她的手和幼时的我的手差不多大。母亲就是用这双小小的手，一刻不停地帮别人做针线活儿。母亲始终是一副沉默的样子，极少说话，更不怎么外出。可是，一旦她开口，那柔和的冈山方言就会像音乐一般在我耳边响起，令人惬意。

那个时候，有一件事一直折磨着我幼小的心灵，安静温和的母亲不知为何会在深夜里被某种可怕的疾病侵袭而发作。静静安睡的她会突然从床上坐起来，舌头因恐惧而痉挛，以很快的语速说出一些莫名其妙的话，不一会儿便猛地趴在枕头上号啕大哭起来。这样的事情经常发生。每当此时，被母亲惊醒的我和继父便会从左右两边呼唤她的名字，摇晃她的身体。可即便如此，她也很难冷静下来。她总是拼命地哭泣，直到筋疲力尽才倒在继父的臂弯里，像个孩子一样哽咽着睡去。继父会整夜抱着母亲，轻轻地抚摸她的背……

直到现在才明白母亲发病的原因。可怜的母亲，原来她有如此可怕的过去，那么她时常会因可怕的噩梦而发病也就不足为怪了。

回忆起当时的情景，我不禁对继父充满感激之情。后来，我因与他意见不合而离家出走，终未和解。这是我心中极大的遗憾。

我的继父名叫寺田虎造，是神户造船厂的工头。他足足大母亲十五岁，身材魁梧，脸膛发红，乍一看长得十分吓人。现在想来，他是一个心胸宽广的男子汉。我至今也不知道母亲和他是怎样结识的，他对母亲堪称百般呵护，对我也很是疼爱，所以很长一段时间我并不知道他是我的继父。户口名簿上也清楚地写着我是他的孩子，直到现在我的名字仍是寺田辰弥。

当初我唯一觉得奇怪的是，在我随身携带的护身符袋中有脐带出生证明，上面写着我是大正十一年出生，可是户籍上却写着大正十二年出生。所以今年我实际上已经二十九岁了，可是在世人面前却还是二十八岁。

这些暂且不说，前文已述，我的母亲在我七岁那年去世了。从那时起，我前半生真正的幸福便骤然而止，但随后的生活也并非十分凄惨。母亲去世后的第二年，继父娶了一位新妻子。这个女人和母亲不同，是个身材高大、性格开朗、毫无心机的人，继父又心胸宽广，所以后来他们一直照顾我，供我从小学读到了商业学校。

可是，不管怎样，没有血缘关系的亲子之间，总归缺了点什么。就好像乍一看没什么区别的饭菜，尝了以后才发现缺少了某种关键的调味料。再加上继母接二连三地生孩子，虽说她还不至于把我当作累赘，不过渐渐也对我有些疏远了。尽管这不是直接原因，但我从商业学校毕业的那一年，同继父大吵了一架，就此离开了家，投奔朋友。

自那以后便没有什么特别值得一提的事了。就像当时所有身体健康的青年一样，我在二十一岁那年应征入伍。很快被派往南方，度过了一段艰苦的岁月，于战争结束后的第二年复员。

我回到了神户，震惊地发现整座城市都已烧得面目全非。继父的家也被烧毁了，虽说我们曾经发生过冲突，可他毕竟是我此时唯一可以依靠的人。继母和弟弟妹妹们也下落不明。我打听到的消息称，造船厂被炸时，继父被炸弹碎片击中身亡。更糟糕的是，上战场之前我就职的商社破产了，不知何时才能重新营业。

我彻底走投无路了。幸运的是，在我学生时代结交的朋友当中有一个热心人，他帮我介绍了一家化妆品公司。这家公司业绩平平，但也没到做不下去的地步，所以这两年来我至少还能维持生活。

若是没有那件事，现在我应该还过着苦闷而平凡的日子。可是，突然之间，那件异常的事情发生了，犹如一点朱红滴在了我灰色的人生上。从此我经历了一系列令人眩晕的奇异冒险，踏入了足以冻结人鲜血的恐怖世界。

一切都是从那件事开始的。

我永远都不会忘记去年即昭和二十 × 年五月二十五日那一天。九点左右，我来到公司，很快就被科长叫去了。科长目不转睛地盯着我的脸，问道："寺田君，你是不是没听今早的广播？"

我回答"是的"，结果他追问："你的名字是辰弥，你父亲的名字叫虎造，没错吧？"

我心中纳闷得很，今天早晨的广播和我的名字、继父的名字有什么关系呢？但我还是答道："是。"

"看来没错了。寺田君，广播里有人在找你呢。"

我很吃惊。根据科长的转述，今早广播在寻人时段播放了这样一则寻人启事：如果有人知道寺田虎造的长子寺田辰弥的下落，请联系下面的机构。如果寺田辰弥听到了这段广播，请亲自来一趟。

"我把地址给抄下来了，就是这个。会是什么人在找你？你心中可有眉目？"

科长的笔记本上写着"北长狭大街三丁目日东大厦四层诹访律师事务所"。

看着这行字，我心中涌起一股奇特的感觉。如前所述，我的身世与孤儿无异。遭受战火而失散的继母和弟妹们或许还在某个地方生活着，不过他们应该不至于特意拜托律师通过广播寻找我的下落。如果继父还活着，也许会可怜我孤苦伶仃、无依无靠，四处找我。可他已经过世了。我实在想不出还有什么人会来找我。

我被这种奇特的感觉冲昏了头，正在发呆，只听科长说："不管怎样，还是去看看吧。既然有人找你，不能置之不理嘛。"

科长在给我打气。他又补充道，上午放你半天假，赶快去看看是怎么回事吧。想来他也是偶然间听到了广播，所以很是好奇吧。

我有些恍惚，又觉得自己好像一下子成了小说中的人物。最后我还是听从科长的建议，当即从公司出发了，一路上既期待又不安。不到半个小时，我便抵达了诹访律师事务所，在一间屋子里与诹访律师面对面坐了下来。

"啊！看来广播这个东西真是管用，没想到这么快就有回应了。"

诹访律师皮肤白皙，胖墩墩的，看起来像个好人。我顿时安心不少。我常常在小说里读到那些缺德律师的劣迹，所以来的路上一直担心自己被当成了某种诈骗的工具。

诹访律师大致询问了继父的事情和我的经历，然后说道："那么，寺田虎造先生是您的生父吗？"

"不是。实际上他不是我的生父，我是母亲再婚时带来的孩子。母亲已经在我七岁那年过世了……"

"哦。关于这件事，您从前就知道吗？"

"不。小时候，我一直以为他就是我的父亲。应该是在母亲去世前后，我才知道真相，现在已有些记不清楚了……"

"那么，您可知道您生父的名字？"

“不，不知道。”

这时我才意识到，找我的人或许是我的生父。想到这儿，我的心跳顿时加速了。

“您已过世的母亲，还有您的继父，他们都没提过您生父的名字吗？”

“没有，一次都没有。”

现在想来，从当时继父爱母亲的方式来看，他应该是什么都知道的。他没对我说，恐怕是因为没有机会。如果我没有离家出走，没有参军，如果他没有被炸死，应该迟早都会告诉我的。

我将这些情况说完后，诹访律师点了点头。

“嗯，倒也在情理之中啊。关于您的身份嘛……当然，我绝对没有怀疑您的意思，只是，您有没有能够证明身份的东西？”

我想了想，便将从小随身佩戴的护身符袋拿了出来。

诹访律师打开袋子，拿出了那份出生证明。“辰弥……大正十一年九月六日出生，哦，这上面也没写姓氏，所以您直到现在都不知道自己的真实姓氏。咦？怎么还有一张纸？”

律师打开了另一张纸，那是一张和纸，上面用毛笔画着一幅地图。其实我也不清楚这张地图的意思。地图画得很不规则，像是迷宫，有些地方标着“龙之颚”“狐之穴”等类似地名的莫名其妙的文字。

在地图旁边，写着一首和歌。歌中也有“龙之颚”“狐之穴”等字样，可见这首和歌同地图有某种联系。说起我为何要将这张莫名其妙的纸片放在护身符袋中当作宝贝一样随身携带，确实是有原因的。

母亲在世的时候，偶尔会让我拿出这张地图，一直凝视着它。这时，母亲的脸颊上会泛起一片红晕，一扫平日的忧郁，眼中闪耀着亮晶晶的泪花。最后她肯定会深深地叹一口气，说道：“阿辰，这张地图你一定要收好，绝对不能弄丢！它说不定会给你带来幸福。所以，千万不能把它弄破了，也不能丢掉。而且，这件事绝不能告诉别人……”

我遵循母亲的嘱咐，一直贴身带着这张地图。但说实话，现在我都二十多岁了，和幼时不同，已不再相信这张纸会有什么奇效。即便如此，我仍旧带在身上，没有撕了或扔了，应该是源于一种惰性。反正也不会造成什么麻烦，索性就带着吧。

然而，我错了。正是这张地图，对我的命运产生了莫大的影响。关于这件事，我想留在以后慢慢道来。

諏访律师似乎对这张地图没有多大兴趣，看我在一旁默默等候，便仔细将地图叠好，重新放回了护身符袋里。

“这下应该不会有错了。但为慎重起见，我还有最后一个请求……”

我一脸诧异地看着他。

“嗯，想请您把衣服都脱掉，看一下您的身体……”

听完这句话，我的脸立刻变得通红，像是着火了一般。

啊！这才是我最不想让人知道的秘密！小时候去澡堂洗澡、在学校体检、去洗海水澡时，都需要在众人面前裸露肌肤。我对此是多么厌恶啊！因为我的后背、臀部、大腿上布满了密密麻麻的伤痕。那些惨不忍睹的伤痕，简直就像是被火钳胡乱烫了一通。我无意自夸，本来我的皮肤白皙细腻，如果没有那些伤痕，简直可以跟女人的肌肤媲美。可是皮肤越是白皙，那些紫色的伤痕就越是刺眼，看到的人就越发觉得可怕。我完全不记得那些伤痕是怎么来的。小时候，我曾经问过母亲几次，可是每次母亲要么突然大哭，要么又会发病，后来我便缄口不言了。

“我的身体……和您要调查的事情有关系吗？”

“是的。如果您确实是我要找的那个人，那么您的身体上应该有其他人无法模仿的印记……”

我毅然脱去上衣，接着是衬衫和内衣，然后把裤子也脱了，全身上下只剩一条短裤。最后，我赤裸着身体，万分害羞地站在诹访律师面前。

诹访律师细细地打量着我的身体，终于深深地吐了口气，说道：“哎呀，太感谢了！想必您一定很难堪，赶快把衣服穿上吧。这下我可以确定，您就是我要找的那个人。不会有错了。”

随后，诹访律师说出这番话：有一个人正在找您。我现在还不能说出他的名字。他是您的亲属，并且说如果找到了您，希望能够相认并照顾您。那个人非常有钱，所以对您来说只会有好处，不会有坏处。我会再和那个人好好商量一下，然后再和您联系。说完，诹访律师将我的住处和公司地址记在了便条上。

我和诹访律师的第一次见面就这样结束了。

虽然弄清了一些事，但心中的疑团并未解开。我一头雾水地回到公司，向科长道了谢，汇报了事情的大致经过。科长睁圆了眼睛：“哦？这下可了不得了！这么说你是大富豪家的私生子啊！”

他此话一出，很快便在公司内传开了。那几天，几乎每个见到我的人都会一口一个“私生子”地笑我，着实让我头疼。

那天晚上，我失眠了。这绝不是因为被对幸福的期待冲昏了头脑，虽然也有这方面的原因，可是比起幸福，不安的感觉更加强烈。被可怕的病痛发作折磨的不幸的母亲，还有我身上那些惨不忍睹的伤痕，这些都无法让人有什么美好的联想。

我有种预感，可怕的事情即将发生……

令人毛骨悚然的警告

那时，我完全不知道八墓村的存在，更无从知晓那些关于它的恐怖传说，又怎会知道自己与那个村子有着不解之缘?

但那条从天而降的寻人启事还是让我感到了莫名的不安。各位必然会觉得这是写小说的在卖关子，但事实并非如此。

人一般不喜欢自己的境遇发生剧烈的变化。不，准确来讲，不是不喜欢，而是害怕。更何况我甚至无法想象未来究竟有什么东西在等着我，所以越发地害怕。这原本也在情理之中。若是可能，我更希望对方能够放手不管，让我维持现状。出现这样的心情也在所难免吧。

但我也不是希望诹访律师一直不给我通知。实际上正好相反，我几乎每天都在翘首以盼他的消息。这真是一种奇怪的心情：害怕得到消息，而没有消息的日子又让人觉得缺了点什么。

等待的日子总是很漫长，此时的我，就像眼前放着食物、却因主人的禁令而拼命忍耐的小狗，心中异常焦躁。五天过去了，十天过去了，律师音信全无。但他并未对此事置之不理。随着时间的推移，这一点越来越确定。

那些日子，我寄宿在一个朋友那里。一天，我从公司下班回来，朋友年轻的妻子对我说道："寺田君，今天发生了一件怪事。"

"怪事？"我反问道。

"来了一个怪人，刨根问底地打听了你一通，又走了。"

"打听我？刨根问底？哦，会不会是我对你说过的那个律师派来的呢？"

"嗯，一开始我也是这么想的。可是，似乎并非如此呢。看起来更像是个乡下人。"

"乡下人？"

"是啊，年龄大概有……乡下人的年龄我还真看不出来。而且，那个人把长披风的衣领竖了起来，戴着墨镜，帽子压得很低。我都没看清他的脸。总觉得心里不舒服……"

"他都问了些什么？"

"主要是你的品行啊性格啊什么的，像是喝不喝酒啊，会不会像疯子似的胡闹啊之类的。"

"像疯子似的胡闹……怎么会问这么奇怪的问题？"

"是啊，我也觉得奇怪。"

"那你是怎么回答的？"

"我自然打包票说，绝对没有那回事！还跟他说你是一个心地善良、总是为别人着想的人。我说的本来就是实话嘛。"

她对我一番夸奖，可是我却抹不去心中那种不愉快的感觉。

律师想方设法地调查我的底细，这我能理解。顺便了解一下我的脾性，这我也能理解。喝不喝酒、抽不抽烟——在调查一个人的品行时，通常都会问这些问题。可是，会不会像疯子似的胡闹这种问题，着实有些古怪。那个人究竟想从我的性格里挖出些什么东西呢？

两三天后，我又从公司的人事科长那里收到了同样的提醒。来公司的人和去过我住处的似乎是同一个人，帽子压得很低，戴着墨镜，竖着长披风的领子，好像生怕别人看见他的脸。他问了同样的问题，问我是不是突然会发病、有残暴的举动。

“说不定你素未谋面的生父是个酗酒成性、爱撒酒疯的人，来调查你的人是在担心你有没有遗传这些坏毛病。我已经跟他说了，别人我不敢保证，不过寺田君绝对不是那样的人！所以请你放心吧。”

人事科长对于“私生子”传言早有耳闻，他说完这些便大大咧咧地笑了。我却无法释怀，感到那片由不安和不快交织而成的阴影变得越发浓重了。

诸君，如果你长到了二十七岁，却有人告诉你，你体内流淌着疯子的血液，你会做何感想？这该是多么大的打击啊！当然，还没有人明确地这样告诉我，但是打听我的人正在间接地让我领悟这一点。不，不仅仅是让我领悟，他正在向世人宣扬这一点。

我开始变得不耐烦起来，心想与其这样稀里糊涂地猜来猜去，还不如直接去找诹访律师，告诉他要是有什么想问的就当面问个清楚。可是，我又觉得那样做也很无耻。就在我犹豫不决的时候，一封可怕的信突然出现了。

那是拜访诹访律师事务所之后的第十六天，我像往常一样，匆匆忙忙吃完早饭，收拾东西准备去上班。

“寺田君，有你的信哦。”

门口传来朋友妻子的呼喊声。我听到后，第一时间想到的便是诹访律师，心脏立刻狂跳起来。这一部分是因为我几乎天天都在盼望着他的来信，另外也没有其他亲戚或朋友会给我写信。

可是，当我拿到那封信时，心中突然涌起一种奇怪的感觉。

信封看起来就像厕纸，是那种二次利用、颜色暗沉的劣质纸。在日东大厦四层设有事务所的律师绝不可能使用这种档次的东西。收件人的姓名写得歪歪扭扭，像是小孩子写的，而且好几处都被墨水洇湿了。我看了看信封背面，没有写寄件人的姓名。

我心中一阵烦乱，连忙拆开了信封。出现在我面前的仍旧是像厕纸一样廉价的信笺，上面用和信封上如出一辙、洇了墨水的难看笔迹写着下面这段话：

> 千万不要回八墓村。即便你回来了，等待你的也不会是什么好事，八墓明神将被触怒。你若是回到村里，啊！血！血！血！二十六年前的那桩大惨案将再次上演，八墓村将化为一片血海。

好一阵子我完全陷入了精神恍惚的状态。朋友的妻子在呼唤我，她的声音听起来仿佛是从很远的地方传来，后来我才渐渐被拉回了现实世界，连忙把信纸装进信封，又把信塞进了口袋。

“寺田君，你怎么了？信上是不是写了什么奇怪的话？”

“没、没有……为什么这么问？”

“因为你的脸色，苍白得吓人啊！”

她用探询的目光盯着我的脸。

或许吧。不，这样的反应是理所当然的。收到如此诡异的信，恐怕没有人会不吃惊。我乱了方寸，感到全身开始散发黏糊糊的令人作呕的汗液，可我仍在故作镇静。为了避开她疑惑的眼神，我慌慌张张地逃出了她的家。

我自小就习惯了孤独，所以不喜欢动辄就去询问别人的意见，或者博取别人的同情。自从母亲离我而去，这种意识更是渗透到我性格的最深处。无论身处何种逆境、遭受多大的灾难，我从来没想过要发发牢骚、寻求同情。并不是我不相信别人，只是每个人想法不同，各有顾虑，我还不至于为了寻求帮助而将这些统统抛到脑后。

唉，这个癖好……由于自己习惯独处，总给人一种孤僻甚至顽固的感觉——就是因为这个癖好，后来我遭到了多大的误解，又经历了多么可怕的灾难啊！然而在当时，我又怎能未卜先知？

这些暂且不提，那封信带给我多大的震惊与动摇，想必诸位想象得到。

八墓村——事实上，我第一次接触到这个诡异不祥的名字，就是在这个时候。八墓村——仅仅这个名字就足够令人心惊胆战了，可是信上竟然还写了那么多奇怪的威胁话语。八墓明神将被触怒……血！血！血！二十六年前的大惨案……八墓村将化为一片血海……

这究竟是什么意思？写这封信的人的真实意图究竟是什么？不知道。对这些事情我毫无头绪。正因毫无头绪，才越发感到不快。

唯一可以确定的是，这封信与之前的寻人启事有关。如此看来，自从诹访律师找到我以来，至少有两个人突然对我感兴趣。一个是到处调查我的身世和为人的人，一个是写这封信的人。

不！我恍然大悟，不由得停住了脚步：或许这两个人是同一个人！正是四处打听我的那个人写了这封信。我重新从口袋里掏出信看了起来，十分仔细地查看邮戳，可是墨迹已经模糊，邮戳上的文字早已分辨不清。

那天早上，我百思不得其解，感觉已经到了走投无路的地步。我错过了好几辆满载乘客的电车，最后终于急急忙忙赶到了公司。已经九点半了，比规定的上班时间晚了半个小时。我刚进公司，事务员便告诉我说科长找我，于是我径直去了科长的办公室。

科长看起来很高兴，说道："哎呀，寺田君，等你很久了。刚才诹访律师事务所来电话了，说是让你立刻过去呢。看来终于到父子相认的时刻了。你要是认了个有钱的父亲，一定要请我们吃大餐啊！哈哈哈！咦？你怎么了？脸色怎么这么差？"

我已经不记得自己是怎么回答的了。不管回答的是什么，恐怕都是些没有意义的话。我把一脸狐疑的科长扔在身后，梦游般摇摇晃晃地走出了公司。那一刻，我终于还是向着令人战栗的恐怖世界迈出了第一步。

第一桩杀人事件

我至今都不知道，究竟该怎样描述那之后不久发生在我面前的事。如果文笔足够精彩，我一定会将那个场面刻画为这个故事的第一个高潮。

然而我不擅写作，虽然那桩事件的内情极度恐怖，表面呈现出来的过程却太过简单。如果要我照实说出当时的感受，我会说，难道这就是人的死法吗？若真如此，人的生命该是多么脆弱啊……就是这种微不足道的感受。但越是往后，那种恐惧感却越发强烈地喷涌而出……

当我赶到诹访律师事务所的时候，发现已经有人先我一步等候在那里了。

那人看样子是将一头花白的头发剃成了光头，穿着一身军队折价处理给老百姓的土黄色军服。无论是暗红色的脸膛，还是被烟油熏黄了、青筋毕露、粗糙坚硬的手指，怎么看他都是个乡下人。我和朋友的妻子一样也判断不出乡下人的年龄，估计他有六七十岁吧。

那个人原本十分拘谨地坐在安乐椅上，一看见我进来，仿佛吃了一惊，立刻欠身起来，回头望了望律师。从他的动作，我下意识地觉得他就是找我的人——或者说与找我的人有关。

“哎呀，欢迎欢迎！就等您了。快，请坐！”诹访律师还是一如既往地周到，他指着办公桌前面的椅子说，“想必您一定等得很焦急。我也想尽快向您汇报好消息，但最近无论是发电报还是寄信都很费时间。这几天所有的协商终于都结束了，让我来介绍一下……”

律师转身看着坐在安乐椅上的老人。

“这位是井川丑松先生，是您的外公……就是您已经过世的母亲的父亲。井川先生，这位就是我刚才跟您提到的辰弥，鹤子女士的儿子。”

我们两人从各自的椅子上微微欠身，用目光向对方致意。短暂的对视过后，我们立刻移开了视线。作为外公和外孙的初次会面交流，实在是太过简短了。但事实往往就是如此，不会像新派悲剧那样华丽上演。

“不过呢，把您找出来，并且想收养您的人并不是这位老先生。”

外公的衣着打扮实在不像是有钱人，律师大概以为我会因此而失望，连忙补充道：“当然，老先生也十分挂念您，毕竟这是人之常情嘛。这次他只是以使者的身份前来找您，真正寻找您的人是您父亲的亲戚。现在，请允许我告诉您，您真正的姓氏是田治见……也就是说，您的本名是田治见辰弥。”

诹访律师一边翻着办公桌上的笔记本，一边说道：“您的父亲……已经过世的要藏先生除了您之外还有两个孩子。他们是久弥先生和春代小姐，和您同父异母。他们两个身体不好，现在仍然单身。不，准确地说，春代小姐年轻时曾经嫁过一次，不过后来又回到了娘家。”

外公默默地点了点头。自从我们对视后，他一直低垂着头。有时他也会抬起，偷偷看一眼我的侧脸。我发现他的眼睛渐渐湿润了，心中不由得一阵感动。

“鉴于目前这种情况，久弥先生和春代小姐都没有希望生儿育女了，如此下去，历史悠久的田治见家族的正统血脉就要面临断绝的危险。您的姑祖母，也就是要藏先生的两位孪生姑母——小梅女士和小竹女士对此十分担忧。两位女士虽然年事已高，但身体依然十分健朗，掌管着田治见家大大小小的一切事务。还在您小时候，您母亲就带着您一起失踪了。所以他们商量的结果是，把您找出来继承田治见家。这就是事情的大致经过。”

我的心渐渐澎湃起来。那是一种无法用语言表达的心情，是喜悦，还是悲伤……不，不，它离那种能清晰界定的心情差得很远，我心中只是充斥着慌乱与困惑。而且，仅凭这些解释，我仍旧有许多地方想不通。

“前因后果差不多就是这样了。至于详细的情况，我想这位老先生会择机告诉您。那么，您还有什么问题要问吗？我会尽力解答。”

我深吸一口气，先问了一个我最在意的问题：“我的父亲已经去世了吗？”

“嗯，这个嘛，差不多就是这么一回事吧。”

“差不多……差不多是什么意思？”

“这个……老先生应该会找机会跟您解释的。您的父亲差不多是在您两岁的时候去世的，我想我只能说这么多了。请原谅。”

我的心莫名其妙地慌乱起来，可是又不好继续追问下去，况且他说这件事外公迟早会告诉我。于是我又提出了第二个问题：“那么我想问一个关于母亲的问题。母亲为什么要带着我出逃？”

“这个问题确实该问，可我不太方便在这里回答……这件事和您父亲的死有着很深的关联，这些老先生迟早都会一并给您一个交代。其他还有什么要问的吗？”

两个重要问题都被他搪塞掉了，我自然十分不满。与此同时，我的心越发混乱不安。

“那么我就再问一个问题。我马上就二十七岁了。在此之前，我从来不知道自己还有亲人在世，你们也从来没想过要来找我。为什么突然开始找我？听了您刚才的说明，我也大致明白了一些，可是仍旧有很多费解的地方。除了刚才您说的这些理由，是不是还有什么迫切的动机？”

律师和外公迅速交换了一下眼神，终于，律师十分认真地盯着我说道："您真是头脑敏锐。没错，将来这件事有可能会对您造成重大的影响，所以我还是先告诉您吧。但是这件事千万不能告诉别人！"

如此叮嘱一番后，律师说出了下面这段话。

我的父亲要藏有一个弟弟，名叫修二。为了让他继承母亲娘家的家业，他早早便被过继，改姓了里村。他有一个儿子名叫慎太郎。慎太郎立志成为军人，曾经做过少佐，在战争中任职于参谋本部，颇有一番影响力。可是随着战事结束，他也失势而潦倒，便回到了故乡。如今，只能学着农民做些农活儿。因为他以前是军人，身体十分强健。如果久弥和春代有个什么三长两短，田治见家的财产便会理所当然地落入他的腰包。

"可是不知为何，您的两位姑祖母不喜欢慎太郎。不，应该说她们不喜欢慎太郎的父亲修二先生，从前就不喜欢，尽管他早已不在人世。慎太郎是她们讨厌的人的孩子，而且自幼便离开了村子，很少回乡探望，对她们来说就像一个陌生人。不仅两位老夫人这样想，就连久弥先生和春代小姐也是同样的想法。所以与其让他们讨厌的慎太郎继承家业，还不如索性把您找出来……嗯，照实说的话，这就是田治见家各位的真实想法。那么，我的任务也差不多完成了，余下的事情您可以向老先生细细询问了。我先回避一下……"

我的心情顿时变得很沉重。因为我刚刚得知，至少有一个人不欢迎我返回村子。我把这件事和今早收到的那封可怕的警告信联系在一起，忽然觉得似乎触碰到了真相的一部分。

律师起身离开后，有很长一段时间，我们都沉默不语。事实并不像小说和戏剧里写的那样。虽说是骨肉至亲，但也不可能在瞬间变得其乐融融、亲密无间。正因为是亲人，反倒更加笨拙僵硬，说不出那种假惺惺的客套话。

我以为外公一直沉默不语是因为这个原因。可我哪里知道，事实绝非如此简单，当时外公的内脏正在一点点被侵蚀，巨大的痛苦甚至令他无法开口讲话。

我有些不解地看着外公额头上渗出的黏糊糊的汗珠，决定先开口。

“外公。”

外公吃力地转了一下眼珠，双唇不住地颤抖，仿佛在拼命咬牙忍耐。

“我出生的村子是叫八墓村吗？”

外公微微点头，口中传出一声异样的呻吟，可我竟然没注意。

“那么，有样东西想请您看一下。今天早上，我收到了一封奇怪的信。”

我从口袋里掏出那封信，抽出信纸摊在外公面前。外公伸出手，想要接过，手刚伸了一半，整个身体突然无力地向前倒了下去。

“啊！外公，您怎么了？”

“辰弥……水……水……”

这是外公亲口对我说的第一句也是最后一句话。

“外公，您怎么了？身体不舒服吗？”

我慌乱地将那封信塞回口袋，赶紧去拿办公桌上的茶壶。就在这时，我看到外公的身体痛苦地抽搐起来，与此同时，一缕鲜血从他的嘴角流出——那一刻，我不由得尖叫起来，高声呼救。

美丽的使者

随后的十多天，我被卷入一个剧烈的旋涡之中。我这二十七年的人生，除了战争之外，基本上都涂满了无聊的灰色。可是，寻人启事的播出，仿佛在那灰色上落下了一滴朱红，并渐渐扩散开来，最后将我的生活完全染成了鲜红。如今想来，那十天正是那最初的一滴朱红晕染开来的过程。

一开始，我还稀里糊涂地以为外公的死是宿疾发作所致。可是迅速赶来的医生对死因有所怀疑，便通知了警察。事情顿时复杂起来。

外公的尸体立刻被送到了县立医院，警察委托的法医进行了仔细的解剖，最后得出的结论是身中剧毒而亡。我的处境顿时变得十分艰难。

警察第一个怀疑我倒也在情理之中，因为我是唯一一个和外公一起度过了他生命中最后几分钟的人。据说，在我到达事务所之前，外公和诹访律师有过三十分钟左右的会谈，其间并未出现任何异常，在我到了以后大约十分钟，外公看起来也没有什么异常之处。可是，律师走后不久，他便开始痛苦不堪，很快便挣扎着死去了。恐怕任何人都会觉得是我给他下了毒。

“开什么玩笑！这个人有必要给自己的外公下毒吗？况且他以前从来没见过这位老人。只要他不是杀人狂，否则怎么可能做这种愚蠢的事！”

诹访律师替我辩护，可是收效甚微。或许他不是故意的，但“只要他不是杀人狂，否则怎么可能做这种愚蠢的事”这句话如果反过来理解，就会变成“如果他是杀人狂，就有可能这么做”。况且，当时警察已经从诹访律师那里知晓了我那令人憎恶的身世，而我对此还一无所知。

负责此案的警察一边用充满了怀疑的眼神观察着我的脸色，一边刨根问底地询问我的健康状态，尤其是精神状态，实在令人无法忍受。从他的口气我可以感觉出，他希望我回答自己有时会耳鸣，有时会被可疑的幻觉困扰，有时会陷入严重的忧郁之中等等。仿佛从我口中听到这些他就满足了。可我迄今为止从来没有被这些令人不快的症状困扰过。我并不是个比别人快乐的人，这是我所经历的孤独境遇造成的，但我自认还算是个正常人。

可是，警察似乎根本不相信我的话。足足有两三天，他一直在翻来覆去地询问一些和我的精神状态有关的问题。

就在这个过程中，局面突然发生了逆转。直到后来我才知道了个中原因，情况大致是这样的。

杀死外公的毒药对舌头有很强的刺激作用，所以无法以普通的方法让他吞服。警察委托的法医一直对此心存疑虑，于是便仔细分析了胃里的残留物，终于检测出了已经溶解的胶质。

据此推断，凶手将毒药装在胶囊里让外公服下，可是胶囊在胃里溶解需要很长时间，而我和外公见面相处只有十几分钟，所以自然被排除了嫌疑。

可是如此一来，诹访律师又成了嫌疑人。外公曾在他家里借宿一晚——直到那时我才知道此事。还有一件事我也是初次耳闻：诹访律师也来自八墓村。

在八墓村，除了我们田治见家，还有一家大户——野村家。诹访律师便是野村家的姻亲。因此他接手这次调查可以说是放弃了赚钱的想法。每当有与八墓村相关的人来到神户，他总是为他们提供住宿。

诹访律师也没有理由给外公下毒。那么究竟是谁呢？侦查工作又搁浅了。这时，又有一个人从八墓村抵达了神户。此人是在接到诹访律师的电报后赶来的，主要负责外公的善后和认领我的事宜。根据此人的讲述，所有疑团都解开了。

外公一直有哮喘病，尤其是一兴奋起来发作得更加厉害，于是他便让医生为他特制了一种药随身携带。这次出门是第一次和外孙见面，其兴奋程度可想而知，所以他不可能不备药。那种药是装在胶囊里的，这件事整个村子的人都知道。所以有一种可能是，凶手将装有毒药的胶囊混在了那些胶囊里……

根据这条新的线索，警察立刻搜查了外公的行李，发现了一个装有三颗胶囊的酒心巧克力盒子。那些胶囊经仔细化验，都是如假包换的哮喘药，并没有异常成分。

由此看来，外公有可能错把毒药当作哮喘药吃了下去，嫌疑人应该出自八墓村。整桩事件的调查重点就这样转移到了八墓村，我和诹访律师因此洗清了嫌疑。

“这次能够脱身，多亏了美也啊。就算被人误解、遭到怀疑，我迟早也会突出重围、摆脱困境——虽然我有这个自信，不过一次次被警察传唤实在是太麻烦了。”

“呵呵，看来这次就连诹访大律师都犯愁了啊。不过你我都是老江湖了，可以说已经百毒不侵，可是这边这位就可怜了。你一定吓坏了吧？”

那是在我俩完全洗清嫌疑的当晚，诹访律师说要喝一杯庆祝，便邀请我去他位于上筒井的家中做客。在那里，我结识了一位意想不到的人物。

“这位是森美也子小姐，拯救了我们的女神。就是她特地从八墓村赶来，一下子便将丑松先生被杀事件的疑问都解决了。美也，这位就是众所关注的寺田辰弥君……”

啊！该如何表达我震惊的心情呢？直到那一刻为止，八墓村这个令人不适的名字，还有外公丑松那土里土气的装扮，都让我觉得那村子应该是个脱离尘世的蛮荒之地。可是现在站在我眼前的这个人，是个即便在城市里也不多见的美人。不仅仅是容貌，从她不经意间流露出来的姿态和说话方式，都可以看出城里人才有的优雅大方。

她大约三十出头，皮肤洁白细腻，简直就像质地上好的熟绢。椭圆的鹅蛋脸颇有些古典美人的风韵，却丝毫不老气过时，反而跃动着一股朝气蓬勃的现代感。我猜这大概归功于她身上的知性气质。她将头发高高挽起，后颈的发际散发着迷人的女性魅力。身着一袭和服，令她苗条的身材、曼妙的线条展现无余。我的心因她那诱人的魅力彻底乱了方寸。

“哈哈，吃惊吧？寺田君，吓了一跳吧！八墓村那种地方也不可小觑哦，竟然出了这么出色的人物。而且她的丈夫已经去世了，也就是说她是个快活的寡妇，现在正在物色下一任丈夫呢。所以到了那边，说不定你也会成为她的目标。哈哈……”

酒意上涌，诹访律师的兴致也来了，对我讲出了这种玩笑。每次遇到这种情况，不谙人情世故的我总是要么突然脸涨得通红，要么顿时身体冰凉，仿佛马上就会颤抖起来。

“哎呀，真讨厌。这样对初次见面的客人实在太失礼啦！真对不起，这个人一喝醉，说话就没轻没重。”

“您和诹访律师以前就很熟悉吗？”

“是啊，我们是远亲呢。从八墓村来到城市的人不多，所以我们自然很聊得来……哦，对了，我以前一直住在东京呢，直到房子被战火烧掉……”

“美也啊，你究竟要在那个牛满为患的乡下窝多久？像你这样的人要是老待在乡下的话，乡下那边不知该拿你怎么办，城市也会因为失去你这位丽人而寂寞的。”

“我不是说过吗，等东京那边的房子建好了，我就离开村子。我从没打算在那种乡下地方住一辈子，请你放心。”

“可你也太沉得住气了。已经多少年了？从战争结束那年开始算起，前后大约有四年了。像你这样的人，竟然能在那种地方忍耐四年，真是无法想象。莫非八墓村有什么让你放不下？”

“别说蠢话了。我还有话要跟寺田先生说呢。”美也子不容分说地驳斥诹访律师，压下了这个话题。然后她转向我这边，露出了迷人的微笑。“寺田先生，我是来接你的。你知道吧？”

“是……”

“我十分同情你外公的遭遇。如果知道事情会变成这样，还不如一开始就由我来接你回去。乡下人有个毛病，不管在村子里怎样吹嘘，一到外面，立刻变得软弱没主见。所以你的两位姑祖母小梅夫人和小竹夫人便找到我，让我来处理丑松先生的善后事宜，顺便接你回去。我打算两三天内起程，你会和我一起回去的，对吗？”

“是……”

我的身体又开始忽冷忽热了。

啊！就这样，滴落在我灰色人生上的那一滴朱红开始不断地扩散、扩散、扩散下去……

第二章　可疑的人

虽然森美也子说想在两三天内动身返回八墓村，可她毕竟是女人，好不容易从乡下来城里一趟，她又想购物，又想去拜访住在大阪和神户之间的朋友，还说好久没看戏了，想去看戏。所以我们在此地逗留的日子一天天延长，到了六月二十五日，才终于动身。

仔细想来，我得知广播里的寻人启事，第一次去拜访诹访律师事务所，是五月二十五日的事情。虽说到现在只过了一个月，对我来说却实在是慌乱不已、瞬息万变的一个月。在决定出发之前，我几乎每天都要去拜访诹访律师家。美也子不时会打电话叫我出来陪她购物或看戏。

自打出生以来，我就没有什么机会接触异性，所以对我来说这是一种无法形容的兴奋体验。可与此同时，心中隐约萌生的那些分不清是不安、担忧还是恐惧的情感盘根错节地混杂在一起，渐渐在我的身体里越扎越深，终于变成了一种暗淡的绝望感，向我袭来。

或许是觉得把所有事和盘托出会对我打击太大，诹访律师和森美也子便在出发之前这段紧张忙碌的时间里，抽空将那些与我出生相关的可怕故事一点点告诉了我。

关于这件事，序章里已经做了交代，所以此处不再赘述。不，应该说是我不忍心再写。父亲和母亲之间那段可怕又辛酸的故事，让我这个做儿子的如何写得下去呢？唉，可怜的母亲！直到那时，我才明白了她为什么时常发病，那一直令年幼的我为之心痛。同时我也弄懂了自己遍布全身的可怕伤痕是怎么来的。

这两件事像沉重的铅块一样压在我的胸口，但最折磨我的还是他们最后告诉我的那桩惨绝人寰的三十二人被杀事件。为了尽量不吓到我，他们以一种委婉的口吻对我平静地讲述了事件的经过。即便如此，我还是受到了极大的打击。听完他们的叙述，彻骨的寒冷传遍全身，我仿佛成了一块冰，生命因此而终止。又有一会儿，我感觉自己变成了一块石头，内心异常平静。可没过多久，抑制不住的战栗如潮水般涌来，我不由自主地浑身颤抖。

“这实在是个艰巨的任务。本来这件事应该由你的外公丑松先生来告诉你，可是丑松先生竟然遭遇不测，于是我便和诹访君商量，决定还是由我们来把一切都告诉你。虽然这样做会令你的处境十分凄惨。不，何止是凄惨，这对你来说实在太残忍了。可是，既然现在要返回故乡了，你迟早会从别人口中知道这些……所以请不要责怪我们。”

美也子说完这番安慰我的话，用一种同情的目光注视着我。

我好不容易才清了清喉咙，说道：“怎么会……我感谢二位还来不及呢。没错，这些事迟早都会知道，与其从别人口中得知，还不如听二位亲口告诉我，这对我来说已是幸事。对了，森小姐……”

“嗯？”

“村里人都怎么看我？如果我现在返回村里，他们会怎么想？”

美也子和诹访律师对视了一眼，随后诹访律师温和地说道：“寺田君，你没有必要考虑这些事情。如果总是这样为别人着想，恐怕连一天都活不下去。”

“是啊，诹访律师说得没错。更何况你是无辜的。”

“谢谢你们这样说，我能体会二位的心情。可是，我还是想了解一下，村民们对我究竟抱有怎样的感情。我想在回去之前先弄清楚这个问题。”

两人又对视片刻，终于，美也子点了点头，说道：

“既然如此，也许提前知道也好，这样你可以预先做好心理准备。那么我就实话实说了，村民对你似乎没有什么好感。仔细想一想，这是完全没有道理的。因为你并没有罪……可是，对于那些父母或孩子被杀害的人来说，有这种想法也情有可原。加上乡下的十年甚至比不上城里的一年。在城市里，人们的聚散离合都很快，一般的事情过了一年也就忘得差不多了。可是在乡下，人们始终生活在一个地方，就算再无聊的小事都会记上好多年。所以，对于你此次返乡，村里的确有人说三道四，议论纷纷。”

“照这么说，我回去这件事情，整个村子都知道了？”

“那是当然……乡下和城里不同，要隐瞒一件事情是相当困难的。任何一个环节都有可能走漏风声……一旦透出风声，立刻传遍全村。不过，你没有必要在意这些事。反正城里人来到乡下，定会惹来许多闲言碎语。我也不例外啊，因为我到了这个年龄还独身一人，村民们背地里说了我很多过分的话。这种事情要是一一计较起来，那就没完没了了。所以我决定把那些流言蜚语权当耳旁风。乡下真是个麻烦的地方。”

“可是，美也和寺田君的立场不同啊……如果村子里确实存在美也说的那种感情芥蒂，寺田君回村还真是需要相当大的勇气和思想准备呢。”

我又感到了那种铅块压身般的窒息感。可是我这个人的性格很奇怪，别看平时很软弱，一旦被逼到绝境，就会产生连自己都意想不到的勇气。仿佛是为了推开扑面而来的不安与担忧，我强作镇定，说道：“感谢二位告诉了我这么多事情。就像诹访先生说的那样，这对我而言是十分沉重的精神负担。不过，事先知道了这么多情况，即便像我这样的人，也多少有一些思想准备了。对了，森小姐。”

“嗯？”

“刚才已经问了你很多问题，但我还想再问一个……”

“好的，请问吧。”

“如果说全村人都恨我，其中有没有特别恨我的？不想让我回去，想让我离村子远远的——有没有人是这样想的？”

“这个……为什么要这么问？而且谁说全村人都恨你了？没有的事。别把事情想得这么严重。如果说我刚才的那些话让你有这种想法，那我可得更正一下。”

“我这么问，其实是有原因的。请看，我曾经收到过这样的意外来信。”

我拿给他们的，正是某一天——不，我永远不会忘记是外公被毒死的那天——早上，突然出现的那封可怕的警告信。诹访律师和森美也子看过之后，面面相觑。

“森小姐，这信里写的内容和我外公被杀是不是有某种关联呢？会不会有人想让我远离八墓村，为了达到这个目的，正在策划某些可怕的事情？”

这次就连美也子也变了脸色，没能立刻回答我的问题。

诹访律师皱起了眉头，说道：“怪不得。既然有人写了这样的恐吓信，看来井川老先生被杀，背后有着相当深刻的原因了。美也，你那里有什么头绪吗？”

“没有……”

“慎太郎君呢？你不是在东京时就认识他了吗？他有没有可能做出这种事情？”

“怎么会……”美也子迅速否认，但那一瞬间，她的脸颊突然没了血色，嘴唇也微微颤抖了一下。这些都没能逃过我和诹访律师的眼睛。

“听说慎太郎是我的堂兄……”

“对。以前做过少佐。美也，你是不是想起了什么？”

“哪有……哪有的事……没有想起什么……绝对没有。只是，我有些搞不懂。那个人完全变了……以前是那么意气风发的一个人，可是最近变得老气横秋的，回到村里以后，也不怎么和我说话了。不，不只是对我这样，恐怕全村没有一个人和他好好说过话。他现在变得讨厌和人打交道了……我完全不知道他在想什么，是怎样的心情。可是……可是……我觉得他不是能想出那么可怕的阴谋的人，即便按他以前的脾气来看也不可能……”

听着美也子的话，感觉她嘴上虽在为慎太郎辩解，心中却渐渐乱了阵脚。她似乎有些犹豫，即理智上能够否定，理性之下却存在着某种感情上无法否定的东西。这件事在我的心中留下了一团挥之难去的疑云。

里村慎太郎——这个人才是八墓村里最不希望我回去的人，拥有最强的动机。这个念头和眼前美也子那可疑的慌乱模样深深印在了我心里。

起程

六月二十五日——我们起程去八墓村那天，梅雨季节特有的阴沉沉的天空仿佛要落雨一般。即便没有遇上这种天气，我对这次旅程也已相当胆怯了。现在我的心情更加沉重。说实话，在三宫站候车时，我的心情低落到了极点。到车站送行的诹访律师也面色肃穆地对我说："寺田君，要多加小心啊！本来你这次起程回乡是一件令人高兴的事，我实在不想说那些不吉利的话。可是我现在也开始觉得，这次的寻人并不仅仅是表面上展现的那么简单。我总觉得，这件事背后或许还隐藏着我们想象不到的图谋。不管是你外公那离奇的死亡，还是那封莫名其妙的警告信，还有那个四处打听你的性格为人的男人……我总觉得心中忐忑不安。"

诹访律师提到的男人，正是之前朋友的妻子和人事科长同我说过的那个人。为谨慎起见，我将这件事情告诉了诹访律师，得知那个人根本不是他的部下，反倒把他吓了一跳。

"当然，出于对委托人的责任，我也派人调查过你的品行操守。可我们绝对不会使用那种立刻就能让你察觉的蹩脚的调查方法。

嗯……看来除了我们，还有其他人在调查你。而且那个人很像是乡下人。美也，你有什么线索吗？”

“没有……”美也子似乎也十分吃惊，紧皱着美丽的双眉。最后我也没弄明白到底是什么人出于什么目的做了那种事，看得出来，她也被这件事弄得惊慌失措。

“寺田君，人这个东西真是很奇怪。就在一个月之前，你我还是陌生人，应该说甚至不知道对方的存在。可是那则寻人启事将我们联系在了一起，而且后来我们还先后成了同一桩杀人事件的嫌疑人，现在我已经不觉得你是外人了。这么说你可能会觉得奇怪，不过我的确对你有了一种更深更亲密的感情。你到了那边之后，要是有什么困难，或者需要别人的帮助，尽管告诉我，千万不要客气。我一定会立刻放下手中的工作赶过去的。”

诹访律师这番真诚的叮嘱，深深感动了我。正要向着风雨未卜的未来出发的我，心情很是感伤。我哽咽了，只能默默低下头，行了一礼。

我们三人之中最有精神的便是美也子了。她穿着一身轻便的旅行装，披了一件颇华丽的绿色风衣。她身材高挑，这样打扮再合适不过了。乍一看，仿佛阴暗沉闷的站台上倏地绽放了一朵美丽的鲜花。

“你们两个在说什么呢，好像寺田君肯定会发生什么不测似的……真多心。不会有事的。到时候你们就会说，哎呀，原来是这么回事啊。再说了，就算真有什么事……”美也子有些调皮地转动着眼珠，说道，“就算真发生了什么事，别忘了还有我呢。我可是很强大的。我绝不会轻易认输，不管对方是什么人……所以呢，不要再愁眉不展了，车到山前必有路！”

“嗯，也是。有美也在应该没问题。”诹访律师勉强笑了一下。

火车终于要启动了，我们上了车，与诹访律师道别。

虽然对未来有着种种担忧，这次旅行仍旧有令人期待之处。每个人都有自己独特的气味。有的人气味比较强烈，有的人气味比较微弱。有的气味沁人心脾，有的气味却令人厌恶。有的人虽然是美女，身上的气味却拒人于千里之外。相反，有的人或许相貌平平，身上的气味却令人神魂颠倒。美也子是个美人，而且浑身散发着极具魅力的气味。

她有一种大姐风范，或者说她喜欢做出一副大姐的样子。当别人托她帮忙，或是依赖于她的时候，她会很乐意。虽说我和她交情不深，她却从一开始就以我的保护者的身份自居，有时候她会像姐姐对待弟弟一样提醒我注意这个注意那个。临出发前，还替我置办了行装，出手相当阔绰。

“没关系的。你什么都不用担心，这些都是你的两位姑祖母交给我的钱。在乡下，第一印象最重要。如果你太谦卑了，他们就会得寸进尺，看不起你。所以不管是服装还是态度，都必须摆足了架子，也就是俗话说的故弄玄虚。千万不能表现得战战兢兢的。”

我一面任她安排，一面感到一种难以言表的愉悦。我已经完全沉醉在她强烈的魅力中了。

在火车上，我终于有机会详细询问美也子的身世。前面提过，在八墓村，除了我出生的田治见家，还有一家大户野村家。美也子便是野村家主人庄吉的弟妹。她死去的丈夫，正是庄吉的弟弟达雄。

“你丈夫生前是做什么的？”

“他经营过一家制造电机配件的工厂。我也不知道电机配件是什么东西，不过在战时生意很红火。因此发了一笔战争财。”

“是什么时候去世的？”

“太平洋战争的第三年，也就是日本的命运渐渐开始衰落的时候。得了脑溢血——他酒喝得太多了。”

“想必去世的时候还很年轻吧？”

美也子闻言笑出了声。“他比我大十几岁呢，不过当时也算得上年轻吧。没想到他说走就走了，有一阵子我真是走投无路。幸亏他的合伙人是位君子，将工厂全部接手了，还定期给我寄钱，所以我倒是能够维持生活……”

“你跟慎太郎打过很长时间的交道吗？”

提这个问题时我已经让语气尽量显得自然了，但美也子那锐利的目光还是如一道闪电划过我的脸庞。

“倒也谈不上长时间的交情。因为是同乡，倒是知道他的名字，后来又听说他参了军。突然开始跟他接触是我丈夫硬拽着我去的。当时还在打仗，再怎么说也是军人的天下。有没有强大的军人势力做后台，很多事情做起来都不一样。所以我们常邀请他来家里做客，或是一起去外面喝酒……”

“你丈夫过世以后，你们还有来往吗？”

美也子又用那种锐利的眼神快速扫了我一眼，脸上浮现出谜一样的微笑。“当然有来往。和以前相比，他跑得更勤快了呢。我也是刚刚没了丈夫，无依无靠的，再加上我们是同乡，总归有一种亲切感。说实话，我当时很讨厌军人。可是如果和参谋本部的人接触，就能打听到许多情报，不是吗？从这方面来说，其实是我利用了他。”

后来我才知道，美也子觉察出形势不利，便收购了许多钻石、贵金属，现在那些东西已经成了她的财产，据说金额巨大。美也子就是这样一种女人。她拥有的胆量和行动力，在日本女性身上并不多见。

“听说慎太郎还是单身，他现在住在田治见家吗？”

“不。他虽然单身，但并不是一个人生活。他有一个妹妹，名叫典子。对了，典子也是……”

说到这里，美也子突然缄口不语了。我不禁看向她，她的脸上流露出尴尬的神色，让我越发想知道下文。

“也是什么……典子怎么了？”

美也子为难地咽了口唾沫，说道：“对不起，我不该提起这件事。不过话说一半又咽回去，确实让人心里不舒服。那我就说了。典子出生的时候正赶上那场骚乱……就是你父亲制造的那场骚乱。典子的母亲因受了惊吓而早产。听说她出生的时候好像只有八个月大。当时人们都说，恐怕不好养活，没想到她竟然顽强地活下来了，不过她的母亲生下她之后没多久就去世了。典子现在也才……既然是那场骚乱的时候出生的，应该和你就差一岁，但她看起来只有十九、二十的样子。慎太郎就是和她一起回到了一直让亲戚代管的家里，现在每天靠做些农活儿来维持生计。”

我的心情顿时沉重无比。父亲犯下的罪孽竟然有这样深远的影响，村子里一定还有像典子这样的受害者。我这才开始意识到，自己将会在村子里引起多么大的反响，就像往平静的湖面投掷了一块石头。想到这里，我感到不寒而栗。

浓茶尼姑

我们在冈山从山阳线换乘伯备线，坐了几个小时，在N车站下车时，刚好过了下午四点。乘山阳线时我们买的是二等座，所以还算轻松。换到伯备线以后已经没有二等座了，再加上车上人多拥挤，下了车我才算松了口气。不料美也子却告诉我，要去八墓村还得坐一个小时的汽车，然后再走半个小时的山路。说实在的，我真有些受够了。

幸好汽车上人不多。在车上，我第一次遇见了八墓村的村民。

"咦？这不是西屋的少夫人吗？"

一个五十岁左右的男人，一面用这里的人特有的大嗓门毫无顾忌地同美也子打招呼，一面坐到她面前。我注意到他五官粗犷、身材魁梧，体格和死去的外公很像，就连穿着也和外公一样。看来这里的人都是这种类型的。

"哎呀，吉藏先生，您这是去哪儿啊？"

"我到N町办了点儿事，这不正回去呢。夫人您这是从神户回来？井川老爷子真是可怜啊。"

"您少了一个竞争对手，应该松了口气吧？"

"别、别开这种玩笑！"

"前一阵子您不是才和丑松先生大吵了一架吗？是因为您撬了他的棚还是他撬了您的棚来着？"

后来我才知道，吉藏和外公是同行，都是牛贩子。八墓村里原本只有他和外公两个牛贩子，在这种山村里，牛贩子和农民都很讲情义，一旦建立起合作关系，就不会轻易改变。可是战后混乱的秩序也蔓延到这深山里来了，农民开始任意更换牛贩子，牛贩子也开始肆无忌惮地侵占别人的地盘。这就叫作“撬棚”，“棚”指牛棚，代指主顾。

吉藏似乎被美也子触到了痛处，急得眼珠子乱转。“夫人，可不能乱讲啊！我已经因为这件事惹了好大麻烦了。警察老爷对我严加审问，村里人也用奇怪的眼神看我……况且撬棚这种事一个巴掌拍不响，怎么能全怪我呢？井川那个老头胡搅蛮缠起来，我这才一下子来了火……”

“知道了，知道了。谁也没说井川老爷子是您杀的嘛。对了，那件事发生后村里情况怎么样？有没有什么不一样的地方？”

“这个嘛，就是新居医生动不动就被警察叫去，怪可怜的。”

“啊，虽说新居医生是丑松先生的主治医师，可是哪有主治医师给自己的患者下毒的啊？真要是做了那种事，立刻就会被发现。况且新居医生和丑松先生又没有仇……”

“嗯，所以他应该只是作为知情人被叫过去的吧。总之，肯定是有人把新居医生调制的药偷偷换掉了。可是夫人……”吉藏忽然压低了嗓门，“即便不是新居医生杀的人，可井川老头毕竟是误把毒药当作新居医生给的药吃下去了，对吧？所以现在有人四处扬言，说是吃了新居医生开的药就会死。最近去找他看病的人少了很多呢。”

“哎呀，真是坏心眼。到底是谁在散播这种谣言？”

“这话我只能悄悄跟您说，其实啊，好像是久野医生。”

“怎么会……”

“这有什么不可能的。别忘了，自从新居医生从城里疏散到这里，久野医生就不行了。”

村子里最威风的人便是医生，这一点所有的乡村都一样。比起村长、小学校长等人，农民们对医生最是尊敬。虽说并非所有的村子尽是如此，不过那些拥有自己的乡村医生的人往往有些妄自尊大、傲慢无礼。医生们也会挑选患者，那些有权有势的大户人家才能享受到夜间出诊的待遇。这是长期以来形成的风俗，谁也不觉得有什么奇怪。

可是，就在战争快要结束的时候，日本的乡间发生了巨大的变化。那些家园被烧毁的城市里的医生，全都来到乡下投亲靠友。为了获得新的患者，他们使出浑身解数，将那一套在城市里训练有素的客套话和服务模式都搬了出来。虽说乡下人重情义，可是比起不受重视的感觉，人们毕竟还是喜欢听甜言蜜语，这也是人之常情。尤其是战争结束后，人们开始觉得“情义不能当饭吃”，全国上下都弥漫着这样的风气。最重要的是，比起那些请不动的医生，人们自然更青睐那些能够勤走动的医生。

就这样，不论是在哪个村子，外来医生很快便取代了旧有的医生，八墓村也不例外。不管是牛贩子争抢主顾，还是医生争夺患者——这些只在山村这个小世界里才会发生的纠纷，都令当时的我听得津津有味。

“不过，久野医生也有点儿威风过头了。俗话说善有善报，恶有恶报。在乡下，要是没了病人，那就真的一点儿辙都没有了。要是在城里，或许还能趁夜里卷铺盖逃走，在村里又不能那么做。虽说如此，一个一直以来习惯了端架子的人，不可能立刻就对别人点头哈腰。佃租都改成用钱交纳了，至于医药费，以前也有人拿大米抵缴，不过最近人们都把米拿去黑市卖了，再用卖米的钱交医药费，这样比较划算。所以根本没有人去给他送米了，再加上他家孩子又多，都快揭不开锅了。这几天他家夫人已经开始种红薯了。医生家的太太竟然干起了农活儿，这家人算是完了。”吉藏似乎也对久野医生有些怨恨，美美地幸灾乐祸了一通，又突然压低声音说道，“所以说啊，久野医生对新居医生的怨恨，那是由来已久，非同一般啊！听说他在背后说了新居医生好多坏话。所以我觉得，给井川老头下毒的，很有可能就是久野医生……”

“哎呀！”美也子不禁倒吸了口凉气，“就算他恨新居医生，也没必要对无辜的丑松先生下毒啊！”

“怎么不会！他这么做就是为了嫁祸给新居医生啊。再说了，井川老头也不是完全无辜。新居医生刚来的时候，他是第一个去看病的，然后他跑遍全村，逢人就说新居医生的药最管用。久野医生自然会对他恨之入骨。而且，在这种穷乡僻壤，手里能有毒药的，除了医生还会有谁？”

“不要再说了！吉藏先生，这种事千万不要胡乱推测，更不能到处传播！而且，坐在这边的这位，是久野医生的亲戚呢！”

吉藏这才转向我，眼中惊恐渐深。“啊，这么说这位就是阿鹤的……”

“没错。他可是捧着丑松先生的骨灰，第一次回咱们村子呢。回去以后肯定会挨家挨户地拜访，在这里先要请您多多关照了。”

吉藏忽然一改之前露骨的态度，陷入了沉思。他向上翻动眼珠看了看我，探身说道：“夫人，您还真的把这个人带回来了啊。大家都猜测您肯定不会带他回来。而且村里人都说，就算让他回来，他也不会回来的。”

我觉得寒意顿上心头。他这番话肯定不会给一个马上就要进村的人带来什么好心情。

吉藏似乎还想说什么，可是美也子已经扭过脸去不再理他。他只好住了口，接着又煞有介事地抱起双臂，有些尴尬地紧闭双唇，只是有时会偷偷看我一眼，眼神里透着不安。我的心情越发沉重了，就像吞下了一块大石，下腹坠得厉害。

就这样，我们终于到了八墓村的入口。车刚一停稳，吉藏便第一个跳下，一溜烟地跑了。我和美也子不由得对视了一眼。吉藏的想法我们明白，他恐怕是想先我们一步回到村里，向村民们紧急报告我回村的消息。美也子叹了口气。

“看来真是被诹访君说中了。这确实需要莫大的勇气。寺田君，你能挺住吗？”

我的脸色或许已经变得铁青，但我的决心并没有动摇。我用力点了点头，算是做了回答。

从汽车站进入八墓村必须翻过一座山岭。说是山岭，却也不高，只是因为路不好走，除了自行车以外的交通工具都无法通行。我们走了二十分钟就登上了山岭。我站在岭上向北俯瞰，顿时被一种无法言说的阴暗感觉所包围。当时的心情我至今记忆犹新。

八墓村仿佛位于一个擂钵的底部，方圆二里有余，四面环山，山上辟出了许多农田，有的一直延伸到山顶。从山脚到谷底也有水田，但都很狭长。奇怪的是，每一方水田都围上了栅栏。后来我才知道，这个靠养牛为生的村子就是一个大牧场，牛随处可见，经常会随意卧坐在路边。为防止牛践踏水田，水田周围便加上了栅栏。

前文已述，我第一眼看见八墓村，是在六月二十五日。正是梅雨季节的黄昏，虽然没有下雨，但云幕低垂在天边，一栋栋屋子散落在谷底，似乎有什么不吉利的东西要钻进那一面面粗灰泥墙壁。我不禁打了个寒战。

“看，对面的山脚下有一座很大的宅子，那就是你家。再往上看，上面有一株特别大的杉树，看到了吗？那就是八墓明神……那株杉树，就在不久前还是两株呢，村民们都叫它孪生杉树，可是三月底的时候，还是春天，却很罕见地打起雷来，其中一株杉树遭到雷击，从树根那里完全裂成了两半。自那以后，村里人就一直提心吊胆，说又要出事了。”

我又忍不住打了个冷战，一股寒意蹿过脊背，只觉毛骨悚然。我们一路沉默着走下山岭，不一会儿就看见山脚下聚集了很多人。看他们的穿着打扮，应该都是扔下田里的活儿跑过来的。我看到人群中有吉藏的身影，不由得咬紧了嘴唇。

村民们似乎在吵嚷着什么，接着有一个人看见了我们，叫了一声，人群顿时沉默了，一齐回头看着我们。他们似乎并没有想象中那么狂妄，开始像虫子一般蠕动着向后退去。突然，跳出一个打扮怪异的人，狠狠地盯着我们。

“别回来！不能回来！快回去！”

那人用尖利刺耳的声音对我大喊。我有些畏缩，身旁的美也子像是要鼓励我一般，一把抓住了我的手臂。

“别怕，咱们走。那个人是浓茶尼姑，脑子有些不正常。她不会对你怎么样的，别担心。”

随着我们渐渐走近，我辨认出那人的确是个尼姑。我从没见过这么丑陋的尼姑！年龄大概五十岁，或许更老，嘴唇像兔唇那样裂成三瓣，并且向上翻卷着，嘴唇下面是马齿那么大的黄色牙齿，乱七八糟地排列着。我们靠近她时，她挥舞着紧握的双拳，一边跺脚一边不停地吼叫：

“别回来！别回来！滚回去！滚回去！八墓明神愤怒了！你一回来，村里又将被血洗！八墓明神正在找八个活祭品。你这个家伙，你这个家伙，明明告诉你不要回来……你知道你外公为什么丢了性命？因为他是第一个活祭品！接下来还会有第二个、第三个、第四个、第五个……很快就会有八个死人了。你这个家伙！混账！混账……”

浓茶尼姑扯着尖利刺耳的声音不断喊叫着。我们穿过整个村子，渡过溪涧，来到田治见家的大门前。她跟了我们整整一路。在她身后，则跟着一大群面无表情的村民。

八墓村迎接我的便是这幅场景。

两位老媪

“寺田君，千万别放在心上。乡下人嘴上不饶人，不过心里都没什么主见，什么事情也做不了。你要是战战兢兢，反倒让他们有机可乘。所以你一定要打起精神来啊。”

多亏有美也子陪在身边，我才勉强保住了颜面。要是只有我一个人又会怎样呢？恐怕我会中途退缩，拼命地逃回城里去了。事实上，当我进入田治见家的大门时，早已大汗淋漓，浑身都湿透了。

“那个浓茶尼姑究竟是什么人？为什么缠住我不放？”

“她也是那桩事件的受害者之一。当时，她的丈夫和孩子同时被杀，所以她才当了尼姑，在浓茶这个地方建了一座尼姑庵。刚才我说到，孪生杉树中的一株被雷劈成两半时，她正好亲眼看见了那一幕。从那以后，她的精神就变得有些不正常了。”

“浓茶是个地名吗？”

“是的，是一个地区的名字。以前那里就有一座尼姑庵，那里的尼姑在招待客人的时候总喜欢沏一碗浓茶端出来，就被称为‘浓茶尼姑’了。不知从什么时候起，又变成了该地的名字。那个尼姑的真名叫作妙莲，只是从来没有人尊称她。人们总是叫她浓茶尼姑啊浓茶老太婆之类的……反正她是个疯子，你不要放在心上。”

可是，刚才浓茶尼姑无意中说出的话，为什么会和那封突然出现的警告信有共通之处呢？我不认为那个半疯老太婆能写出那种疯狂却条理清晰的警告信来。或许是写信的人从她说的话里得到了提示，才写出了那样的文字。不管怎样，这件事已烙在我心里。

第一次见到我出生的家，才发现它是一座超出我想象的巨大宅邸，就像一块巨大的岩石，庄重，有分量，安定地矗立在大地上。围着土墙的宅邸内，杉树参天，郁郁葱葱。我们穿过小门，正要往宽阔的玄关走去，一个女仆模样的女人从旁边的木栅门里走了出来。

“哎呀，西屋的少夫人，欢迎欢迎！大门外面吵吵嚷嚷的，发生了什么事？”

“没什么事。阿岛，请你进去通报一声，就说我把辰弥少爷带回来了。”

“辰弥少爷……”年轻女仆瞪大了眼睛看着我，不一会儿，她脸颊微微泛红，快步退回木栅门里通报去了。

“寺田君，请这边走。”

“是。”

一走进宽阔的玄关，我就感到了一阵刺骨的寒气，是那种世家大宅里才有的从容不迫的寒气。我有些紧张，能听到心脏在扑通扑通地跳动。

我们等了一会儿，便看见刚才的那个女仆领着一位三十五六岁、头发微微卷曲、肤色微白的女人走了出来。女人的脸看起来毫无生气。

“哎呀，这不是西屋的少夫人吗，快请坐。”

她的声调和这一带的女人一样高亢，听起来十分夸张，但没什么热情，动作也慢吞吞的。我想这未必是她没有诚意，应该是身体不好的缘故。或许是心脏不好？她的脸苍白又有些浮肿，看人时眼神也没有力量。

“啊，春代，我把人给带回来了，是你一直盼着见面的辰弥呢。寺田君，这位是你的姐姐春代。”

美也子似乎与这家人很亲，为我们俩介绍完毕，她便脱了鞋子进屋去了。春代和我分别站在玄关的上面和下面，默默地低下头，向对方行了一礼，然后春代便有些胆怯地移开了视线。

这就是我和同父异母的姐姐的初次见面。我对她的第一印象并不坏。姐姐算不上美人，姿色一般，但身上有种大家闺秀的善良与温和，这让我那紧张的神经放松了不少，仿佛卸下了一个沉重的包袱。

“怎么样？春代，你对弟弟印象如何？”

“嗯，那个……真是长得一表人才啊……”

姐姐悄悄瞄了我一眼，然后像个小姑娘一样，脸上泛出了红晕，低下头笑了起来，似乎对我印象不错，这让我的心情更加放松了。

“走吧。两位姑祖母还在等着我们呢。”

我和美也子跟在姐姐身后，走上了长长的走廊。仅从外面看，这座宅子已经很大了，进来才发现里面的空间更大，长长的走廊足有三十米，简直有种置身于寺庙的错觉。

“春代，姑祖母她们在别院？”

“嗯，因为今天是初次迎接辰弥，她们就定在了那边……”

走完了三十米长的走廊，上了三级台阶，出现在眼前的是相连的两间铺着榻榻米的房间，面积分别是十叠[①]和十二叠。后来我才知道，旧幕府时代这座宅子曾被用来迎接领主大人，这座别院也是那个时候建造的。

在十二叠大的房间里，田治见家的两位当家人——小梅夫人和小竹夫人正背对着壁龛而坐。她们身穿便装，外面又披了一件带有家徽的和服外褂——看样子是匆忙找来穿上的。

在走廊上看到她们时，我的心中突然涌起一股无法言表的异样感觉。

我曾听说双胞胎分为同卵双胞胎和异卵双胞胎两种，还听说由一个受精卵分裂成两个而形成的双胞胎相似程度最高。我的两位姑祖母绝对是同卵双胞胎。

---

①日本计量房屋面积的单位，1 叠约为 1.62 平方米。

两人大概已经八十多岁了。她们将满头银发端端正正地挽在脑后，驼着背端坐在榻榻米上。她们的脸和身体都那么娇小，仿佛可以团在手心，就像是两只猴子坐在那里。我说猴子，是用来形容身体的大小，并不是说她们的容貌像猴子那样丑陋。其实从她们的脸上还可以看出年轻时花容月貌的影子。虽然已经这么大年纪了，她们的面色却十分丰润，牙齿已经掉光了，瘪瘪的嘴唇却像收拢的荷包口一样嘟着，甚至给人一种优雅的感觉。

她们实在是太像了，同时看到她们，心中还是闪过一丝异样的战栗。

双胞胎在年轻时这样相似倒也不稀罕，也不会给人如此异样的感觉。可是到了八十岁，却还这么相像，就不是稀罕和异样的问题了，而是令人有些毛骨悚然。先天的相似可以理解，可是连后天形成的每一条皱纹、每一块老人斑竟然都一模一样。你甚至会想，如果她们一个人笑了，另一个人脸上会不会绽放同样的笑容？

“姑祖母，”春代在走廊上规规矩矩地双手伏地行了一礼，“西屋的美也夫人把辰弥带回来了。”

莫非这是这个家的家风？春代对待两位姑祖母的态度，实在是殷勤郑重得有些过头。站在走廊上的我不禁也跪了下来，美也子却仍旧笑嘻嘻地站在那里。

“啊，是吗，辛苦了。”

其中一位闭着荷包一样的嘴唇咕哝道。我分不清说话的是哪一位，后来才知道是小梅夫人。

“到这边来吧。美也，辛苦你了。”小竹夫人随后也咕哝了一句。

“哪里的话！姑祖母。我来晚了——您一定等急了吧？”美也子完全不顾这家的家风，走进屋里便微侧着身子坐了下来。

“快过来呀，辰弥，到这边来！这两位可是你的姑祖母啊。这位是小梅夫人，对面那位是小竹夫人。”

“美也，错了。我才是小竹，对面的是小梅。”其中一位很淡定地纠正了她。

“哎呀，我失礼了。我总是弄错。姑祖母，这位便是二位朝思暮想的辰弥。”

我在两位姑祖母面前坐下，默默低头行了一礼。

“这么说，你就是辰弥了？小竹啊——”

“小梅，怎么了？”

“果然是血浓于水啊！他跟鹤子就像是一个模子里刻出来的！”

“还真是！这眉眼，这嘴巴，和那时的鹤子一模一样。辰弥，你总算是回来了！”

我没有说话，再次低头行了一礼。

“这里是你的家。你呀，就是在这间屋子里出生的。从那时到现在，将近二十六年过去了，可是这间屋子还保留着当时的样子。这隔扇、屏风、挂轴，还有格窗上的匾额……对吧，小竹？”

“是啊。二十六年的光阴，说起来好像很长，过起来却是一眨眼的工夫啊。”

两位老人的眼中闪过一丝对逝去岁月的留恋。这时，一旁的美也子说话了：“姑祖母，怎么没看见久弥？”

“啊，久弥啊，他生病了，正躺着休息呢。明天再让他俩见面。那孩子的日子也不长了。”

“哎呀，情况有那么糟糕吗？”

“久野家的阿恒总说没事、没事，那个庸医知道什么！就看他能不能撑过这个夏天了。”

“他得的什么病？”我说出了见面以来的第一句话。

“是肺病。辰弥啊，所以你一定要争气啊！春代的心脏不好，生孩子是指望不上了，所以才会被婆家给赶回来。你要是再不争气的话，这个家就完了！”

“小梅，我想咱们可以放心了。你看，这孩子长得多好！他这一回来，我们也不用担心没有继承人了。这下那个人心中的如意算盘可要落空了，真是活该啊！哈哈。”

“小竹你说得没错！这下我总算可以放心了。哈哈。”

阴暗的黄昏时分，空荡荡的屋子里，两个猴子一般的老媪高声大笑。一瞬间，我禁不住又打了一个冷战。那笑声将两人之前的温和优雅一扫而光，只剩下赤裸裸的邪恶与阴险。

就这样，我终于在这栋深山老宅里安顿下来了。这里有一个无法摆脱的古老传说，还有挥之不去的关于那场惨剧的鲜活记忆。

三酸图屏风

那天晚上，我失眠了。

有些神经质的人大抵都有一个毛病，一换地方就睡不着觉。虽然长途旅行让我的身体疲惫到了极点，可是神经却像针尖一样锐利，我的头脑异常清醒。

想想这也难怪。昨天我还待在朋友家那四叠半的房间里，在乱七八糟堆放着的衣柜和行李的缝隙里蜷缩着身体入睡。十二叠的屋子对我来说实在太大了，空荡荡的，反倒觉得无处安放身体。我在被褥里辗转反侧，难以入睡。越是着急入睡，大脑就仿佛故意作对似的，越发清醒。白天发生的那些事像走马灯一般飞速掠过，一桩桩一件件，令我眩晕。

三宫站的道别，着装美丽的美也子，在汽车上遇见的牛贩子吉藏，丑陋的浓茶尼姑和村民，还有像猴子一样的小梅夫人和小竹夫人——这些身影和场景毫无秩序，在我的脑海里不断出现又消失。最后出现在我脑海中的，是姐姐春代告诉我的一件有些诡异的事情。

小梅夫人和小竹夫人毕竟年龄大了，会面结束以后便各自回了房间。我泡了个澡，出来后，姐姐春代对我说："明天开始会安排你在对面屋子用餐。今天晚上你是客人，所以就在这里吃晚餐。西屋的少夫人，也一起吧。"

她和女仆阿岛端来了饭菜。

"哎呀，我也有这个口福吗？"

"请吧。都是些粗茶淡饭，请不要见笑。也到了吃饭的时间了……若是晚了，我会让仆人送你回去。"

"那我就不客气了。"

于是，美也子也留下来吃晚餐了。其实我希望她在我身边待的时间越长越好。用过餐后，她也没有立刻要走的意思，她、姐姐和我，三个人开始漫无边际地闲聊。话最多的自然是美也子，她用爽朗的语调谈论着一些无关紧要的话题，以此鼓励我那颗动不动就消沉的心，同时还试图拉近我和姐姐的关系——我们之间还是有些不自然。不过，就连神通广大的美也子到最后也没话讲了，偶尔也会陷入沉默。每当这个时候，我们之间便只剩下沉默了。我趁着空当若无其事地环视房间。

刚才不知是小梅夫人还是小竹夫人说过的话给我留下了很深的印象："这里是你的家。你呀，就是在这间屋子里出生的。从那时到现在，将近二十六年过去了，可是这间屋子还保留着当时的样子。这隔扇、屏风、挂轴，还有格窗上的匾额……"

我可怜的母亲一定是每天看着这些隔扇、屏风和挂轴，度过了那段日子。如此一想，我心中涌起无限怀念，越发感到不是滋味，禁不住一一重新审视那些物件。

壁龛里挂着一幅巨大的白衣观音挂轴。一想到当时母亲那痛苦、悲惨的处境，我仿佛明白了母亲为何会将希望和依靠寄托在这尊观音菩萨身上。我记忆中的母亲是观世音菩萨的虔诚信徒，在壁龛里供奉着一尊小小的神像，早晚诵经礼拜，从不懈怠。

我看了看壁龛旁边的橱架，那里的墙壁上挂了两张能乐面具。一张是般若[1]的，一张是猩猩的，全都一副凶神恶煞的嘴脸，仿佛魔鬼和神佛同时住在这间屋子里。不知是不是这个原因，格窗上的匾额上写着"鬼手佛心"四个字。隔扇上的山水画融合了中国画和日本风景画的技法，颜色都已暗淡，看来年代很久远了。

除了这些，还有一个东西吸引了我的注意——一面六曲屏风。屏风正面画着三个中国古人围着一口大缸，画中人物几乎与真人一般大小。我无意中盯着屏风看了起来，姐姐似乎想起了什么，说道："对了，这面屏风最近出了点怪事呢。"

---

①日本传说中一种内心充满女性的忌妒与怒火的妖怪。

姐姐在三个人中一直是话最少的那个，没想到突然说出了这样的话，我不由得将目光转向她。

“是什么怪事呢？”美也子也向前凑了凑。

“就是……我说这话可能会被你笑话呢——那面屏风里的人跑出来了！”

“啊！”美也子不由得瞪大了眼睛，盯着姐姐的脸。

我也看着她的脸，又看了看屏风上的画，问道：“这面屏风上画的究竟是什么故事？是不是有什么典故？”

“我也不太清楚，不过……”姐姐双颊泛起了红晕，说道，“据说它叫‘三酸图屏风’。上面画的三个人分别是苏东坡、黄鲁直和金山寺住持佛印和尚。一天，苏东坡约上好友黄鲁直前去拜访佛印，佛印很是高兴，便拿出了‘桃花酸’请他们品尝。三人尝过之后都皱起了眉头，不过苏东坡是儒家，黄鲁直是道家，佛印自然是佛门弟子，所以他们脸上的表情各不一样。不管表情如何不一样，都是因为这同一缸‘桃花酸’。也就是说，儒释道三家的教义虽有所不同，归根结底却是同一个本源……据说就是这个意思。”

“哎呀，听起来确实像中国古人的想法啊。春代小姐，你刚才说的这画里的人跑出来了，究竟是怎么回事？”

看来比起画的典故，美也子对这个问题更感兴趣。当然，我的想法也和她一样。

“这个说起来真有些捕风捉影的感觉……我都不知道是真是假，不过，最近确实发生了一件怪事。”

姐姐用温和的语调为我们讲述了下面的故事。

“这个别院平时都锁着，为了避免闷坏屋子，至少每隔三天就会打开透透气。可是，就在大约两个月前，我和阿岛过来打开防雨窗时，却发现有些不对劲，像是有人进来过。当时我并没太在意。可是两三天后，我又过来开窗通风，发现的确是不对劲，确实有人进来过……我发现屏风的位置变了，虽然只改变了一点点。还有，橱架下面的小壁橱没关好，防雨窗却关得好好的。一开始我还以为是自己太多疑了，可终归心里还是放不下，便瞒着阿岛故意把小壁橱开了一条缝，将屏风挪到刚好压着榻榻米边缘的位置……这样做的目的是，如果真有人进来，动了小壁橱和屏风，我一眼就能看出来。第二天，我悄悄过去查看……”

“屏风和小壁橱有什么不对吗？”

“没有，那天并没有什么变化。于是我想，看来确实是我想多了。可是又过了两三天，我过来一看……”

“发现问题了？”

“是的……屏风腿从榻榻米的边缘被移开了，小壁橱关得紧紧的。”

“哎呀！”

美也子和我对视了一眼。

“那防雨窗上有没有被动过的痕迹呢？”

“没有。为了确认这一点，在打开窗户之前，我仔细检查了插销，然后又挨个儿检查了每一扇防雨窗。插销都插得好好的，没发现任何强撬的痕迹。”

我和美也子再次对视了一眼。

“要想进入这座别院，只能从庭院进来吗？”

“是的。除此之外，还可以从你刚才穿过的三十米长廊进来。可是那条长廊的门是锁着的，只能从主屋那边打开。钥匙有两把，一把在我这里，另外一把由姑祖母拿着。”

“会不会是家里的某个人……”

“不，不可能。你也看到了，哥哥他长期卧病在床，连走路的力气都没有，姑祖母就更不可能了。阿岛更没有理由来这种地方……”

“好奇怪啊。”

“真是不可思议。”

“就是。我越想越觉得心里不舒服，却又不能随随便便告诉其他人。我考虑良久，终于决定拜托跑山的平吉晚上睡在这间屋子里。”

后来我才知道，在这所大宅子里，另外建有仆人们起居的屋子，住着许多跑山、跑牛和跑河的仆人。所谓跑山的，就是负责进山伐木、烧炭的人；跑牛的自然是照顾牛的人；跑河的则是将炭和木材装到船上，再运到N车站的人。最近只需要运到N车站就行了，以前得一直用船运到河的下游。

“然后呢？发现什么异常了吗？”

“平吉这个人特别喜欢喝酒，他晚上睡在这里的条件就是得请他喝酒。最初的两三天并没有什么异常。可是到了第四天，我一早赶过去想看看情况，却发现平吉不见了。仔细一看，有一扇防雨窗开着。我大吃一惊，四处寻找平吉，结果发现他正在自己屋里蒙头大睡。我便把他叫起来，问了他许多问题。”

我们一言不发地盯着姐姐的脸，她脸颊又泛起一阵红晕，说道：“总之，就是……他说，半夜的时候，屏风上的人跑出来了。”

“啊！”

我们不禁回头看着那扇屏风。

“你是说这幅画……三个人都跑出来了？”

“不，说是只有一个人，好像是那个和尚。究竟是不是这么回事呢？我刚刚说了，平吉特别喜欢喝酒，不喝就睡不着觉，而且还是那种不喝到烂醉如泥决不罢休的人，所以他说的话也没法全信。据他所说，深更半夜，他睁开眼，发现屋里有微弱的光，也不知是从哪里照进来的。他明明记得入睡前已经把电灯关掉了。他有些纳闷，便环视四周，发现屏风前面站了一个人。他吓了一跳，喊了一声：‘谁？’结果对方也吃了一惊，回头朝他看了一眼——据说那个人的确是画中的和尚。”

“哎呀，真有趣！那么那个叫平吉的人怎么样了？”美也子又向前凑了凑。我咽了口唾沫，盯着姐姐的脸。姐姐扑哧一下笑了。

“在平吉看来这可不是什么有趣的事。他这一喊，对方也吓了一跳，嗖地一转身，一下就消失了。之前不知哪里射出来的光也不见了，屋里顿时一片漆黑，平吉一时不知如何是好。这就是他的描述。他说，他能够感觉到黑暗中有个人从他的枕边走了过去。他觉得酒完全醒了，哆哆嗦嗦地颤抖了一会儿，最后终于鼓起勇气打开了灯，看了看屏风，只见屏风里的三个人好好地站在里面，没有任何异样。于是他稍微镇定了一些，忽然又想起应该去检查一下防雨窗，结果发现插销插得好好的。又跑去检查长廊那边的房门，发现房门从外面锁得牢牢的，一动不动。这样一来，平吉又害怕起来。既然哪里都找不到人出入的痕迹，看来还是屏风上的人跑出来了……这么一想，平吉便什么也顾不得了，只剩下恐惧，打开防雨窗就逃跑了。”

“太奇怪了。”

“确实。”

我们又对视了一眼。

“的确是件诡异的事。平吉还说昨天晚上是他第一次清楚地看到屏风上的人跑出来，在此之前就有许多怪事。夜里睁开眼睛，总觉得被人盯着，好像有某个人从某个地方一直注视着自己……有好几次，他都有这种毛骨悚然的感觉。肯定是屏风上的人从屏风里看着我呢——他这样说。当然，有关屏风里的人跑出来的事情，很有可能是平吉的幻觉，可是时不时有人进入别院这事，我却已经找到了证据。”

“是吗？是怎样的证据？”美也子越发好奇了，身子又向前凑了凑。

“我听平吉讲完以后，叮嘱他千万不要说出去。我觉得有必要再去别院查看一番，便回到了这里，结果发现屏风后面掉了一张奇怪的纸。”

“奇怪的纸？”

“我也不知道那是什么，是一张很旧的和纸，上面用毛笔画着类似地图的图案，标注着‘猿之凳’‘天狗[①]之鼻’之类的奇怪地名，旁边还写着歌谣一样的句子。”

我忍不住“啊”了一声，美也子似乎也感受到了巨大的冲击，用锐利的目光迅速扫了我一眼，立刻又低下头去，盯着榻榻米。看样子她知道我的护身符袋里装着一张同样的纸。我不记得告诉过她这件事，肯定是看过那张纸的諏访律师偶然间告诉了她。或许是察觉到了我们的反应，姐姐有些惊奇地看着我们，问道：“咦？怎么

①日本传说中一种会幻术的妖怪，有些地方将其作为山神来祭拜。

了？关于那张纸，莫非你们知道些什么？”

既然美也子已经知道，我也无法隐瞒了。

“其实……我也有一张同样的纸。而且我也不知道那是不是一种符咒，究竟有什么意义。从小，那张纸就一直装在我的护身符袋里，不过上面并没有‘猿之凳’‘天狗之鼻’那样的文字……”

我不知道该不该从护身符袋里取出那张纸给大家看，但终究心里还是不愿意，于是说完便默默地坐着没动。姐姐和美也子也没有要求我拿出来。

姐姐似乎领悟到了那张纸有着某种深刻的含义，说道：“哎呀，挺奇怪的。那张纸我还好好保留着呢，等什么时候和你的那张比较一下吧。”

此后她俩便陷入了沉默。姐姐原本只是想把自己小小的冒险故事拿出来供大家娱乐一下，没想到竟和我的身世扯上了关系。她似乎很后悔自己的轻率，一不留神在美也子这样的外人面前透露了家事。想必美也子也猜到了姐姐的心情，她甚至没与我们讨论那个神秘的闯入者便匆匆告辞了。

没过多久，仆人为我铺好了床，我独自一人睡在了这座怪事频出的别院里，虽然心中还有着各种疑惑和不安……

第二桩杀人事件

天快亮时，我总算进入了梦乡。等我睁开眼睛，防雨窗的缝隙里已透出亮光。我看了看放在枕边的手表，已经快十点了，我惊得一下坐了起来。

在城市里住的时候，周围总有噪音，所以无论熬到多晚，也从来没有睡到这么晚才醒。第一次住在这个家中，早上就睡过了头，想起来实在很羞愧。我手忙脚乱地叠起被褥，将防雨窗挨个打开。姐姐闻声从主屋赶了过来。

“早上好。你不用干这些活儿。我会让阿岛来做的。”

“早上好。我睡过头了……”

“一定是累坏了。而且我还说了那些奇怪的话……昨晚睡得好吗？”

“嗯。”

“没怎么睡着吧？眼睛红红的。我真不该说那些无聊的话。不过，你并没有跑到主屋这边来呢。”

昨天晚上，临睡之前，姐姐对我交代她不会锁长廊那边的门，万一发生什么异常状况，让我赶紧往主屋跑。现在她说的便是这件事。她说话时依旧是那种不紧不慢的语气，但我能感受到她话中的诚意，比起昨天晚上，她待我的态度又多了几分亲密，这让我很是高兴。

我被带到主屋，在姐姐的安排下吃起了早餐。因为睡过了头，此刻只有我一个人吃饭。

“姑祖母她们呢？”

“姑祖母年纪大了，早上起得很早。她们一直在等你呢。”

“对不起。”

“没事的，不用总是道歉……这里是你的家，放松些。我们是乡下人，很多地方照顾不周，就请你多多包涵，一直在这个家里住下去吧。”

这句话就像水渗进沙子一样，滋润了我那颗一直被某种不安的情绪充斥的心。我没有说话，看着姐姐，低头行了一礼。不知为何，姐姐有些害羞地垂下了眼睑，目光落在自己膝上。吃饭的时候，我一直暗暗期待她问起昨夜聊到的地图，但她最终也没有提起。我忍着没有开口。何必这么着急，今后待在这里的日子还长着呢……

吃完饭，姐姐有些为难地说：“那个，姑祖母她们在等你……今天早上会让你和哥哥见面。”

“好。”这件事昨夜谈过，我已经有了思想准备。

姐姐却更加为难地说：“见到哥哥时，你自己要小心。哥哥他不是个坏人，但这么长时间一直在卧床养病，所以有些不好侍候。而且今天里村家的慎太郎也来了……”

我心中咯噔一下。

“慎太郎算是我们的堂兄弟。不知为什么，姑祖母她们还有哥哥都不喜欢他。只要他过来，哥哥总是很不高兴。今天是因为你来了，家里才派人特意请他。他的妹妹典子也来了。”

看来两位姑祖母是想将我回家的消息尽快广而告之。如果这纯粹是出于对我的好意，我自然会感激不尽，可惜其中多半夹杂了对某个人的冷嘲热讽，这令我的心无比沉重。

“客人就这些吗？”

“不是的，久野叔叔也来了。他是父亲的表弟，所以也请了他。”

“他是位医生，对吧？”

“没错，你知道的不少呢。是美也子告诉你的？”

“不，是汽车上一个叫吉藏的牛贩子说的。”

“啊，吉藏啊。”姐姐皱起了眉头，“我听阿岛说了，昨天村里人似乎对你很无礼。等哪天找一个合适的机会，我会过去跟他们好好沟通一下。你自己也要当心。他们很顽固，但都不是坏人……”

“我明白。”

“那就好。请跟我来吧。”

哥哥久弥住的地方是一座像阁楼一样阴暗的后宅院，院子里盛开着微微发白的紫阳花。姐姐拉开纸拉门的一瞬间，一股令人窒息的臭气扑面而来，我不禁向后退了一步。我记得这股味道。很早以前，我曾在一个因坏疽性肺炎病逝的朋友屋里闻到过这种味道。听说只要治疗得当，肺结核很容易治愈。可一旦得了坏疽性肺炎，就没救了。姑祖母她们说哥哥恐怕撑不过这个夏天，看来有道理。想到这个早已被宣判了死期的人该有多么痛苦，我的心一下子暗淡下来。

令人意外的是，哥哥精神很好。姐姐拉开纸拉门的瞬间，屋里躺着的他吃力地扬起头朝我们这边看了一眼。当我和他视线交会时，那双病人特有的泛满油光的眼中忽然迸出了火花。但那火花一闪即逝，他随即露出一丝谜一样的微笑，将头靠在了枕头上。

哥哥比我年长十三岁，今年应该四十一了，或许是因为生病，看起来至少有五十。他浑身上下看不到一块像样的肉，就像都被割走了一样。他瘦骨嶙峋，皮肤没有一丝光泽，像疖子一样突出的喉结上仿佛也附着死神的影子。但哥哥的脸上隐约透出一股精悍之气。他已经放弃了自己的生命，却还在和某种东西抗争。从他的神色中，我捕捉到了这种一闪而过的坚强意志。但刚才那谜一样的微笑到底是什么意思呢？

“抱歉让各位久等了。辰弥，请进吧。”

“辰弥，到这里来。想必你们已经等急了吧。”

小梅夫人和小竹夫人仍旧像猴子一样坐在哥哥的枕边。其中一位指了指我旁边的座位。不用说，我还是分不清说话的是谁。我依言坐下了，不管怎样先低头行了一礼。

“久弥啊，这就是你的弟弟辰弥。已经长成一个男子汉了，是吧？辰弥，这是你哥哥。”

我默不作声地低头行礼。哥哥目不转睛地凝视着我，然后以像是有痰在喉咙里滚动的声音说道：“真是仪表堂堂啊。田治见的血统竟然能生出这样的好男人，实在罕见。哈哈。”

哥哥的笑声听起来很恶毒。他刚一笑便剧烈咳嗽起来，那股令人作呕的气味顿时充斥了整个房间。我仍旧低着头，一则因为臭气熏天，更主要的是因为哥哥刚才的那番话。哥哥拼命咳嗽了一阵，好不容易才止住，拧着脖子向坐在对面的人说道：“阿慎，怎么样啊？有一个这么好的弟弟回来了，这下应该放心了吧。找到了这么好的继承人，我也高兴啊，总算能放心地闭眼了。久野叔叔，你也替我们高兴吧？哈哈……”

眼看着哥哥又要开始咳嗽，一位姑祖母突然将一个鸭嘴壶塞到了他嘴里。哥哥的喉头上下蠕动着，咕咚咕咚大口喝起水来。不一会儿，他摇摇头，说道：“够了，不要了。姑祖母，我不是说了不要了吗！”

他厉声拒绝后，又扭头看着我。“辰弥，我来给你介绍。坐在对面角落里的是久野叔叔，他是个医生。虽说最近村里又来了个医术更好的医生，可这位也算是咱们的亲戚，你要是生病了，还是要尽量找叔叔。接下来，坐在他旁边的是你的堂兄慎太郎，他回到村里时可以说是一无所有。你也要尽量对他亲近些。你听好了，都说入乡随俗，你必须努力争取得到大家的爱护。而且还得打起十二分精神，千万不能让田治见家的财产被别人抢跑了。”

就在这个时候，哥哥又剧烈咳嗽起来。看他那可怜的样子，我着实替他捏了把汗，同时又觉得似乎有某种黑乎乎的东西像墨鱼汁一样在肚子里扩散。虽然我不知道个中原委，但哥哥对久野叔叔和堂兄慎太郎的憎恶或者说是敌意实在是太露骨了。难道亲人同胞竟会这样互相憎恨吗？我从中窥见了乡下世家的复杂，觉得既可叹又可耻，同时还有一种说不出来的绝望。

可能是因为太兴奋了，哥哥的咳嗽怎么也停不下来，我甚至担心他会就这样断气。在咳嗽声之中，还夹杂着痰摩擦喉咙发出的嘶嘶声，那声音简直要将人的身体撕裂。那股令人作呕的臭气越发强烈了，弥漫在梅雨季节潮乎乎的空气中。

可是，没有一个人伸手照顾他。小梅夫人和小竹夫人端坐在他的面前，连看都不看他一眼。看样子她们已经彻底放弃了他的生命，可我还是觉得她们未免太无情了。远远坐在末座的姐姐正低着头，肩膀微微颤抖。只见她从脖子到侧脸像火烧似的一片通红，也许她不忍抬头看这副惨状吧。

久野叔叔——后来我才知道他叫久野恒实——是个年近六十、瘦骨嶙峋的人，目光锐利，花白的头发看起来很硬。他连眼都不眨一下，只是远远地看着哥哥咳嗽。如果目光能杀人，我想那时的哥哥应该会瞬间昏厥。

久野叔叔长脸，高鼻梁，从容貌上来看，想必年轻时是个美男子，但随着年龄的增长，长相越来越严肃。此时他脸上只有憎恨和嘲笑，仿佛在说：活该！

堂兄里村慎太郎——我从踏入这间屋子的那一刻起，最关注的便是这个人，可是唯独他的心思无从揣度。他的年龄应该和姐姐不相上下，白白胖胖，身材高大。他剃着光头，穿一件皱巴巴的斜纹哔叽外套，一看就是军人出身。但他一脸乱蓬蓬的胡茬，就像美也子所说，着实给人一种邋遢落魄的感觉。

我一进屋就开始注意这个人的脸色，试图读出些什么。可我不得不承认，我完全失败了。这个人一直板着脸、抱着双臂，不管发生什么事眉头都不皱一下，态度淡泊，仿佛置身事外。你可以将这种状态理解为大胆无畏，也可以看成是怅然若失。

紧挨慎太郎坐着的便是他的妹妹典子。看到她的第一眼，我就断定她是个丑陋女孩。人的确是势利。如果她是个美女，我一定会十分同情她的遭遇，对于父亲犯下的罪孽感到深深的自责。可是她并不美丽，我也就没了那种念头，甚至有些心安理得。

典子呆呆地望着一屋子的人。说她天真无邪倒也真是如此，可我总觉得她似乎缺了点什么。宽大的额头，消瘦的脸颊，的确像美也子所说，一点儿也看不出来和我只相差一岁。这样说并不意味着她很年轻，而是那种没长好的感觉。她那虚弱的样子让人一眼就能看出是早产儿。她这时才有些惊奇地将屋里的人看了个遍，最后，当她的视线落在我身上时，一下子就停住了。她目不转睛地凝视着我，目光里似乎也没有什么特别的感情，只是天真无邪的注视罢了。

哥哥的咳嗽仍在继续。咳嗽声里夹杂的像吹笛子一般的嘶嘶声，听起来越发令人心如刀绞。可即便如此，仍旧没有人说话，令人窒息的空气弥漫在一屋人的头顶。

这时，哥哥突然挥着手大喊："浑蛋！浑蛋！我已经痛苦成这个样子了，你们竟然没有一个人出手相助！浑……"还没说完又剧烈咳嗽起来，只见他的太阳穴附近全是冷汗。"药……给我药，药……谁把药给我……"

小梅夫人和小竹夫人对视了一下，随后轻轻点头，其中一人打开枕边的文卷匣，取出一包药，另一人拿起了鸭嘴壶。

"来，久弥，药来了。"

听到这句话，一直死死抓着枕头的哥哥吃力地抬起头，将嘴凑到鸭嘴壶口上。不知为何，他又扭头看着我说了一句："辰弥，这就是久野叔叔的药。好好看着，可管用了。"

哥哥究竟是出于什么考虑对我说了那样一番话呢？直到现在我也搞不清他的真正用意，或许那只是对久野叔叔单纯的嘲讽而已。可那句话说得实在是太准了，准得令人害怕……

两位姑祖母给哥哥喂过药后，他把脸贴在枕头上趴了一会儿。咳嗽是暂时止住了，但或许是因为刚才太过疲惫，他瘦弱的肩膀剧烈起伏着。渐渐地，他整个人似乎平静下来了，我也松了口气。就在这时，他突然剧烈抽搐了一下。

"啊、啊、啊，难、难受啊……水、水……"

他从床上一跃而起，双手在喉咙附近又抓又挠，神情极其可怕，刚才因咳嗽而痛苦的样子简直不能跟现在相提并论。我忽然想起了外公临死前的样子，顿时起了一身鸡皮疙瘩。

"啊！姑祖母，哥哥、哥哥他……"

两位姑祖母也失去了往日的镇定，似乎因哥哥那痛苦的样子而手足无措。她们连忙将鸭嘴壶凑到哥哥嘴边，可是哥哥已经喝不进水了。壶嘴抵着他的牙齿，发出咯咯的声音。

“久弥，坚持住，水来了！听话，你要的水来了！”

可是哥哥一把推开姑祖母的手，又抓了一阵喉咙，终于哇的一声将一大口鲜血吐到雪白的枕巾上，然后便一动不动了。

金田一耕助

现在回想起来还是毛骨悚然。当时，我感到一股黑雾般的歹意瞬间充斥了那座阴暗的阁楼似的后院。我直觉危险正在逼近，甚至有一种立刻逃离的冲动。诸君，你们尽管嘲笑我的胆小吧！对我来说，这已不是第一次经历这种事情。不管是外公还是哥哥，他们刚刚在我眼前出现，下一个瞬间就挣扎着死在了我的面前，而且他们的死法如出一辙！

这是毒杀……我的脑海里立刻闪现出这样的想法。

可是，其他人竟然都很镇定。

久野叔叔给哥哥注射了两三针，终于有些无奈地摇了摇头，说道：“他去世了。过度兴奋加快了他的死亡。”

我惊讶地望着他，随后又震惊地环视那些对他的话语深信不疑的人。

然而，我是知道的，虽然久野叔叔那句“他去世了”说得若无其事，声音却微微颤抖。而且察觉到我的视线以后，他有些狼狈地转过了脸。无论是他说话时那颤抖的声音，还是我看他时他所表现出来的狼狈模样，都预示着这绝不是普通的死亡。他肯定知道些什么。我决定将这件事深深记在心里。

和久野叔叔不同，堂兄慎太郎的心情仍旧难以捉摸。哥哥刚开始痛苦挣扎的时候，他流露出几分惊讶，很快又恢复了一副淡然的神色，看着死去的哥哥。他的妹妹典子仍旧是一副天真无邪、不问世事的模样。

我当时真的很想大叫，想说的话已经涌到了嗓子眼儿——不对，不对！这绝不是正常的死亡。哥哥的死法和外公一样，他是被人毒死的！

可是我没有喊，将话又咽了回去。

哥哥本就病得厉害，而且医生就在旁边，他的突然死亡似乎并不会成为什么问题。所有人都知道迟早会有这一天，所以家人也好，仆人也好，并没有受到很大的打击。虽然我觉得这件事欠一个解释，可又觉得没必要平地掀起波澜，便默默忍下了。而且我也没有勇气断定哥哥就是被毒死的，或许坏疽性肺炎末期也是这样的死法。若不是亲眼见到了外公是怎么死的，我也会毫不怀疑地相信久野叔叔的话。

哥哥的葬礼定在第二天的黄昏时分举行。如此一来，两场葬礼便赶在一起了。一场是安葬由我带回来的外公丑松的骨灰。我本想将它送到井川家，在那里吊唁。没想到哥哥突然过世，我还没来得及完成这件事，外婆和他们的养子兼吉夫妇便从家里赶了过来。外公只有我母亲这一个女儿，所以母亲躲起来以后，便将外甥兼吉收为养子，让他继承家业。

那天，我第一次见到了我的外婆浅枝和兼吉。他们和这个可怕的故事并没有太深的关联，就不多说了。我们当时便商定，外公的丧礼也同时在这个家里操办。我以为，交代完这些应该就够了。

小梅夫人和小竹夫人经商议之后说出了这样一番话：

“虽说自从鹤子失踪以后，我们家就和丑松断绝了来往，但这次他毕竟是受我们之托前往神户，又落得那样一个下场，确实应该在这个家里为他操办丧事。而且这两场葬礼的治丧人必须由辰弥你来担任……”

啊！这些事情足以让我应接不暇！我那平淡无奇的灰色人生终于开始了巨大的转变。整整一天，我忙得晕头转向，各种各样的人陆续前来吊唁。这件事偶然促成了我在村民们面前的第一次正式露面。无论是谁，讲完吊慰的话以后都会用好奇的目光盯着我看一会儿。

美也子也来了，她的大伯子野村庄吉也一起来了。

野村家在村子的西头，和我们田治见家都是村里的大户。西屋的主人庄吉颇有大户人家的风范，态度稳重，说话文雅大方，年龄五十上下。可是，美也子介绍完我以后，就连庄吉也有一瞬间禁不住露出了一丝好奇的神色。当然，他很快便将这个表情掩饰了起来。

此后没有什么特别的事情发生，两场葬礼顺利在第二天的黄昏时分结束了。为方便起见，外公的遗体已先行在神户火化，我将他的骨灰带了回来。这一带的风俗是土葬。田治见家的墓地在宅院后面八墓明神社的下方。人们在那里挖了一个坑，将装有哥哥遗骸的棺材放了下去。往棺材上撒下第一铲土的人正是我。直到现在我还记得，那一刻我仿佛弄丢了某个重要的东西，只感到心里凉飕飕的。

从墓地回来，到了做法事的时间。这时美也子走到我身旁。

“辰弥，”不知从何时起，她开始直呼我的名字了，“有个人说无论如何都想认识你。现在方便吗？”

“啊，是什么人？”

“我也不太清楚。从神户回来的时候，那个人就已经在我们家了。说是大伯的老朋友，来附近办点事，顺便拜访我们家。现在他暂时住在我们家里，名字叫金田一耕助。”

当时，我还没听说过这个名字。美也子似乎也是。

“他找我有什么事情？”

“我也不知道呢。他说想和你单独谈谈。”

我的心又乱了。莫非是警方的人？如果是，就不能不见了。“请带他过来吧。我会在对面房间等他。”

我在一间空无一人的六叠大小的屋子里等待。一个人笑眯眯地走了进来。当我第一眼看见他时，还以为哪里弄错了，因为我一直在期待着一个仪表堂堂、风采动人的人物出现。所以，当那个人一边说着“失礼了，我就是金田一耕助”，一边向我微微鞠躬时，我不禁睁大了眼睛，将他重新打量了一番。

金田一耕助——年龄大约三十五六岁，身材矮小，头发蓬乱，着实其貌不扬。他穿着皱巴巴的哔叽上衣和裤裙。即便估计得乐观一些，他看起来顶多也就是个村公所的文书或小学老师，更何况他还有些口吃。

“哎呀，幸会幸会，我是辰弥。听说您有事情找我？”

“是的，有些事想问问你……”金田一耕助一边微笑，一边用他那足以令人心里发凉的锐利眼神不露痕迹地观察着我，“此时问这样的事情，实在有些冒昧。只是……你可曾听说村里的传言？”

“村里的传言是指……”

“关于你哥哥的死，村子里最近开始流传一些不像话的流言蜚语……”

我不由得心里咯噔一下。我并没有亲耳听见那些传言，但从前天浓茶尼姑的话里大致能猜出会传出怎样的流言，更何况我自己也抱有同样的疑问。

金田一耕助一眼就捕捉到了我脸上闪现的一丝动摇，他微笑着说：“看来你自己也有同样的疑问。既然如此，你为什么没有将这件事说出来呢？”

“我为什么要说？我有什么资格说出这种话呢？”我终于开口了，嗓子一阵灼热，甚至觉得有些呛着了，“医生就在现场，判定哥哥的死没有任何异常，我一个外行又有什么资格插嘴？”

“嗯，确实可以理解。不过，辰弥先生，请容我提醒你一句，以后你若是觉得有什么地方不对劲，请不要瞻前顾后，直接将疑惑说出来会对你比较有利。否则，今后你的处境将十分艰难。”

“金田一先生，您这话是什么意思？”

“也就是说，从一开始，村里人就戴着有色眼镜看你。你回到村里，一定会有怪事发生——他们都是这样想的。当然，这是迷信。可正因为是迷信，才更加可怕。因为人们一旦迷信起来，就会变得冥顽不灵，不听道理。况且不论是丑松先生还是你的哥哥，只要跟你有了瓜葛，立刻就莫名其妙地丢了性命。也难怪村里人的迷信心理会越来越强烈。你不得不多加小心了。”

我的心因胆怯而变得像铅一般沉重，仿佛有一根看不见的黑丝渐渐捆住了我的身体。

金田一耕助微笑着说道："请允许我为我的冒昧向你致歉！初次见面我就突然说了一大堆奇怪的话，想必你心里一定很不舒服。但这也算是我一番良苦用心，请多多包涵。说到你的疑虑，关于你兄长临终时的情形……能否向我描述一下？讲述自己的主观感受一定很难开口，我想请你客观描述你哥哥临终时的样子。"

如此一来我便没有什么顾虑了。我对金田一耕助详细讲述了哥哥临终时的样子。他不时地插进几句，帮助我回忆当时的情形。不一会儿，我便讲完了。

"那么，如果请你比较当时的情景和丑松先生临终时的样子，你有何感想？是不是觉得两人的死如出一辙？"

我阴沉着脸点了点头。金田一耕助静静地思考了一会儿，随后看着我的眼睛，说道："辰弥先生，我觉得这件事不会就此结束。毕竟村里的传言愈演愈烈，况且你自己也觉得有问题。我想警察迟早会介入。"说完他试探性地看着我。

金田一耕助说得没错。三天后，从N町的警察局和冈山县的县警本部呼啦一下来了一大批人。哥哥的坟墓被挖开，在现场进行了尸体解剖，是由县警本部委托的医生N博士进行的，协助他的则是村里的外来医生新居修平。

结果在两天之后公布了。哥哥的死明显是由某种毒药导致的，而且那种毒药和杀害外公丑松的正是同一种。

啊！就这样，一股看不见的黑色妖气终于开始在八墓村兴风作浪了。

自卑感

我心中的焦虑渐渐变得越来越强烈。就像五脏六腑被煎烤一般，火辣辣的，令人窒息。心里觉得要做的事情很多，却不知道从何入手，令人焦灼。最后，我决定好好分析一下。

首先，外公丑松和哥哥久弥被杀（这已经是铁一般的事实了）和我回村这件事有无联系？是不是因为我回到了村里，或者因为我有可能要回到村里，凶手才做出了那种事？如果我没被找到，或者被找到了却拒绝回村，是不是那种事就不会发生了？

我必须把这件事弄清楚。

这桩连环杀人事件是以我为中心而展开的圈套，还是围绕着别的中心展开的与我无关的事件？是否不管有没有找到我，不管我回不回村子，那两桩杀人事件都照样会发生？

我完全搞不懂下毒者的想法和目的。不仅是我，恐怕这对任何人来说都是一个谜。他究竟为什么要杀害外公呢？是因为不想让我回村，所以杀害了作为使者前去迎接我的外公？可是就算如此，也无法保证能把我和村子完全隔离开来啊。美也子最终还是把我接回了村里。

哥哥久弥的死更是让我百思不得其解。就算不去管他，他迟早也会死，甚至不知道能不能平安地度过这个夏天。凶手只不过是把他的死期提前了一点点而已，而且这样做还要冒着巨大的风险。

顺便一提，自从哥哥被判定为毒杀之后，家人和主治医生久野叔叔接受了严格的审讯。处境最艰难的便是久野叔叔了。

我到现在还清楚记得哥哥临终时的样子。哥哥在一阵剧烈咳嗽以后，要求小梅夫人和小竹夫人拿药给他。然后，不知是哪位姑祖母从枕边的文卷匣中取出了一包药。当时，她肯定没有时间犹豫该选哪包，便从许多药包当中取出了最先碰到的那包给哥哥吃下去了。

可是，当警方怀疑哥哥是被毒死之后，便立刻没收了剩下的药包拿去化验，据说没有发现什么异状。那么，那些药包中只有一包被掺了毒药，而且当时刚巧被小梅夫人或小竹夫人拿到。

这些药是从哪里来的呢？据说是久野叔叔每周一次，以愈创木酚碳酸酯、活性炭和碳酸氢钠调配而成的，据说现在的乡间医生早就不配制这种药了。但哥哥服用后身子似乎轻松不少，所以一日三次从不懈怠，药吃完后必定会派人去取。

问题就出在这里。一开始，久野叔叔每次都会配好一周的量交给仆人。后来他渐渐觉得麻烦，再加上这个处方不会变质，于是便一次配好一个月的剂量。可是如果将一个月的用药一次交出，对方的感激之情不免会随之减淡，于是他便每次从中拿出一周的剂量。因此，久野叔叔的药房里，哥哥的药十分充足。

这件事给凶手创造了两个机会。一是在哥哥枕边偷换，二是在久野叔叔的药房事先调包……如果是第一种情况，嫌疑人很容易被圈定范围；如果是后一种，事情就没那么简单了，而且查证起来相当困难。

就像很多得了这种病的病人一样，哥哥久弥脾气古怪，极难伺候，病房里只准小梅夫人、小竹夫人和姐姐出入，其他人绝对不允许进去。当然，主治医生久野叔叔另当别论。所以，第一种情况只用在这四人中间寻找凶手就可以了。可是因为还有后一种可能性，情况变得复杂。

因地处乡下，久野叔叔的药房管理得很松，任何人都可以随便进出。由于房间布局的关系，久野叔叔家的客厅在诊疗室里面，从玄关走到客厅必须穿过诊疗室。如果正好有患者来看病，客人就会被领着穿过药房，到达里面的客厅。所以，只要跟他有点儿交情的人，都有机会换药。

不过，问题并不在于谁有换药的机会，而在于谁知道久野叔叔的药房里一直存放着哥哥整日吃的药。关于这一点，就连久野叔叔也弄不清楚。就算是在乡下，医生一般也不会采取这么不负责任的配药方式，所以久野叔叔没把这件事告诉其他人。可是要一下子包好一个月剂量近百包的药，是一件相当费事的工作，所以他总是让一家人一起帮忙。其中有正在上小学和中学的孩子，也有可能是孩子们无意中说漏了嘴——这样一来，即便久野叔叔自己没说出去，很多人也已经知道了，而知道的人自然也不可能自己站出来承认知道此事。

另外，从前两桩杀人事件来看，凶手似乎并不着急。无论是外公丑松还是哥哥久弥，谁都无法预料他们何时会服下凶手偷换的胶囊或药包。只要知道他们每天都会吃药，凶手似乎就放心了。凶手选择的是最自然、最安全的方法。这两件事发生时，我只是碰巧都在场。或许我的出现才是偶然？

这样一想，这两桩事件也未必是以我为中心展开的。我只是一叶因不幸的偶然而被卷进了旋涡、滴溜溜打转的可怜弃舟。就因为我背负了父亲那可怕的罪孽，偶然也被看成了必然，不知不觉间我被推到了事件中心。可这样一来，我必须更加提高警惕了。

在八墓村里，我的朋友只有美也子一个。但美也子毕竟是个女人，还遭到了村里人的白眼，不知道能否靠得住。只有靠自己来保护自己了。我必须战斗！可是，我要和谁战斗？对手是谁？

我首先想到了给我写警告信的那个人。可是，对我这个初来乍到的人而言，要想找出这个人实在不是件容易的事。那么那个到处调查我品行操守的人呢？朋友的妻子曾说过，那个人像是乡下人。如果他是八墓村的村民，调查起来应该不会很困难。在这样的山村里，有谁出门旅行，一个晚上不在家，很快便会传遍全村。

于是，我尽量不露痕迹地向姐姐询问道："最近村里有人出去旅行吗？"姐姐喜欢把自己关在屋里，平时很少出门，但她还是告诉我，最近除了丑松先生和美也子小姐，没有人离开过村子。接着她补充道，虽然她不出门，但女仆阿岛会把听来的消息转告给她，所以村子里有什么变故她不会不知道。村子里的话题就是这么少。

我继续若无其事问道："或许，慎太郎最近出过远门？"

姐姐似乎被这个问题吓了一跳，很快断言不可能。据她所说，如果慎太郎出门旅行，她不可能不知道。这是因为典子身体不好，干的活儿稍微多一点儿，很快就会病倒。因此，姐姐每天至少会让阿岛过去一趟，帮他们洗涮、做饭、料理家务——这件事一直瞒着小梅夫人、小竹夫人和哥哥久弥。慎太郎只要有一天不在家，阿岛一定会告诉她。说完，姐姐又叮嘱我千万不要把这件事告诉小梅夫人和小竹夫人。

我听后很是吃惊。我原以为这个家里的人都讨厌慎太郎，没想到竟然有一个人暗地里同情他。这件事说明姐姐心地善良，对此我很高兴，但我也不能否认心中掠过了一丝不快——对于慎太郎这个人，我竟然有着如此强烈的先入为主的偏见。

我立刻驱散了心中莫名其妙的阴影，问为什么这个家里的人除了姐姐以外都那么恨慎太郎。一开始，姐姐矢口否认，在我的追问下，她终于说道："真是丢脸。竟然连初来乍到的你都能看出来……"

她深深叹了口气。

"没有什么特别的原因，要怪就怪慎太郎的父亲修二叔叔。他虽是次子，却比父亲更像样。也就是说，他是个正经人。"

姐姐的脸上现出深深的悲哀。

"说这种话会伤害到死去的父亲和哥哥，所以对我来说仿佛身体被撕裂一般痛苦。可是，既然你非要问个究竟……辰弥，即便是现在这个时代，在乡下，也没有什么能比家族更重要，而且继承家业的必定是长子。只要长子不是傻子、疯子，老二和老三都绝对不能凌驾于他之上。只是因为晚生了两三年，不管有着多么出色的才干，弟弟也不能越过大哥继承家业。当哥哥与弟弟在能力、才华上没有太大差距的时候，反倒没什么问题。哥哥不成器没关系，只要弟弟同样不成器，倒也死心了，不会觉得不甘心。可是我的父亲和修二叔叔之间的差距实在是太大了。叔叔是个了不起的人，在任何场合都游刃有余。与此相反，我的父亲……姑祖母她们觉得不甘心就是因为这个。家业是何等重要，将要继承这份家业的长子却是这么不争气，这倒罢了，早晚都要另立门户继承别人家业的二儿子偏偏才华过人。这份不甘心，再加上她们觉得孩子越傻越惹人爱怜，便开始故意疏远叔叔了。到了慎太郎这一代，这种复杂的感情越发强烈了。"

姐姐轻轻擦了擦眼角。

“田治见家的人都是些废人。哥哥也好我也好，都算不上像样的人。不，你什么也不用说……我知道你想说什么。你是想替我辩解吧？可是，我的身体……实在不算是个健全的人。”

姐姐露出了凄凉的微笑。

“可是，里村慎太郎是个正派人。因为战争失败了，他才穷困潦倒，落得现在这般田地。论起为人的正派、优秀，哥哥绝对无法和他相比。姑祖母她们对这一点相当恼火，哥哥也很忌妒他。我们田治见家都是些懦夫、窝囊废，所以在一个像样的健全人面前就会觉得受到了威慑，更不用说慎太郎这样踏实可靠的人了——我们会害怕。两位姑祖母和哥哥之所以憎恨慎太郎，都是源于劣等人对优等人的妒恨。”

姐姐心脏不好，说出这些话已经气喘吁吁。她的脸色有些发白，眼睛周围也出现了黑色的阴影。看着她这副可怜的样子，我实在是心疼。可她仍旧强作欢颜，说道：“我现在真的很开心，因为你回来了。你是一个正经人。不，是个优秀的人。所以，我很开心。”

有那么一瞬间，姐姐那疲惫的双眸闪过一丝光芒。随后，她脸颊泛起红晕，羞涩地垂下了头。

第三章　八墓明神

我想去看一看八墓明神——这个村子所有罪恶和灾难的根源。我并不认为这对解决迫在眉睫的现实问题有什么帮助，但还是觉得有必要看一下。可是哥哥的突然死亡让一切陷入了混乱，而且，一想到刚进村子那天发生的事，我还是有些忌讳随意外出。

到了头七那一天，正午刚过，我向过来帮忙的美也子提起此事，没想到她竟然说："哦？那就一起去吧。说是过来帮忙，其实我什么都插不上手，况且你也没什么事。估计僧人们黄昏时才会过来，只要赶在那之前回来就行。"

我们都是在城市长大的，所以并不知道居丧期间照例是不能参拜神社的。就算是知道，也不太会放在心上。

我们告诉姐姐以后，她有些吃惊，但很快就点头答应了。

"你们去吧。一定要尽早赶回来啊！用不了多久，客人们就要来了。"

"好的，我们一定快去快回。反正离得很近。"

我们穿过宽敞空旷的屋子，从后院的侧门来到外面。侧门外是上坡路，走不多远就有一个蓄水池。幸好附近没住什么人家，不用担心会遇到人。

我们沿着蓄水池走了一圈，发现了一块近两米高的花岗岩，围着用乌木做成的栅栏。石阶下面立着一块石碑，上面写着“田治见家之墓地”。哥哥下葬时我曾来过这里。在墓地一旁有一条小径，顺着走上去可以看到一座山丘，上面长着一棵细长瘦弱的赤松，一些小小的墓碑零散分布在四处。这座山丘便是八墓村村民的长眠之地。

“对了，那个叫金田一耕助的人还在这里吗？”我忽然想起了那个人，便问美也子。

不知为何，美也子蹙起美丽的眉头，说道：“嗯，还在呢。”

“那个人究竟是什么来路？是警察？”

“这个我也不太清楚，可能是私家侦探吧。”

“私家侦探？”我有些意外，“那他是来调查这桩案子的吗？”

“怎么会。他在久弥去世之前就来了。而且我家也没有道理为了田治见家的案子雇私家侦探啊。”

“这倒也是。野村先生怎么会认识私家侦探呢？”

“我不太清楚，总之他来到这里并没有什么特别的目的。据说是有人拜托他到对面的鬼首村调查案件，回来时顺路到这里休息一下。”（作者注：关于鬼首村，请参见《恶魔的彩球歌》和《夜行》。）

“什么？还真有人拜托那种人调查案子啊！”

我不小心说出了声，美也子听了，轻声笑起来。

“哎呀，你说得太过分了。都说人不可貌相，说不定他真是个特别有名的侦探呢。”

美也子说得没错。没过多久，我们就亲身体会到了那个头发蓬乱、一副寒酸相、说话结巴的人是一名多么优秀的侦探。

我们爬到遍布墓碑的山丘顶端，看到那里有一条凿开的山路，顺着山路走到尽头，之前隐约的水声突然大了起来。我俯视脚下，远远地，湍急的溪流正拍打着岩石流过。虽说是在深山里，河流却很宽，四处都是巨石。

“哪天要是有时间，到那条河下面看一看吧。下面到处都是钟乳洞，在别处恐怕看不到那样的景色呢。”

我们没有走到河边，中途爬上了一条与河流平行的山坡。走了两三町[1]，终于抵达了通往八墓明神社的石阶下面。

石阶大约有五十级。地势很陡，一口气爬上去以后，我已经气喘吁吁了。途中我向下看了一眼，只感到一阵眩晕。石阶尽头是一片人工开拓而成的平地，面积足有二百坪，在那里矗立着八墓明神社的前殿。关于八墓明神社是怎么建立的不再赘述，那是一座在日本任何一个地方都能见到的极其平常的神社。

我们在简陋的神殿里礼拜完毕，便转到了神社后面。这里似乎没有人来过的迹象，也不知有没有神官。神社后面有十级石阶，上去之后是五十坪的平地，那里有八座坟冢。一座大的位于中央，其他七座围绕在周围。看来中央的那座是大将，其余的七座应该是臣下了。坟冢旁边立着一块刻有八墓明神来历的石碑，因为是用汉字雕刻的，我读不太懂。

在这块平地的东边一隅，矗立着一棵参天巨杉。

---

①日本计量距离的单位，1 町约为 109.09 米。

“那就是两株杉树中的一株。这边这株就是今年春天被雷击中的……”

我听着美也子的介绍，回头向平地西边的角落看去，心中顿时一惊。

那棵只剩下残株的杉树被稻草绳围了起来，旁边蜷缩着一人，正在一心一意地数着念珠。虽说只是个背影，可一眼就能看出那人是个尼姑。是浓茶尼姑吗？

“回去吧。”我低声嘟囔着，悄悄拽了拽美也子的衣袖。

美也子却摇了摇头：“没事。那不是浓茶尼姑，是BANKACHI的BAIKOU尼姑。她是个十分温和的人，一点儿都不用担心。”

后来我才知道，BANKACHI的汉字写作“姥市”（读作UBAGAICHI），同样也是一个地区的名称。十有八九是日本各地流传的“弃姥传说”遗留下来的称呼。后来，UBAGAICHI不知何时被讹传成了BANKACHI，那里建有一座名为庆胜院的尼姑庵，BAIKOU尼姑便是那里的住持。BAIKOU写作“梅幸”，和歌舞伎演员梅幸的名字一模一样，但估计梅幸根本不知道还有叫这个名字的演员。

梅幸专心祈祷了一会儿，然后站起身来看了看这边，有些意外地睁大了眼睛，但立刻露出了温和的笑容。看来她的确跟浓茶尼姑妙莲有天壤之别。她美丽优雅，肤色白皙，微微发福的脸庞就像观音菩萨一样柔和。剃度后圆圆的脑袋上包着一块茶色的宗匠头巾，身穿一袭黑色和服外套。她应该至少有六十岁了。

她捻着念珠，静静地抬步走了过来。

“师父，您真是虔诚啊！”

“哪里哪里。我只是有些事情还无法释怀……”梅幸微微蹙了下眉，凝视着我的脸，问道，“莫非这位便是东屋的……”

“是的，他就是辰弥少爷。辰弥，这位是庆胜院的梅幸师父。”

我轻轻点头致意。

“能有幸在这里相见，真是巧了。我正要前往府上，给麻吕尾寺的师父们帮把手。”

“那真是辛苦您了！”

“师父，麻吕尾寺的住持师父身体可好？听说他生病了……”

“是啊，毕竟他的年纪也大了……今天应该是英泉师父代他前往府上。我也会去尽一份绵薄之力。”

“真是辛苦您了，那么咱们就一起回去吧。”

我们走到石阶跟前，梅幸突然回头看了一眼身后，说道：“真是惨不忍睹……”

“嗯？您说什么？”

“哦，我说的是那棵名叫小竹的杉树。”梅幸指了指那棵被雷击中的杉树。

“什么？您是说那棵杉树的名字叫小竹？”

“是的。那边那棵叫小梅，这边这棵叫小竹，它们是孪生杉树。对了，据说东屋的小梅夫人和小竹夫人就是因为孪生，才取了这两棵杉树的名字。”梅幸用沉重的声音说道，“它们就那样一起茁壮生长了成百上千年，可是现在其中的一棵却被雷劈死了……这难道是某种凶兆吗？一想到这个，我就感到一种莫名的恐惧。”

梅幸终归也是这个村子的人，无法摆脱八墓传说的阴影。我心中涌起一丝不悦。

毫无意义的杀人

我们和梅幸一起回到家里，正赶上寺里的师父们也到了，客人们正陆续到达。

田治见家信仰禅宗，参拜的寺庙是村里的莲光寺。可是死去的哥哥久弥从年轻时就追随邻村真言宗的麻吕尾寺住持长英师父，所以不管是葬礼还是随后的早晚念经，都是由莲光寺和麻吕尾寺两座寺庙的师父来担当。

麻吕尾寺虽是邻村的寺庙，但坐落在两个村子的交界处，从地形上更接近八墓村，施主也是这边的多一些。寺庙住持长英师父已八十高龄，经常卧床不起，所以一般的念经活动便由战后进入寺庙修行的英泉师父代理。姥市的庆胜院是麻吕尾寺的分寺，麻吕尾寺人手不够时，梅幸便会出来帮忙。

婚丧嫁娶这些事在城市里已经简化不少，可在乡下仍是繁复。无论红白喜事，都会耗费一大笔金钱。更何况是附近数一数二的大户田治见家操办丧事，仅仅头七这一日的客人便多达几十名。

法事从两点开始，毕竟是两座寺庙的师父都来念经，到最后结束的时候已近五点。接着便是进斋食的时间了。

家里那些跑山、跑牛和跑河的家仆与常来常往的村民们在紧挨着厨房的房间里一起进餐，亲戚们和村里有头有脸的人物则坐在两间打通了的十二叠大的房间内。给师父们上的是正宴料理，其他人则是便宴料理。

发号施令的是小梅夫人和小竹夫人，真正做事的却是姐姐，我不禁担心起她的健康状况。

“姐姐，你没事吧？别太累着自己，会伤身体的。”

“嗯，谢谢。没事的。现在精神正紧张着呢……”

两份正宴料理和将近二十份便宴料理已经准备完毕，整整齐齐地摆放在厨房里，姐姐就站在饭菜前，双眼无神，一张脸苍白而浮肿。

“你的脸色真的很差。剩下的事情交给阿岛和下人们去做，你到别院躺一会儿吧……”

“这可不行。再撑一会儿就好了。辰弥，你去跟客人们说，差不多该入席就座了。”

“是吗？好的，那我现在就去。”

我正要走，典子过来找我了。

“哥哥。”典子有气无力地叫了我一声，飞快地瞄了一下我的眼睛，接着便低下了头。

这是典子第一次和我说话，也是我出生以来头一回被年轻姑娘喊“哥哥”。我的心不由得怦然一跳。可是，看着典子那仿佛在背阴处盛开的花朵一般弱不禁风的样子，我心中立刻涌起一丝苦笑。如果这是一个更有朝气、更有女人味的姑娘该多好……不过，今天的典子似乎化了淡妆。

“哦，是典子啊。有什么事吗？”

“庆胜院的住持师父找哥哥有点儿事。”

“辛苦你了。住持师父在哪里？”

“请跟我来……”

我跟随典子来到紧挨着玄关的一间屋子，梅幸正在收拾行装准备离开。

“啊？您这是要回去吗？我们正想为各位师父奉上斋饭呢。请留下来吧。”

“不了，那样的话就太晚了。我年岁也大了，请允许我先行告辞。”

“哥哥，”背后传来典子怯怯的声音，“一会儿可以吩咐年轻家仆把住持师父的斋饭送过去。”

不愧是女人，心思细腻。

“好，就这么办。住持师父，那我现在就让家仆给您把斋饭送过去……”

“谢谢。”梅幸微微低头行了一礼，迅速环视了一下四周，突然走到我身旁，凑到我耳边说道，“辰弥少爷，请您抽空来我庵中一趟。我有话对您讲。关于您的身世，我掌握着一件非常重要的事情。”

见我有些茫然，她又看了看四周，说道：“您听明白了吗？请务必来一趟。来的时候务必一个人来，不要带任何人。刚才在八墓明神社那里我就想说，可是西屋的少夫人也在场，所以就……就这么说定了。千万别忘了。这件事只有我和麻吕尾寺的住持师父知道……最好您明天就能过来一趟。我等着您。”

她很快从我身边离开，仿佛在向我暗示什么似的，再一次使劲盯着我，然后有些不自然地鞠了一躬，向玄关走去。

我愣住了，一时间不能理解她突然对我耳语的那番话是什么意思。一动不动地呆立了半晌，我好容易才回过神来，想要问个一清二楚，便一路追出玄关，可梅幸早已不见踪影。

“哥哥，住持师父刚才说什么了？”

我回头一看，只见典子正站在身后。就连她那孩子般天真无邪的眼睛里也浮现出了怀疑。

“啊，没什么……”我从口袋里掏出手绢，擦了擦额头上渗出的汗水，“真是一头雾水。”

回到屋里一看，大家都已经落座了。莲光寺的洪禅师父和麻吕尾寺的英泉师父并排坐在正面，他们的左侧空出了一个位子，是我的座位，然后是小梅夫人和小竹夫人，接下来空着的那个应该是姐姐的座位，旁边是久野叔叔和他的妻子以及长子。

对面一排，村长坐在首位，接下来是西屋的主人野村庄吉和他的妻子，然后是森美也子，接下来是一位四十五六岁、皮肤白皙、留着漂亮髭须的绅士——我是当天才认识他的，他便是外来医生新居修平。听说他是从大阪疏散到这里来的，却说一口清晰流利的东京话，为人也很温和。如此看来，久野叔叔被比下去也不无道理。因为他协助解剖了哥哥的遗体，小梅夫人和小竹夫人今天便特意将他请了过来。在他旁边，坐着我的外婆和舅舅兼吉，他们有些拘谨地缩在一角。接下来还有两位，我并不认识。不，或许他们曾经被介绍给我，但是我忘了。

我从屋外走过，来到厨房，吩咐下人将斋饭送到庆胜院。

“住持师父已经回去了？嗯，那就这么办吧。一会儿再派人送过去。啊，辰弥，等一下。”姐姐叫住了我，“本来不应该麻烦你的，但还是请你帮我端一份吧。”

“明白了。是哪一份？”

“正宴料理不是有两份吗？你拿其中一份就可以，剩下那份我会端过去的。对了，送过去以后就坐在你的位子上吧。”

“是。这是给师父们的，对吧？端给哪一位师父？”

“哪一位都可以。两份是一样的。”

我和姐姐各端了一份正宴料理，站了起来。

“阿岛，剩下的菜就拜托你依次端上去吧。我送完这份会直接落座……”

“是，明白了。”

我和姐姐并肩走进屋子。因为座位的关系，我端的那份自然而然地放在了莲光寺洪禅师父面前，姐姐则将料理摆在了麻吕尾寺的英泉师父面前。两位师父捻着衣袖，静静地低头行了一礼。

摆好饭菜后，我们各自回到自己的座位。紧接着，阿岛指挥女佣们将便宴依次端了上来。上完以后，酒壶也端了上来，终于到了用餐的时间。

“都是些粗茶淡饭，招待不周，还请各位见谅。请用餐吧。”

我寒暄过后，洪禅和英泉微微颔首致意，拿起面前的酒杯。

乍一听洪禅这个名字，还以为是个身材魁梧的大法师，实际上他三十出头，瘦骨嶙峋，戴着度数很深的眼镜，只有穿着僧衣的时候才像个僧人，否则就像个头发剪得很短的书生。

与洪禅相反，麻吕尾寺的英泉虽说是代理，看年龄却早已过了五十，头发花白，表情很是严肃。他也戴着度数很深的眼镜，所以眼梢看起来向上吊起，双颊上各有一道很深的皱纹，似乎在诉说着过去的劳苦。

这种场合的话题，大抵会从追忆故人开始。可是哥哥的死法实在特殊，人们自然都避开这个话题。于是，洪禅成了人们议论的对象。他似乎还是单身，村长和西屋主人野村庄吉都在为他四处张罗媳妇。只要一提起这个，年轻的洪禅脸就会涨得通红，活像一只章鱼，额头上还吧嗒吧嗒地滴汗。美也子觉得好笑，从旁取笑，结果洪禅的脑袋上竟然冒出了一缕缕水汽，惹得在场的人哄堂大笑。

可是，就在大家谈笑风生之际，却发生了那起足以令人血液凝固的恐怖事件……回想起当时的场景，此刻我握着钢笔的手仍然止不住颤抖。

洪禅和英泉似乎都不胜酒力，很快就放下酒杯，拿起了筷子。其他人纷纷效仿，阿岛开始忙着给他们盛饭。

就在这时，突然传来一声惨叫。

“啊！喂、喂！你怎么了？”

我抬头一看，英泉正从后面抱着洪禅。洪禅的筷子掉了，一只手支撑在榻榻米上，另一只手正在喉咙到胸口之间抓挠。

“啊！难受，难受啊！水、水……”

立刻有四五个人站起身来奔向厨房。其他人都弯腰张望。

“喂！洪禅师父，你这是怎么了？要坚持住啊！”

村长转到后面，死死盯着洪禅的脸。

“难受，难受啊……胸口……胸口……”

洪禅用指甲咯吱咯吱地抓着榻榻米，浑身一阵剧烈颤抖——那动作简直不像是人能做出来的——然后哇地将一大口鲜血吐在了饭菜上。

“啊！”

不知是谁发出了一声惊叫。屋里的人全都站了起来，甚至有人逃出了屋子。

这便是第三桩杀人事件。

讨厌醋拌凉菜的人

我的噩梦还在继续。疯癫的闹剧，了无头绪的杀人把戏……在那之后，我仍旧不得不一次次体验那些可怕的经历。可是最令我胆战心惊的便是洪禅临死前的痛苦喊叫。

看到洪禅吐血，新居医生似乎很快察觉了什么，立刻站了起来。

“久野医生，您的手……”他喊了久野叔叔一声。

我也循声看向久野叔叔，直到现在我都忘不了当时久野叔叔的表情。他坐在座位上，略微欠身，身子从饭菜上方探了出来，额头上全是汗水，眼珠子几乎迸出来了。放在膝盖上的右手还端着酒杯，却早已握成拳头，正在剧烈地颤抖。只听咔嚓一声，拳头里传来酒杯裂开的声音。

听到新居医生的叫声，久野叔叔一下回过神来，掏出手绢擦了擦额头上的汗。这时他才意识到手心在流血，连忙用手绢包扎。

新居医生一脸不解，目不转睛地看了久野叔叔一会儿，接着便干脆利落地为洪禅师父诊察起来。“哪一位能帮我把包取过来？就在玄关。拜托了。”

话音未落，美也子便站起身来。新居医生给洪禅注射了两三针，但没过多久，他便无可奈何地摇了摇头。

“不行。已经救不过来了。”

“医生，死因是什么？”村长用十分沮丧的声音问道。

“如果不解剖，无法断定死因。应该和久弥先生的情况一样吧。久野医生，您有何高见？”

久野叔叔茫然地瞪大了双眼，仿佛没有听见。

屋里人用怀疑的目光盯了久野叔叔一会儿，忽然有人使劲捅了我的后背一下。

“是他！是他！就是这个家伙下的毒！”

我大惊失色，回头一看，英泉正指着我，一脸凶相。

“就是你！是你下的毒！你杀了自己的外公，又杀了自己的哥哥。这次又想来杀我，结果一不小心误杀了洪禅师父！”

英泉额头上暴起了一条条蚯蚓一样的青筋，向上吊起的双眼布满血丝，在镜片后面闪露着凶光。一瞬间，屋里弥漫起一股冷冷的杀气。

这时，有人拨开人群走到我身后，一把将我推开，站在我前面。是姐姐。

“英泉师父，您这是在说什么！”因为愤怒，姐姐的声音在颤抖，“我们家辰弥为什么要给您下毒？您和辰弥之间有什么关系？”

英泉仿佛一下清醒过来，露出了害怕的神色，接着慌慌张张地看了看四周。当他发觉所有人都注视着他，越发害怕了，狼狈地用衣袖擦着额头，说道：“不、不，是我失礼了……”

“这绝不是一句失礼就能解决的问题。英泉师父，我愿意洗耳恭听。我们家辰弥为什么要杀您？为什么要给您下毒？”姐姐喘着粗气质问。英泉越发狼狈了。

“不，我不是这个意思。没事了。刚才的情形实在太可怕了，我一下子急了……说了些混账话。请您不要放在心上，把它忘了吧。”

“就算再怎么急，有些话也说不得！英泉师父，请您把话说清楚。您和辰弥，究竟有什么关系……”

“姐姐，姐姐！算了吧。不要太激动，会伤身体。”

“实在是太欺负人了……”姐姐用袖子捂着脸，颤抖着肩膀哭了起来。

英泉为什么会叫嚷出那样一番话呢？就算是气急了，心里完全没想过的事情也绝不会脱口而出。一定是当他得知洪禅师父是被毒死的，心中便突然涌上了这样的怀疑——凶手是不是把他和洪禅搞错了。他为什么会这样想呢？

他是这样说的：“你杀死了自己的外公，又杀死了自己的哥哥。这次又想来杀我……”

为什么？为什么要在外公和哥哥之后盯上英泉呢？不明白，我想不明白。一切都是谜……

洪禅被毒死一事再次在八墓村里刮起一阵恐怖的旋风。这也情有可原，外公丑松和哥哥久弥都是与田治见家渊源很深的人，此次丧命的却是皈依寺庙的住持，并没有什么特别的渊源。虽说前两桩杀人案的动机很难捉摸，可这第三桩杀人案，与其说毫无头绪，倒不如说是一起毫无意义的杀人案件。难道凶手是以不加区别地杀人来获取满足感的下毒狂魔吗？

紧急通报发出后，驻在所[①]的警察立刻赶过来了。到了晚上，矶川警部率许多警员从N町浩浩荡荡地赶了过来。

这位矶川警部外号老狐狸，据说在县警本部刑事科也算得上是

①日本警察基层机构，多设于山区、孤岛等偏远地区。

个老练的人物。自从哥哥不明不白地死了以后，他一直负责调查这个案子，于是将N町作为根据地，每天都到八墓村调查。他能赶来一点儿也不奇怪，奇怪的是一起过来的警员里竟然还有那位说话结结巴巴的金田一耕助。更奇怪的是，金田一耕助在警员里似乎很受欢迎，就连矶川警部对他也是毕恭毕敬。一番审问过后，大致弄清了下列事实。

杀害洪禅的毒药是放在了醋拌凉菜里面，下毒时间大致有以下几种可能性：

两份正宴料理和将近二十份便宴料理，除了汤以外，都是趁着师父们在屋内念经的时候盛好的，后来在厨房里摆放了一段时间。出入厨房的并非只有女眷，男人们也会进来讨杯凉水喝，或是来借个杯子，频繁进出。所以，理论上来讲谁都有机会下毒。令人费解的是，凶手是如何知道那份下了毒的饭菜一定会被端到洪禅面前呢？

正宴料理有两份，其他全部是便宴料理，所有人都知道那两份会端给两位师父。所以，如果凶手在屋内的客人之中，他绝对不用担心下了毒的饭菜会误送到自己这里。可是，那份饭菜究竟会送给洪禅还是英泉，恐怕连佛祖也无法预测。

我端起被下了毒的饭菜，姐姐拿了另一份，这完全是偶然。我站在姐姐右边，就这样走进屋子，顺势将饭菜放在了洪禅面前，这也是偶然，绝非我和姐姐的意志所能左右。所以，如果当时我端起了另外一份饭菜，或者站在了姐姐左边，那么被毒死的就肯定是英泉了。

可见凶手的目标既可以是洪禅也可以是英泉。对凶手来说，这两个人谁死都无所谓。真的有这么荒唐的杀人方式吗？

一切都是那么疯狂，所有事情都乱套了。然而，这桩案件的凶手绝不是傻瓜，也绝非疯子。这从他那极其巧妙的作案手法就能看出。这个案子之所以在我们看来显得很疯狂，是因为我们完全不知道凶手的计划。到目前为止发生的三桩杀人案，只不过是凶手描绘在沾满了鲜血的圆满杀人计划上的三个点。而且，在凶手画完这个圆以前，我们永远也不会明白这一桩桩杀人案究竟是出于什么动机。

当天晚上，在那间打通了两间屋连成的十二叠大的犯罪现场，进行了一场奇妙的实验。据说这是金田一耕助的提议，要我们重新坐回案发时的座位。幸亏新居医生提醒得当，犯罪现场纹丝未动，只是在进行解剖时出于需要移动了尸体，所有饭菜都是按照之前的顺序摆放的。我们都坐回了各自的位置。

“请各位看仔细了。没错吧？大家面前的饭菜，是不是自己刚才吃过的饭菜？请务必仔细检查一下。”

我们都开始仔细查看。我注意了一下碟子和小钵中食物减少的情况，基本没什么问题。这时，金田一耕助逐个检查醋拌凉菜的小钵，并在笔记本上写写画画。

我明白了。

金田一耕助正在调查哪些人吃过醋拌凉菜，哪些人没吃。估计这是源于如下推理。

正宴料理和便宴料理本就有区别，下了毒的饭菜不会被送到自己面前——对这一点凶手很有自信。可是，他不得不做好准备应付下列危险的出现：盛放饭菜时，经常会在最后调换每份料理盛凉菜的小钵，或者从这边的小钵中夹一点儿菜放到那边的小钵里，这种情况也是常有的。

凶手担心自己下毒以后，会有人将那个小钵与其他饭菜里的小钵调换，或是从小钵里夹了一点儿菜放到其他小钵里面……因此，凶手绝不会碰醋拌凉菜。

至于金田一耕助调查的结果——我很久以后才知道——当时没有吃醋拌凉菜的人只有一个，那就是我，田治见辰弥。

我原本就不爱吃醋拌凉菜。

英泉的旅行

我已经累得筋疲力尽，完全没有力气思考了。

啊！我受够了！

人承受紧张和兴奋的能力是有限的。一旦超越底线，一直紧绷的那根弦就会突然断掉，情绪便会崩溃，即俗话说的“窝囊废”。那天晚上，我就成了个窝囊废。

洪禅的遗体最终决定在本地解剖，暂时搬到了别的房间。矶川警部给县警本部的委托医生 N 博士发了电报。

办完这些手续后，我们轮流接受了严格的审讯。在之前的两个案子中，下毒者是在哪里、利用怎样的机会投的毒不甚清楚，关于这一点，这次的案子却十分明了。下毒者就在这个家的屋檐下，趁乱混进厨房，巧妙地下了毒。

可见，杀害了外公和哥哥、现在又杀害了洪禅的下毒狂魔，实际上就在我身边。一念及此，我顿时感到一股冷气蹿过后背，不禁战栗不已。

审讯直到深夜才结束。在所有人中，我接受的审问最为残酷。接连不断的不幸，让那些原本明智的警察头脑也混乱了，在他们眼中，我似乎已经成了一个异样的怪物。他们觉得我是一个下毒狂魔，没有任何理由便乱开杀戒，见一个杀一个……这个案子的凶手只有这一种可能，而我正是最合适的人选。

我有一个可怕的父亲。父亲体内流淌的残暴血液也在我体内流淌着，只是换了一种表现形式，不再像烈火般鲜红炙热，而是沉淀为苍白色，在我体内阴险地潜伏下来，把我造就成一个外表和善、内心险恶的下毒狂魔。

我的出生和那样一起血腥惨案有关。这件事成为我的黑色命运之星，驱赶着我犯下了如此莫名其妙的可怕罪行。一定是这样……

还有一个不利因素。作为一个初来乍到的人，对村民们而言，我身上有着异乡人的神秘莫测。所以，没有一个人能够心怀信任地为我辩护，就连姐姐说不定也曾怀疑过我。一想到这些，我就感到撕心裂肺般痛苦。

如果连姐姐都有可能这样想，那些警察多疑的目光都集中在我身上也就不足为怪了。他们用尽方法审问我，固执地死缠烂打，时而迂回曲折，时而单刀直入，残酷而无休无止。我被他们折磨得身心俱疲。

在江户时代①，有一种叫作“剥夺睡眠”的审问方法。连续好几天不让人犯睡觉，令其身体和心灵像棉花一样疲软，当人犯进入一种迷妄状态，便趁机逼他招供——不管是不是他犯下的罪行。

①日本德川幕府统治的时代，时间为 1603 年到 1868 年。

那天晚上，虽说审讯者并未恶劣至此，但因情绪崩溃，我自觉陷入了一种被“剥夺睡眠”状态。莫非我是一个连自己都没察觉的怪物，身体的某处隐藏着另一个可怕的自我，那个家伙趁我不注意的时候做出了那种可怕的事情？我甚至开始考虑这种无稽之谈。

我几乎被逼得想要大喊：“没错！没错！都是我干的。这些事情都是我干的。你们看，我已经招供了，求求你们不要再折磨我了……放过我吧！”

将我从这种状态中拯救出来的，不是别人，正是金田一耕助。

“哎呀，警部，这个案子不论凶手是谁，都不是一朝一夕能解决的。因为凶手的动机我们完全没弄明白。即便丑松先生和久弥先生被害看似有动机，可是仔细想一想，其实还是相当于没有。至于洪禅师父被害，动机更是完全不明了。凶手究竟在想什么？在这些问题弄清楚之前，最好不要这样盲目而急切地逼问。”

金田一耕助似乎在矶川警部面前有着不可思议的威信，他一句话便把我从警部咄咄逼人的审讯中解救了出来。

矶川警部苦笑道：“唉，这个案子实在是难办啊。要论可怕程度，二十六年前的那个案子可算是闻所未闻，不过毕竟过程简单。这次却不一样，虽说规模不大，但着实令人头疼，比那个案子更让我们困扰。可恶！这父子两代人怎么都跟我们过不去啊。”

到了深夜十一点，警官们终于都撤走了，只留下两个人看守洪禅的尸体，等明天 N 博士来了以后进行解剖。

一直被禁止外出的宾客们都逃也似的溜回家去了。偌大的屋子里只剩下我一个人，孤零零地站在那仿佛潮水退却后留下的寂寞之中。

我已经丧失了做一切事情的勇气。可怜又悲惨的想法充斥着我的大脑，我像个窝囊废一样瘫坐在一片狼藉的屋子里，不知不觉间已是泪如泉涌。

没有人跟我说话。厨房那边传来哗啦哗啦洗碗碟的声音，丝毫听不见人声。阿岛和那些女佣或许正在议论今天的惨剧，只是因为顾忌我而不敢出声。在这些人心中，对我的怀疑已经扎下了邪恶的根并蔓延开来，就连洗碗碟的声音也似乎在忌惮着什么……

啊！我是孤独的。

没有一个人站在我这边，没有一个人温柔地安慰我。正当孤独的感觉深深地占据我的心，令我无比痛苦时，突然，一个声音响起，仿佛洞穿了我的想法。

“不是的，不是这样的。我永远都会站在你这边。”有人从后面轻轻揽住了我。

是姐姐。她温柔地抱紧了我的肩膀。

“不管其他人说什么，我永远都支持你。你一定要记住这一点。我相信你。不，与其说相信，不如说我知道。我知道你不是那种可怕的人……”

在这一瞬间，我终于深刻地体会到了亲情为何物。我像个孩子一样，靠在了姐姐的胸口。“姐姐，姐姐，请告诉我。我到底该怎么办？我是不是不应该回来？如果真是这样，我随时都可以回神户去。姐姐，请告诉我，我该怎么办？”

姐姐温柔地抚摸着我的后背，说道：“别说什么要回神户的丧气话了……你是这个家里的人，为什么不能回来？你得一直留在这里才行呢……”

“可是姐姐，如果因为我的到来，那些可怕的事情会接二连三地发生，那么我在这里肯定是一刻也待不下去。姐姐，请你告诉我，到底是谁干了那些事？这和我究竟有什么关系？”

“辰弥，”姐姐颤抖着说道，“不要考虑这些乱七八糟的事了……你和那些恐怖的案子之间能有什么关系呢？这件事在哥哥的案子里不就一清二楚了吗？你哪有机会偷换药包呢？你可是刚刚来到这里啊。”

“可是，可是警察并不这么想。他们仿佛觉得我掌握了恶魔的妖术。”

“这都是因为大家太激动了。等所有人都冷静下来，误会也会慢慢解开的。辰弥，绝不能悲观，绝不能自暴自弃啊……”

“姐姐！”

我想说些什么，话却堵在嗓子眼，说不出来。

姐姐也沉默了一会儿，然后仿佛突然想起了什么，说道：“对了，辰弥，前一阵你曾经问过我一个奇怪的问题。”

“奇怪的问题？”

“是啊。你问我，最近有没有人离开村子出去旅行了。你为什么会这么问呢？”

听她的声音像是想起了什么线索，我不由得一惊，重新看了看姐姐。姐姐的脸因疲劳而有些浮肿，但闪闪发亮的双眸中似乎隐藏着某种强烈的愿望。

我将那个在神户四处打探我性格为人的男人的事情和盘托出，并且补充道，那个人和寻找我的诹访律师并无关系，像是个乡下人。

姐姐听完后，睁大了眼睛问我那是什么时候的事情。我掐指推算出大致的日期，姐姐也掰着指头数了数日子，最后声音急促地说道："果然是这样。恰巧就是那个时候……"姐姐迅速移动双膝凑上前来。"辰弥，上次你问我的时候，说的是这个村里的人，对吧？所以我才疏忽了。有一个人，他不是这个村里的人，但和村子有很深的渊源，正好在那段日子出去旅行了。"

"是谁？姐姐，那个人是谁？"

"是麻吕尾寺的英泉师父……"

我大吃一惊，盯着姐姐的脸，感觉头顶被砸进了一个巨大的楔子。"姐、姐姐，这、这是真的吗？"我的声音不禁颤抖起来。

"当然是真的，绝对没有错。刚才英泉师父不是对你说了一番莫名其妙的话吗？当时我气坏了，只顾着和他争辩，却突然想起，他上个月初有五六天离开寺庙出去旅行了……"

我心中一阵发冷，因为太过兴奋，牙齿不禁咯咯作响。"姐姐，英泉师父是怎样的人？他和这个家有什么关系吗？"

"哪里有什么关系！那个人是战争结束后不久来到麻吕尾寺的，据说以前在满洲的一间寺庙里修行。他和麻吕尾寺的长英师父是故交。长英师父生病了，这才让他代理。至于他究竟是何来历，我就不清楚了。"

如果出现在神户的那个人真的是英泉，那他为什么要做那种事呢？又为什么会对我有兴趣？

"姐姐，关于这个案子，英泉师父是不是知道什么？从今天他说的那些可怕的话也能感觉出来。"

"一定是这样。"姐姐断然说道，"不然绝不可能说出那种可怕的话来。他后来说，是因为太可怕了所以急了。可就算是真的急了，就算再怎么气急败坏，心里从没想过的事也绝不可能脱口而出。辰弥，你还记得他当时说的话吧？”

我怎么会忘呢？我一边哆哆嗦嗦地回忆起当时那可怕的情景，一边默默点了点头。

“从他的话里面，你能不能找出些头绪呢？他肯定是误会了某些事情，你心中可有线索？”

我自然毫无头绪。一瞬间，我又一次意识到自己在这个村子里的危险处境，不由得沮丧万分。这时，阿岛进来了。

“辰弥少爷，”她将手撑在门槛边上，行礼道，“两位老夫人请您过去……”

“哦，是吗？那请你回禀一声，就说我们马上过去。”

姐姐正要起身，阿岛却做了个制止的手势。“不是的，夫人您就不必过去了，说是要辰弥少爷单独过去……”

我和姐姐不禁对视了一下，从对方的眼中，我们都看到了不解。

毒茶

我来到这个家就快一个星期了，从来没有和两位姑祖母面对面地单独相见。我们见面时，总是会有姐姐或其他人在场。

可是今天她们突然提出要撇开姐姐与我单独会面，而且还是在刚刚发生过可怕杀人事件的深夜。我的心顿时被不安的情绪搅乱了。

但我没有理由拒绝，只好随阿岛站起身来。姐姐有些担心地目送着我离开。

小梅夫人和小竹夫人住在主屋最里面的房间，即紧挨着连接起别院的三十米长廊的两间八叠和六叠的屋子。两个人睡在八叠的那间屋里，关系甚是亲密。

我在阿岛的带领下走进那里，只见她们还没睡觉，正在静静地喝茶。我仍旧分辨不出两人。她们看见我后，蠕动着荷包口一样的嘴巴，先后说道：

“哦，辰弥，辛苦你了。来，坐到这边来。”

“阿岛，没你什么事了。回去休息吧。”

我走到其中一人所指的地方坐下，阿岛默不作声地低头行礼后便出去了。

“姑祖母，请问找我有什么事？”我看着这两位像猴子一样的孪生姐妹，开口问道。

“呵呵，辰弥啊，不用这么拘谨。这里是你的家啊，放松点。对吧，小竹？”

“是的，小梅说得没错，不要这样战战兢兢的。久弥已经死了，你就是这个家的主人。你得拿出点气派来才行啊。”

不知是不是人到了这个年纪，所有的感情都会挥发殆尽，就像汽油那样容易蒸发、海绵那样容易脱水。两位夫人现在便是一副若无其事的样子，仿佛已经不记得今天发生过那样的惨剧。这令我难以承受，心情焦躁得连脚底板都开始发痒。

“听说你们找我有事？”

我又问了一遍。

“哦，对。其实也没有什么特别的事情。只是觉得你今天也很累了，想让你过来喝杯茶。”

“是啊，那些讨厌的事情接连发生，你一定也累坏了。来，我这里有一种罕见的好茶，你来尝尝。小梅啊，你来给他沏一杯茶吧。”

“好、好。”

小梅夫人用小绸巾利落地擦过茶碗，为我沏了一杯浓茶。我猜不透两位老人的真实意图，呆呆地盯着两人的脸看了一会儿。

“怎么了？这可是小梅特意为你沏的茶。还不快些喝了！”小竹夫人催促道。

我不好拒绝，便端起茶碗啜了一口。然而，我心中立刻一惊，又看了两人一眼。

这股刺痛舌头的可疑味道……而且，当我再次看向她们的时候，她们交换了一个意味深长的眼神。我的后背一阵发冷，全身的毛孔都开始冒冷汗了。

下毒狂魔……难道这两个猴子一样的老太婆就是下毒狂魔？

“怎么了？辰弥，你的脸色怎么这么奇怪？快，一口喝完吧。”

“是……”

“呵呵，真是个奇怪的孩子。怎么这么惊慌呢？这里面可没下毒。来，尽管喝光它。”

啊！原来下毒狂魔竟是这样天真无邪！两个老太婆蠕动着荷包口一样的嘴巴，看起来是那么高兴，同时又有些不放心地盯着我端茶碗的手。

我的额头上冷汗直淌，眼前一片漆黑，端着茶碗的双手不住地哆嗦。

“你这是怎么了？快，喝了它就回房休息吧。夜已经深了。”

“是啊，今天一定累坏了。快点把茶喝了，忘掉那些乱七八糟的事，好好睡一觉。睡觉是最放松的事了。”

我实在是进退两难。总不能把含在嘴里的那口苦茶吐出来。就算吐出来又有什么用？已经有一部分咽下去了。

一不做二不休，事已至此，怎样都无所谓了。我在一种自暴自弃的勇气的驱使下，一口气喝干了那杯可疑的茶。莫可名状的恐惧、战栗和绝望令我颤抖不止。

“喝了，喝了！”

“呵呵，真是个好孩子！”

两位夫人对视一眼，露出了满意的笑容。她们像孩子一样缩着脑袋高兴不已。我又感到背后阵阵发冷，便一直俯首盯着自己的身体，恨不能看到身体里面。

仿佛感到肚子开始阵阵疼痛，温热的血似乎已经涌到了胸口……我浑身上下都被又黏又滑的汗水浸湿了。

“啊，就这样吧。辰弥啊，你可以回去了。”

“是啊，听你小梅姑祖母的话，去别院休息吧。一定会睡得很香。”

“是。”我双手伏地行了一礼，然后晕晕乎乎地站了起来。四周仿佛在旋转，脑中一阵眩晕。我来到走廊上，看见姐姐正在焦急地等待。

“辰弥，姑祖母找你究竟有什么事？”

“没什么事。就是让我过去喝了杯茶。”

“喝茶？”姐姐有些不解地皱起了眉头，然后似乎才注意到我的脸色，说道，“哎呀，辰弥，你这是怎么了？脸色怎么这么苍白？还出了这么多汗……”

“没事，我只是有些累了。今天晚上好好睡一觉，明天就会精神起来了。姐姐你也早些休息吧。”

我推开姐姐伸过来的手，摇摇晃晃地走向别院。

阿岛已经为我铺好被褥。我仿佛喝多了劣质酒的醉汉，晕乎乎地换上睡衣，关上灯，钻进了被窝。

小时候我曾经看过一出名叫《八阵守护城堡》的戏，剧情是肥田长官佐藤正清为形势所逼，明知是毒酒却也只能饮下，随后三年一直躲在天守阁里，守着自己那时时刻刻都在缩短的生命之灯度日。当时我虽年纪尚小，却也清晰地感到了一种无法言说的恐惧和悲哀。

那天晚上，我的心情正是如此。我调动起全身的神经，留意着体内可能发生的异常变化。那是一种无法言表、无可救药的暗淡心情。我在黑暗中闭上眼睛，脑海里胡乱想象着各种奇怪、血腥的场面。

可是，我的身体里没有发生任何异常反应。或许应该说，在我所害怕的肉体的疼痛出现之前，我那极度疲劳的神经就已经承受不了过度的紧张。我打起了瞌睡。

我在不知不觉间睡熟了。当我感到一种异样的气息，突然醒过来时，完全不知是深夜几点。

诡异的拜佛

我自小就有一个奇怪的毛病，说是一种病或许更准确。

在我极度疲劳或者因考试而神经过度紧张的时候，这种病时常发作，晚上躺下以后，迷迷糊糊地马上就要进入梦乡时，我会忽然醒过来，但并非真的睁开了眼，只是知觉有一半清醒了，运动神经仍然在休眠。

那时的恐惧和不安，没有经历过的人是不会知道的。我的知觉醒过来了。我能够朦胧地意识到周围有什么、正在发生什么。可是运动神经却完全处于麻痹状态，别说是动一动手和脚了，就连开口说话也无法做到。就算想开口，舌根也是僵硬的，根本说不出想说的话。我陷入了一种彻底的植物人状态。

那天晚上，我突然醒来时，恰巧处于那种状态。

我感到屋子里有某种异样的气息……除了我还有人在屋里，我感受到了那个人制造出的空气波动和拼命压抑的呼吸声。还有，睡前我明明关了灯，现在我虽然闭着眼，却还是能清楚地感觉到屋里有不可思议的微弱光亮。然而我无法动弹，全身的运动神经都罢工了。

我被巨大的恐惧所笼罩，浑身上下汗如雨下。我想大声喊叫，可舌头僵硬，发不出声。我想挣扎着从被窝里坐起来，可整个身体仿佛被胶水粘在了被褥里，动弹不得。我想至少努力睁开眼睛，可是上下眼皮也仿佛被紧紧地粘在了一起，怎么也分不开。恐怕在别人看来，我现在的样子就像是假死状态。

那个人似乎对我的这种状态很是放心，一点一点朝我的被窝爬过来。我能感到他似乎有些犹豫，但还是爬到了我枕边，俯下身看我的脸。

就这样，那个人在我的枕边坐了一会儿，一动也不动。他似乎屏住了呼吸，一直在端详我。不一会儿，他的喘息急促起来。我感到似乎有一股哽咽的热气呼哧呼哧地喷在我的脸上。这时，奇怪的事情发生了——吧嗒，有一滴热乎乎的东西落在了我的脸颊上。

是眼泪！

我不禁大吃一惊，突然间深吸了一口气。这似乎吓着他了，他连忙向后退去，又仔细观察了我一会儿，然后好像又放心了，向前膝行了几步，不知又想起了什么，忽然慌张地向后躲去。他急促地喘着气，一动不动地待了一会儿，突然又心神不宁地站了起来。

就在这时，我从植物人状态中苏醒了一半。从一开始我就拼命想把粘在一起的上下眼皮撑开，现在终于如愿了。

我猛地睁开了眼睛，就在那一刹那，一阵恐惧如电流般蹿过全身。

三酸图屏风前站着一个人，背对着我，我只能看见背影。那副样子简直就像是屏风上画着的佛印和尚跑出来了。

我一下想起了姐姐说过的那个故事。

曾经在这间屋子里住过的跑山的平吉目睹过此情此景。

我睁大了眼睛，想要看清楚那个人的样子，可就在这时，屋里的微弱光亮突然消失了，那个身影也像被屏风吸进去一般，消失在黑暗之中。

我用尽全身力气想要挣脱该死的植物人状态。我使劲呼吸——这是目前我唯一可以进行的运动，只为借助呼吸的反作用，利用身体的本能坐起来。有时这个方法会奏效，令我从植物人状态中解脱出来。

可是，还没等到这个方法成功，我又不得不屏住呼吸了——有人正穿过三十米的长廊向这边走来。

吧嗒，吧嗒……传来一阵像猫一样轻柔的脚步声，还有沙沙的衣服摩擦声。没过多久，脚步声和摩擦声从长廊入口传至别院的走廊，迫近我睡觉的屋子前面时戛然而止。

我又一次闭上眼睛，小心翼翼地屏住呼吸。我的心脏扑通扑通跳个不停，额头上渗出了汗珠。

一秒、两秒……

不一会儿，拉门静静地被拉开了，伴随着一缕微光，有人轻轻走进了房间。而且，还不是一个人，是两个人。我微微睁开眼觑视那个方向，那一瞬间，我感到一种无法言表的诡异心情。

进来的人是小梅夫人和小竹夫人。也不知她们中的哪一个提着一盏古式的纸罩烛灯，微弱的光亮在黑暗中隐约勾勒出两个人的身影。

两人都穿着黑色的和服外套，手腕上戴着水晶念珠。更奇怪的是，她们都拄着拐杖。

两人蹑手蹑脚地走到我的枕边，举着烛灯，弯下腰看着我的脸。我自然连忙闭上了眼。

“睡得很熟啊。”其中一人说道。

“看来刚才的药起了作用。呵呵呵。”另外一人低声笑了起来。

“小竹，看，他出了那么多汗！”

“看来累得不轻。呼吸声都很粗重。”

“确实可怜啊。遇上了这么多事情……”

“不过，照这个样子是没问题了。应该不会轻易醒来。”

“是啊，那么我们就趁这段时间去拜一拜吧。今天月亮会变，因为是佛祖的诞辰日啊。”

“好的，小梅。”

“小竹。”

“咱们走吧。”

两人提着灯，蹑手蹑脚地走出房间，来到走廊上，静静地关上了拉门。

就在那一刹那，我的植物人状态完全解除了。我一下子从被窝里坐了起来。

啊！是做梦吗？

不，不是梦。小梅夫人和小竹夫人沿着走廊向厕所的方向走去。纸罩烛灯的光随着两人的步伐一晃一晃，将两个老太婆瘦小的身影投射在纸拉门上。

在我睡觉的这间十二叠的屋子后面，有一间八叠的木板房。那可以说是一间储藏室，里面堆放着一些老旧的衣柜、带盖子的长方形衣箱、装铠甲的箱子，还有很久以前这家主人出入时使用的古式轿子。小梅夫人和小竹夫人似乎走进了那间储藏室，这时，我惊得倒吸了一口凉气。

之前已经说过，我所在的这间屋子的壁龛旁边的墙壁上，挂着般若和猩猩的能乐面具。就在两个老太婆走进储藏室的同时，从般若面具的眼睛里射进来两束微弱的光。那光线像摇曳的烛光一样晃动着，时明时暗。我呆呆地看了好一会儿，终于明白过来是怎么一回事了。

般若面具后面的墙壁上有两个孔，她俩中的一人提着的纸罩烛灯的灯光透过墙上的孔洞照了过来。这也说明了刚才我睁开眼时看到的微弱光亮，便是点在储藏室里的灯透过般若面具的眼睛照进这间屋子里来的。光亮忽然消失，说明偷偷潜入这间屋子的那个人逃到储藏室去了。

我的胸口一阵慌乱，心脏仿佛疾槌打鼓似的怦怦直跳。我从被窝里钻出来，悄悄走到橱架跟前，这时只听见储藏室里传来咣当一声，像是什么东西的盖子被合上了。而之前一直明明灭灭晃动着的般若眼睛里的光线也一下子消失了。接着，储藏室里便再没了动静。

我突然感到一股莫名的兴奋。

小梅夫人和小竹夫人并没有给我下毒，她们让我喝下的是安眠药。可见她们不想让任何人知道她们诡异的储藏室之行，所以才未雨绸缪。在这样的深夜里，她们来储藏室究竟所为何事？

我轻轻打开电灯，溜出屋子，来到了壁龛后面的储藏室。那里一片漆黑，但正如我所料，有一道光线从橱架后面的墙壁一角射了进来，那是从十二叠屋子里透过来的电灯光亮。

"姑祖母，姑祖母。"我小声叫道。其实我自然没指望得到回答，只是试着叫了叫。果然，没有回应。我心一横，打开了储藏室里电灯的按钮，屋里确实没有小梅夫人和小竹夫人的身影。

这间储藏室除了我进来的那扇厕所前面的杉板门，再也没有任何入口。北面有一扇小小的窗户，上面装着窗棂，窗户关得死死的，窗栓也从里面插着。

我又感到浑身上下蹿过一阵巨大的难以言表的兴奋。

毋庸置疑，在这间储藏室的某处，一定有一条秘密地道。如此一来，姐姐对别院抱有的疑惑，还有那个吓到平吉的闯入者，就都能够得到合理的解释了。

没错，我明白了。平吉曾经说过，他在别院的十二叠大小的屋子里留宿时，一直觉得有人在监视他。那一定是因为那个从秘密地道钻进储藏室的闯入者，在进屋之前偷偷地通过般若面具后的窥视孔窥探屋里的动静。

我轻手轻脚地走近有光线透出来的那面墙。上面挂着一面小镜子，拿下镜子一看，一个圆孔露了出来。我将眼睛对准那个圆孔，十二叠大小的屋子尽收眼底。

究竟是什么人出于怎样的目的设了这个窥视孔呢？这个问题可以留待以后考虑。当务之急是找到那个秘密地道。我再次环视了一圈储藏室。

在储藏室里，靠墙放着三个黑铁包边的古式衣柜、五六个衣箱，角落的台子上放着黑色的装铠甲的箱子，天花板上吊着竹箔篮子。最吸引我注意的不是这些东西，而是放在储藏室中央的那个巨大的长方形衣箱。刚才听到的类似盖子合上的咣当声，令我想起了这个衣箱。衣箱上的搭扣坏了，歪在一旁。

我打开了衣箱的盖子，里面放着两三床绢质的被褥。我正想挪开它们，却听到脚下传来慌乱的脚步声。

我顿时惊得倒吸了一口气。小梅夫人和小竹夫人回来了。

我连忙关上灯，回到房间，将屋里的灯也关好后便钻进了被窝。几乎就在同时，我听到储藏室那边传来了衣箱盖子打开的声音。接着，般若面具的眼睛里透出了微弱的灯光。

没过多久，小梅夫人和小竹夫人便提着纸罩烛灯走进了我的房间。我赶紧闭上了眼睛。她俩打着烛灯，仔细端详我的脸。

“你看，辰弥这不睡得挺好的吗？还说什么储藏室里有灯光，小竹啊，我看完全是你的错觉。”

“还真是。我这是怎么了？刚才实在吓坏了。”

“是啊。你今天晚上总是说些奇怪的话。除了佛祖，还有谁会待在那个秘密地道里啊！”

“不不，那可不是错觉。就在烛灯灭了以后，我们手忙脚乱的时候，确实有人从我身边走过去了……”

“你怎么还说这种话！算了，把辰弥弄醒了就不好了，还是回去好好商量一下吧。”

两人拄着拐杖，沿着走廊，咯噔咯噔地走回主屋去了。

我只觉得此情此景简直就像是另一个世界发生的事情。

第四章　第四位牺牲者

又有许多不得不做的事情和不得不考虑的问题接踵而来。

首先，我必须找到秘密地道的所在，弄明白小梅夫人和小竹夫人为什么会在深夜偷偷钻进那条地道。还要调查清楚究竟是什么人通过地道潜入了我的房间，以及他偷偷潜入究竟是出于何种目的。所有这些工作，都必须由我独自一人秘密进行，因为就连姐姐似乎也不知道那条秘密地道的存在。

可是，那个晚上，我原本就已经身心俱疲，再加上或许是小梅夫人和小竹夫人给我喝的安眠药起了作用，我已无力再思考问题或做什么了。两人一走，我便立刻酣睡过去，睡得像个死人一样。

第二天早上醒来时，我的头仍旧昏沉沉的。看来安眠药的作用一直持续到早上。整个大脑仿佛罩了一层薄膜，白茫茫一片混沌，手脚沉重，浑身发软。而且一想到今天警察们可能要来，我的心情立刻变得异常郁闷。

可是，不管头脑怎样沉重、全身如何无力，都不能在这里发呆。没错，今天早上我无论如何都要做一件事，那就是去拜访梅幸尼姑。

梅幸尼姑似乎知道关于我身世的重大信息。虽然不知道是否有助于破案，但对于现在的我来说，那是唯一的希望和依靠。若是等到警察们来了，我恐怕又出不去了。不如吃完早饭立刻出去，就这么办！

我刚刚起床，姐姐就来了。姐姐一定还在纳闷小梅夫人和小竹夫人昨晚为什么会莫名其妙地请我喝茶。看到我的脸后，她似乎松了一口气。

“啊，刚刚睡醒？感觉好些了吗？”

“谢谢。抱歉让你担心了。已经没事了。”

“哦，那就好。你的脸色还是有些差。不要再为那些事想不开了。”

“嗯，谢谢。我想我会逐渐习惯的，请不要为我担心。”

我还是决定暂时不告诉姐姐昨晚的事情，实在不想让身体虚弱的她再受惊吓了。

“姑祖母她们今早不知是怎么了，竟然还在睡觉。我们先吃吧。”

我和姐姐在餐桌前坐下后，我向她提起了姥市。

姐姐有些惊讶地反问我姥市怎么了，于是我简短地将昨天的事情告诉了她。

姐姐惊讶地睁大了眼睛说道：“咦？梅幸师父竟然……究竟会是什么事情呢？”

“我也不清楚。在目前这种情况下，只要是和我的身世有关的事情，不管是多么微不足道，我都想了解。等到警察一来，我又出不了门了，所以我想在他们来之前出去。”

“这样啊，倒也未尝不可……真是奇怪。梅幸师父会知道些什么呢？”

姐姐的声音里隐藏着强烈的不安。我向她询问梅幸究竟是一个怎样的人，她的回答大致如下：

没人知道梅幸为何会出家。她出身于这个村子里的正经人家，自姐姐记事起就已经是尼姑了。麻吕尾寺的住持长英师父对她十分信任，总是夸奖她虽是女流之辈，道行却很高深。所以，虽然同是尼姑，她和浓茶尼姑妙莲那样的“速成尼姑”并不一样，村民们对她也是十分尊重。

“可是，梅幸师父能有什么话要对你讲呢？”

姐姐的语气里充满了犹豫和担心，似乎很不想放我走。但她历来行事谨慎保守，并没有强行挽留我。啊！后来想一想，如果姐姐当时硬将我留下了，或许我就不用经历那样的震惊与恐惧了。

九点左右，我走出家门。被称作东屋的田治见家位于村子的东边，庆胜院所在的姥市则位于村子的西头，两地大约相隔半里地。我想尽量避开村民的耳目，便顺着后山的路走。

今天是七月三日。梅雨季节还没有结束，但今天却是个难得的好天气。树梢上，小鸟的叫声很热闹。向下看去，村庄在脚底蜿蜒。已经插完秧苗的狭长水田里，绿意葱翠，路上随处可见或趴或卧的牛。

走了大概半个小时，前方出现了一座很大的宅子，这便是被称作西屋的野村家。虽说比不上田治见家，却也有好几座硕大的仓库，还有马厩、牛棚，绝非一般人家能比。在野村家的别院里，住着美也子和她从东京带来的老女仆。从这附近开始，道路便延伸进了村子，因此，我必须从野村家的屋后经过。

说不定美也子会从那里走出来……我这样想着，快步走到野村家屋后，突然听到一声大喊：“喂！你要去哪儿？”

伴随着这声刺耳的尖叫，一个人从小路上跳了出来，挡住我的去路。是浓茶尼姑妙莲。我心中一惊，两腿发软，停在了原地。妙莲背着一个巨大的包袱，看到我的样子，似乎很得意，仰着身子说道：“滚回去！滚回去！滚回去！你绝不能离开东屋一步。你所到之处将落下血雨。这次你又要去杀谁？”

看着她那一口从兔唇里露出的参差不齐的牙齿，我的胸口不由得涌上一股冷冷的怒气。我将满心憎恶都凝聚在眼睛里，狠狠地瞪着她，试着往旁边挪了挪脚步。可是她拖着巨大的包袱挡在我面前。我往右，她也往右，我往左，她也往左，简直就像淘气鬼欺负小孩子。

“不让你过！不让你过！决不让你从这里走出去。滚回去！滚回去！滚回东屋去！赶紧收拾起行李卷儿从这个村子滚出去！”

由于过度疲劳和睡眠不足，我那天的精神状态已经丧失了往日的平衡。巨大的愤怒直冲脑门，我猛地推了她一下。这一推一直把她推到了野村家的围墙下，她一屁股坐到地上，背上的包袱发出哗啦哗啦的奇怪响声。

她吓了一跳，抖动着兔唇，哇的一声大哭起来。“杀人犯……来人啊……这个男人要杀死我这个老太婆！快来人啊……”

听到她的喊声，从野村家后面的木门里零零散散走出来五六个年轻人，看样子是养牛的。他们一看到我，顿时惊恐地睁大了眼睛。

从他们的眼神中，我分明看到了某种无声的抗议。完了，我心想。

“快！抓住这个人！把他送到驻在所去。他刚才想要杀我！啊！好疼好疼！这个家伙想杀我！”

那些负责养牛的年轻人没有出声，静静地将我围在了中间。仿佛只要我一开口，他们就会跳上来。我的腋下直冒冷汗。我不认为自己是个胆小怕事的人，可是面对一群讲不通道理的人，确实手足无措。这世上再没有比无知和没教养更可怕的事了。

我想说些什么，可是舌头僵硬，什么也说不出来。男人们又向我的方向前进了一步。浓茶尼姑仍旧像孩子那样哇哇哭着，满口胡言地大喊大叫。我感到进退两难，这时从野村家的后门里走出来一个人。

是美也子。

美也子看着眼前的情景，似乎猜了个八九不离十。她跑到我身边，将我拽到身后护了起来。“哎呀，这是怎么了？大家想对他做什么？”

其中一个年轻人咕哝了一句，可是我没听懂。

美也子似乎也没听懂，便回过头问我：“辰弥君，究竟是怎么回事？”

我把事情经过简短叙述了一遍，美也子皱起了眉头。“我猜就是这样。看来明明是浓茶尼姑做得不对啊。你们应该也听明白了吧？明白的话就赶快回去干活儿吧。”

年轻人面面相觑，只好作罢，一个个缩着脑袋从后门走了进去，其中一个人还冲我吐了下舌头。浓茶尼姑一看没人帮她，也害怕了，一溜烟地仓皇而逃，还像孩子那样哇哇大哭。

“啊，吓死我了。一开始我还以为你做了什么可怕的事呢。”美也子笑着说道，仿佛松了一口气，“你这是要去哪里啊？”

我将梅幸的话简略地复述了一遍。

美也子眉头微蹙。“这样啊。究竟要跟你说什么事呢？”她思考了一会儿，然后说道，“好，那我就把你送到庆胜院吧。没关系的，到时候我就在大门口等着你。谁知道什么时候又会发生刚才那样的事情呢！”

我自然很感激美也子肯陪同我前去。

从野村家再走一町左右，就到了庆胜院。那里与其说是寺庙，不如说是庵堂。篱笆里面是一座干净整洁、稻草铺顶的屋子。进了院门，再走五米左右便是玄关，装的是下半部装上了腰板的纸拉门。在玄关左侧，是两间带有檐廊的屋子。防雨窗开着，纸拉门像是刚刚换过，甚是干净。刚刚清扫过的前院里，立着一棵枫树。

有一点让我觉得十分奇怪，纸拉门里竟开着灯。今天明明是个好天气，想必房间里也不会很暗，为什么会开着灯呢？我一边纳闷一边拉开纸拉门询问了一声，可是里面并没有回音。

我又叫了几声，忍不住踏进了玄关。就在那一刹那，仿佛有一盆冷水兜头盖脸地浇下，我打了一个寒战，呆立在原地，两腿发软。

入口处的纸拉门敞开着，玄关内六叠大小的房间一览无余。梅幸尼姑脸朝下趴在房里，榻榻米上到处都是黑色的污渍，田治见家送来的便宴料理被打翻在枕边。

我的膝盖在打哆嗦，喉咙火辣辣地疼，只觉眼前一片漆黑。

“你所到之处将落下血雨。”浓茶尼姑刚才的叫声如一道闪电划过我的脑海。

没错，她说得没错。这里又有一个人被杀了……我走出大门，美也子凑上前来。

“怎么了？发生什么事了？怎么脸色这么苍白？”

“梅幸师父死了。”我几乎用尽了全身的力气才说出这句话。

美也子大吃一惊，瞪大了眼睛盯着我看了一会儿，紧接着便转身冲进了屋里。我也跟了进去。

梅幸尼姑的确是死了，死因应该和外公丑松、哥哥久弥，以及莲光寺的洪禅师父一样，这从榻榻米上的斑斑血迹就能猜想出来。她的嘴唇上还粘着干了的黑色血迹。

美也子有些茫然地与我对视了一眼，这时我忽然发现打翻的料理旁边有一张纸片，便拾了起来。

那是一张从口袋记事本上撕下来的纸片，上面用粗粗的钢笔写着：

孪生杉树　小梅杉树　小竹杉树

牛贩子　井川丑松　片冈吉藏

大户　东屋田治见久弥　西屋野村庄吉

和尚　麻吕尾寺长英　莲光寺洪禅

尼姑　浓茶尼姑妙莲　姥市尼姑梅幸

这些名字里，小竹杉树、井川丑松、田治见久弥、莲光寺洪禅及姥市尼姑梅幸都分别用红色墨水画了一条线。

可怕的签

“哎、哎、哎呀！这、这、这太好了！这、这、这太好了……”传来一阵结结巴巴的说话声，“这、这、这么说，这就是这、这、这次连环杀人案的动、动、动机了？”

也不知是太吃惊了还是太高兴了，又或许是太兴奋了，金田一耕助这个举止奇特的瘦小侦探拼命地挠着他那乱蓬蓬的头发。他挠得太使劲了，细小的头皮屑像云母一样四散开来。

“浑蛋！”啧啧咂嘴的这位正是矶川警部。

随后，两个人就像冻结了一般陷入了沉默，凝视着从记事本上撕下来的那张纸。

金田一耕助仍旧刺啦刺啦地使劲挠着他那乱蓬蓬的头发，同时不住地抖腿。矶川警部将眼睛瞪得像盘子那么大，使劲盯着那张纸片上的字，像酒精中毒一样，拿着纸片的手哆嗦个不停，血管很骇人地鼓了出来，额头上满是黏糊糊的汗水。

看着他们的样子，我的心情就像是喝了劣质酒，说不出是什么滋味。头昏昏沉沉的，眼前的景象开始晃动，仿佛立刻就能吐出来。一种无力的倦怠感扩散到全身，我只想一下子瘫在那里，什么体面啊名誉啊，统统抛在脑后。

啊！那个时候我真的在想：索性逃走吧！

在我们——我和美也子发现梅幸的尸体和掉落在尸体旁的那张奇怪的纸片后不久，我就产生了这个念头。

接连不断的巨大打击让我完全不知该如何是好。幸好有美也子在，她虽是女流之辈，但或许因为身处局外，所以比较冷静。她从惊愕中回过神来，立刻叫人去通知驻在所。

幸好矶川警部和两三名刑警从昨夜起便驻守在驻在所里，以应对接踵而来的怪事。他们得到通知后立刻赶了过来，途中去了趟西屋，叫上了金田一耕助。

美也子迅速把大致情况告诉了警察，然后拿出了那张从尸体旁边捡起来的纸片。就在那一瞬间，矶川警部和金田一耕助似乎全身都僵硬了，脸上现出无比惊异的神色。

这也难怪。那张纸片上写的字究竟是什么意思？

这些名字里，小竹杉树、井川丑松、田治见久弥、莲光寺洪禅及姥市尼姑梅幸都分别用红色墨水画了一条线。除了小竹杉树，那些画上红线的名字不正是最近接连遭到杀害的人吗？

如此说来，凶手打算杀害村里有着相似身份、地位、职业的两人中的一个。可这是为什么呢？

若是细看这张名单，似乎也不难明白凶手的意图。最先勾去的小竹杉树并不是人为砍倒的，而是被雷劈裂而死。这件事给八墓村带来了不祥的预兆，最近弥漫在村里的不安情绪全是由此发端。

凶手很可能是出于无可救药的迷信想法，认为小竹杉树被雷劈裂一事是巨大的祸祟即将降临八墓村的前兆，所以，为平息八墓明神的愤怒，便想要找齐包括小竹杉树在内的八个活祭品。而且，他从小梅杉树和小竹杉树这一对灵杉中的一棵被劈死一事中得到启发，打算杀死村子里那些并列或对立的两个人物中的一个。

世间竟然有如此诡异的杀人计划和如此疯狂的杀人行为！我感

到一阵无法言状的恐惧，浑身像遭了电击一样，受到了巨大的打击。不久，冲击过去了，我又逐渐进入了茫然恍惚的状态……

“嗯，嗯哼。”

不知过了多久，金田一耕助清了清嗓子，终于开口说话了。他的声音在我听来仿佛是从很远的地方传来。我那时的精神状态是如此混沌。

金田一耕助说了如下一番话。

“看了这张名单，我终于解开了洪禅师父被杀之谜。那个时候，我就是想不明白，为什么凶手预先知道放了毒的正宴料理会被端到洪禅师父面前。凶手把毒药下在了其中一份正宴料理中——这或许轻而易举就能做到。可是，在当时那种情况下，想要将那份下了毒的料理放到洪禅师父面前，只有百分之五十的成功率。这么说的前提是假定辰弥君不是凶手。暂时先这么假定，嗯。那么，凶手为什么要采用如此模棱两可的作案手法呢？我思来想去，只能得出这样一个结论——凶手想杀的人，并不是非洪禅不可，洪禅也好英泉也好，谁死都一样。这听起来很荒唐，受害人既可以是 A 也可以是 B，这样的杀人案怎么可能存在呢？这个问题从昨天晚上就一直困扰着我。但这个名单告诉我，这确实是一桩荒唐诡异的杀人案。凶手本来想杀掉洪禅师父或长英师父中的一位。由于长英师父生病，弟子英泉代为出席，所以谋杀对象变成了洪禅或英泉。结果便是，洪禅师父抽中了那支不幸的签。由此看来，这才是解开洪禅师父被杀之谜的钥匙啊。”

啊，昨天晚上我也思考了这个问题，我也曾像金田一耕助那样怀疑过、困惑过。可是，即便洪禅师父被杀之谜解开了，包裹着整个案件的迷雾并没有被拨开。应该说，那团令人毛骨悚然的迷雾比以前更浓了。

“嗯，嗯哼。这个嘛，”矶川警部也清了清嗓子，“这么说，金田一先生，井川丑松被杀、东屋的主人被杀，还有现在梅幸尼姑被人下毒，都是抽中了不幸的签？被杀的人也可能不是丑松而是吉藏，不是东屋的主人而是西屋的主人，不是梅幸而是妙莲？”

金田一耕助默不作声地思考了一会儿，眼中流露出阴郁的目光，点了点头说道：“没错，警部，您说得很对。可是……也可能不是那么一回事。”

“你这话的意思是……”

“这个案子，如果真的像表面所分析的那样，是一个深度迷信的疯癫之人犯下的罪行，那么的确有可能如您所言。可是……”

“可是什么？”

“如果真是这种情况，那么凶手的手法也未免太过巧妙了。就一个迷信之徒而言，这些案件都太过微妙，让人禁不住怀疑是否还有别的动机……”

“这样啊。”矶川警部一字一句地说道，“也就是说，你的看法是，表面上伪装成迷信导致的犯罪，实际上暗藏其他动机，那才是凶手真正的目的所在，是吗？”

“是的，是的。虽说八墓村迷信思想很严重，但这些案子也未免巧合得有些离谱。”

“可是，凶手的真正目的是什么呢……”

金田一耕助再次仔细地看了看那张名单，然后摇了摇头。“不知道。仅凭这张名单，还无法做出判断。不过……”他终于回过头看着我们，说道，“森小姐。”

“嗯……”美也子表情很僵硬，但还是勉强挤出笑容，问道，“有何贵干？”

“关于纸上的笔迹，请你再好好辨认一下。你有什么印象吗？”

那张纸是从口袋记事本上撕下来的，一般来说这种类型的记事本每页都会从上到下按照顺序印有四天的日期，这张纸上面的三分之一被剪掉了，剩下的三分之二上可以看到的日期是四月二十四日和二十五日。

前面提到的十个名字是将这张纸横过来，从二十五日那里开始写起的。所以，被剪下来的四月二十三日和二十二日上很有可能还写有被诅咒的名字。这些字是以粗钢笔写就的，笔迹流畅潇洒。

“是男人的笔迹呢。”

“没错，我也这么认为。村里人有谁的笔迹是这种样子吗？”

“这个嘛……”美也子歪着脑袋，煞是可爱，“我不太清楚，我对村里人的笔迹一点儿也不熟悉……”

“辰弥君，你呢？”

我自然也立刻摇头。

“啊，这样啊。那么就让别人再辨认一下吧。”金田一耕助正要把纸片还给警部，却突然想起了什么，说道，“啊，对了，顺便再调查一下这个日期。警部，我记得您有今年的口袋记事本。请看一下，四月二十五日是星期几？”

警部所说的答案和被撕下来的那页纸上印着的日子完全一致。

金田一耕助笑眯眯地说道：“这样看来，这张纸是从今年的口袋记事本上撕下来的。可惜背面什么都没写，所以现在还不知道究竟是谁的记事本，但很快就能把那个人找出来了。啊，是久野医生，来得正是时候。”

爱偷盗的尼姑

久野叔叔当时为什么会那样胆怯呢？

他拨开看热闹的人群，骑着自行车来到庵堂的庭院，下车后将包夹在腋下，摇摇晃晃地向这边走过来，简直就像喝醉了一样。距离上次见他不过八天，他却着实消瘦了不少。面容憔悴，眼睛周围浮起大大的黑眼圈，闪烁不定的眼睛放射出异样的光芒，像是浮着一层油脂。

“哎呀，不好意思，我来晚了……刚才到邻村出诊去了。”他脱了鞋子走进庵堂，用小得几乎听不见的声音咕哝道。

“您这是哪里的话。是我们耽搁您的时间了，实在抱歉。因为又发生了一桩杀人案……”

“是上次那个案子的后续吗？”久野叔叔的声音在颤抖，“如果是的话，请恕我无能为力，况且之前我已经失败过一次了……新居君不在吗？”

“新居医生要为洪禅师父的尸体解剖做些准备，到镇上去了。关于洪禅师父的案子，我们昨天晚上已经发了电报，估计N博士会过来一趟。到时候也会请他来解剖这具尸体，但我想在他到来之前请您先诊断一下……”

久野叔叔一脸的不情愿。

就像他自己所说，在哥哥久弥被杀时，他曾经犯了致命性的错误，造成误诊，丢尽了颜面。我理解他不想再接触这个案子的心情，但也不至于害怕成这样吧？

久野叔叔刚一坐到梅幸尼姑枕边，就像疟疾患者那样，身体哆嗦起来，汗水像瀑布一样从额头、脸颊上流下。

“医生，您这是怎么了？身体不舒服吗？”金田一耕助问道。

“啊，没什么，就是有点儿……可能是过度疲劳吧，浑身无力……”

“那可不行啊！都说当医生的反而不注意健康，最容易勉强硬撑了……嗯，您的结论是什么？”

久野叔叔草草验尸完毕，说道：“这下错不了了，和洪禅师父、田治见家的主人情况一样。N 博士应该会在晚些时候公布准确的验尸结果……”

“那么她的死亡时间……”

“难说啊。”久野叔叔仍旧是一脸不愉快的神情，“距离她被害应该至少过了十四到十六个小时了。现在是十一点，想必应该是昨晚七点到九点之间发生的事情吧。还是请 N 博士来确定比较好，我对这类诊断并不擅长……”

久野叔叔有些慌张地收拾好包，说道：“那么，我就告辞了。”

“啊，医生，请留步。”

他正要站起身来，却被金田一耕助喊住了。

“请等一下！有一样东西还想请您看一下。医生，您认识这个笔迹吗？”金田一耕助拿出了那张从口袋记事本上撕下来的一页。我想我永远都忘不了久野叔叔当时的表情。

他那瘦弱的身体仿佛触了电一般，瞬间抖动了一下。眼珠似乎马上就要迸出来了，下巴剧烈地颤抖着，发出咔嗒咔嗒的声音，额头、脸颊上汗津津的。

“啊，看来您认识啊。这个笔迹是……”

听金田一耕助这么一说，久野叔叔像是突然被什么刺到了，抬起头大喊：“不认识！我不认识！”

他的声音听起来像是在极力否认。

“上面写了些奇怪的东西，让人很吃惊。”

久野叔叔仿佛刚刚回过神来，死死盯着美也子和我，说道：“我不知道是谁写了那些东西，那个家伙不是傻子就是疯子。我不知道！我什么也不知道！什么也……”

美也子用费解的眼神看着久野叔叔。他的声音开始发颤，渐渐低下去了，但很快又尖利起来：“我什么也不知道！这个案子我真的是什么也不知道！”

说完，久野叔叔扔下目瞪口呆的矶川警部和金田一耕助，跑出了庵堂，脚步慌乱地走到自行车旁，蹬上就跑。

我们不禁面面相觑。不一会儿，矶川警部哧哧地笑了起来。“哈哈哈，看来自从那次误诊后，久野医生变得有些神经质了。谁也没说他知道啊。”

金田一耕助沉默片刻，转过头对矶川警部说：“不，警部，刚才久野医生的态度很有暗示性。我现在觉得——”他将目光投向那张纸片，“在被剪下来的那小半张纸上写的名字，至少有一组已经弄明白了。”

矶川警部一脸错愕地扬起了眉毛。“是、是谁？那个人……不，是谁和谁的名字？”

“村里的医生久野恒实，还有外来的医生新居修平。这两人的名字应该被列在了医生这一条下面。”

我们不由得一惊，对视了一眼。美也子那美丽的脸庞今早也失去了光彩，给人一种冷冰冰的感觉。

“不管怎样，我们拿到了这张纸，这是最重要的。是凶手故意留下的也好，是别人为了什么目的放在这里的也好，这下总算多少弄清了一些凶手的意图，或者说是凶手故布疑阵的企图。警部，请务必保管好这张纸。森小姐和辰弥君是新来的，应该不认得这些笔迹，但村子不大，肯定会有人认识。”

就这样，关于奇怪笔记的调查便告一段落了。警察又开始调查梅幸尼姑的死因，随着调查的推进，我再次成为矶川警部审讯的重点对象。

梅幸尼姑是怎么死的，一看现场就会明白。她是吃了田治见家送去的便宴料理，中毒身亡。根据久野叔叔的判断，死亡时间大致在昨晚七点至九点之间，这也和田治见家送菜去的时间相吻合。

“究竟是谁安排将这份料理送给梅幸尼姑的？”

矶川警部的提问又刺到了我的痛处。

“嗯，这个，是我安排的……梅幸师父在斋饭开始之前就回去了，所以我才拜托姐姐派人送饭过去。”

金田一耕助用意味深长的目光打量着我。矶川警部则苦着脸死死盯着我问道：“如此说来，你还真是心细如发啊。男人一般想不到这一点呢……”

啊！我又一次陷入了怀疑的深渊。“不，是这样的。其实我对这种事也不太在行，根本不可能注意到。是典子小姐从旁提醒。”

“典子小姐是哪一位？”

“是田治见家里村先生的妹妹。”美也子插了一句。

“原来如此。然后你就跟你姐姐说了，是吗？是在哪里说的？”

“在厨房。当时厨房里有很多人，而且您应该也知道，那个厨房和宴席挨得很近，坐在屋里的人只要稍加留心，就应该能听到我的话。”

“那么，你姐姐做了什么？”

“她立刻吩咐阿岛照我说的去做，然后我们俩就各自端起一份正宴料理，来到了举行宴会的那间屋子。”

“这么说，当时屋里的人并没有机会接近这份便宴料理，是吗？如果宴席立刻开始……”

“这个嘛……”我想了想，说道，“我不知道这份便宴料理是什么时候送出我家的。如果是在骚动之后……洪禅师父吐血的时候，屋里至少有一半的客人都逃出去了……”

矶川警部咂了一下嘴。

“好！下一步就是要仔细查清楚便宴料理是什么时候送出田治见家的。对了，当时都有谁逃出了屋子，你还记得吗？”

“这个……”我也记不清了，“当时我也吓了一跳，只记得耳边传来许多惊慌失措的脚步声。”

“你没逃出去吧？”

“怎么可能！我哪里还顾得上逃跑！两腿都已经软了。而且我就坐在上座，要是逃跑，所有人都会看在眼里的。”

“关于这件事……”一旁的美也子帮我解围，“我记得很清楚。

从宴席开始直到骚乱发生、警察赶来，辰弥君一步也没有离开过屋子。”

“啊，对了。”金田一耕助像是突然记起了什么，说道，“森小姐当时也在场啊。你还记得都有谁离开过屋子吗？”

“不好说啊……女人应该都跑出去过一次吧。洪禅师父吐血的时候，还有人跑出去拿水……不过，我也没办法负责任地告诉你究竟有哪些人出去了，哪些人没出去。”

“我明白了。那么关于便宴料理的问题，还是再去一趟田治见家的厨房，仔细询问一遍吧。现在的问题是今天早上的这件事。我听说辰弥君是因为昨天梅幸尼姑说有话对你讲才前来拜访，关于她要对你讲的事情，你有何头绪？”

“没有。”我马上干脆地回答。

我必须这么回答，因为我对这个问题仍然十分困惑。若是想弄清楚这个问题，也不是完全没有办法，只要问一下麻吕尾寺的住持长英师父就可以。当时梅幸师父说“这件事除了我和麻吕尾寺的长英师父，再没有其他人知道”，可我现在并不想对矶川警部交代这件事，我想找个时间亲自去见一见长英师父。

矶川警部有些怀疑地看着我，说道：“真是奇怪啊。所有人都是在最最紧要的关头，只差一点儿就能得救的时候被杀掉了。梅幸尼姑究竟想对你说些什么？不，仔细想想，辰弥君，你在这次的案件里未免也出现得太巧合了吧，你所到之处总有人被杀。”

不用他说，我自己也有这种感觉，心情不禁沉重起来。

“真是不幸的偶然。刚才浓茶尼姑也这样说过我。”

“浓茶尼姑？”突然，从隔壁房间传来一个声音，是矶川警部带来的一个刑警，“你今天见过浓茶尼姑？”

“是的，在来这里的路上，西屋的后门那里遇见的。”

“当时浓茶尼姑是从哪个方向过来的？莫非是从这座尼姑庵的方向？”

“嗯，的确是。”

“喂喂，川濑君，浓茶尼姑出什么事了？”矶川警部插话了。

“是这样的，警部。您看，从厨房木地板到外面的檐廊，一路布满了脚印，肯定是有人穿着草鞋从厨房进来过。梅幸尼姑是个很爱干净的人，要是发现了一定会立刻擦干净。所以我认为这些脚印应该是在梅幸尼姑死后印在地板上的……”

听刑警这么一说我才注意到，脚印的主人好像是从厨房进入屋里，然后又走到檐廊上去了。梅幸尼姑枕边被打翻的饭菜周围也布满了白色脚印，在榻榻米上并不明显，印在房间的木地板上则看得十分清楚，那是一双前端张开的扁平足的脚印，小小的就像孩子的脚。我立刻想起了浓茶尼姑那双穿着没有后跟的草鞋的满是泥土的脚。

“嗯，这么说浓茶尼姑比辰弥君和森小姐先一步进了这座尼姑庵啊。如果真是这样，那个尼姑为什么没有吵嚷呢？”

“这个嘛，是因为那个尼姑做了见不得人的事。”

“见不得人的事？”

刑警冷笑了一下。“那家伙有个毛病，喜欢偷东西。倒也不是什么无法无天的偷盗，就是趁别人不注意随手拿些东西，从香钱匣里偷点钱啊，从墓地上偷点供米啊，等等。因为都是小拿小盗，村里人一般也就睁一只眼闭一只眼了。可是有时候她会若无其事地拿走别人洗好的衣服穿在自己身上，所以也会惹上一些麻烦。梅幸尼姑觉得她可怜，经常从中斡旋，替她解围，可浓茶尼姑却得寸进尺，背着梅幸尼姑拿了这个拿那个。其实以梅幸尼姑的性格，只要是浓茶尼姑想要的东西，肯定会给她，可即便如此她还是去偷。也就是说，她感兴趣的不是物品本身，而是偷窃这个行为。”

金田一耕助津津有味地听完，问道：“那么，今天浓茶尼姑从这个庵堂里拿走了什么东西吗？”

“是的。请您到厨房去看看，简直是一片狼藉，就连米糠酱里面都被搅得乱七八糟。浓茶尼姑一定是见到梅幸尼姑死了，便觉得反正这些东西她都不需要了，给自己的偷窃找了个借口。辰弥先生，你遇见浓茶尼姑的时候，她是不是带着一个特别大的行李包？”

“这个……”我和美也子对视了一下，说道，“她的确是背着一个很大的包袱。”

“是啊，没错，那上面还挂着一捆打了包的行李呢。”

“而、而、而、而且，这件事是发生在你、你、你们来这、这里之前，是吗？”

金田一耕助突然又开始刺啦刺啦地抓挠头上的鸟窝了。我并不明白这位怪里怪气的侦探为何会如此兴奋。可是后来仔细想一想，浓茶尼姑的盗窃癖以及她比我们先一步进入尼姑庵偷东西一事，对于整个案件具有十分重大的意义。

密道探险

自从我开始记录这段故事以来，不时感到不便，因为我写的虽然算是一个侦探故事，却无法以侦探的口吻进行叙述。在一般的侦探小说中，故事都是从侦探的视角向前推进的，所以可以向读者展示调查进行到什么程度、侦探发现了什么等等。而且还可以暗示凶手是谁，案件会如何解决。可是在这个故事里，讲述者并没有一直待在侦探身边。不，应该说，讲述者只在极特殊的场合才会出现在侦探身边。所以，在故事发展的过程中，实在是无法如实向读者展现警察调查到了何种程度，或是发现了什么。

这样对那些想解开谜底的读者来说太不负责任了，所以，只要有必要，我打算将那些讲述者在后来才知道的事实插入到故事的各个关键部位。

这个故事还有一处和普通的侦探故事不同，即讲述者不仅仅在追查已经发生的案件，还必须弄清楚自己的身世和身边发生的种种怪事。那天晚上，为了探寻那个秘密地道，我就经历了一场看似与梅幸尼姑之死毫无关系的冒险。

这件事还是放到后面再说。我先把那天矶川警部和金田一耕助发现的事实简要叙述一下。如前所述，这些事是后来才弄清楚的，但我觉得在这里写出来对读者更体贴一些。

首先，是关于送到梅幸尼姑那里的便宴料理，它被送出田治见家的后门，是在洪禅师父中毒身亡后不久，送饭的是一个叫仁藏的跑山的年轻人。

据仁藏说，阿岛吩咐他将饭菜送给梅幸尼姑，他便来到厨房，发现只剩下一份便宴料理了。这时，宴席那边似乎传来一阵骚动，可是仁藏喝请客酒已经喝得有些醉了，便没太放在心上，拿起便宴料理摇摇晃晃地走出了田治见家的后门。如果当时仁藏知道了宴席上的骚动是怎么回事，或许会将这件事告诉梅幸尼姑，梅幸尼姑听后说不定会觉得心里难受，吃不下饭菜。整个宅邸都知道那场骚动正是在仁藏离开之后，凶手可谓是勉强达到了目的，也正因如此，梅幸尼姑实在是不走运。

凶手往饭菜里投毒的机会也有许多。洪禅师父吐血时，屋里的客人全都站起来了，甚至还有人跑出了屋。所有人的注意力都集中在洪禅师父身上，所以这期间有的是机会偷偷从屋里溜出去。况且当时厨房里的阿岛和其他女仆听到宴席上的骚乱声后，都跑出来一探究竟，厨房里空无一人。所以有一段时间，厨房里只有一份便宴料理摆在那里。仁藏走进厨房的时候，里面并无他人。

总之，洪禅师父吐血以后的那段时间，宴席和厨房都是一片混乱，这给了凶手许多可乘之机。

这样分析，也不会立刻弄明白凶手是谁。诸位只要知道屋里的大多数人都有机会投毒即可。

接下来总算可以说一说我那天晚上的冒险了。

那天晚餐时，姐姐特别想同我讲话。她已经知道了梅幸尼姑的事情，而且第一个发现尼姑尸体的人是我和美也子这件事似乎对她刺激很大。像姐姐这般文静的人竟然迸发出一种十分罕见的情绪，刨根问底地问“为什么你会和美也子在一起”“是途中叫上了她吗”等等。最后她还补充道：“那位美也子小姐是个聪明人。她的聪明伶俐绝不输给男人，可是，我总觉得她很可怕。那样的聪明绝顶令我不寒而栗。我这样说你可能觉得是乡下人的忌妒心，如果你真这么想我也没办法，但可怕就是可怕。况且眼前就有例子，慎太郎他……”

说到这里，姐姐支吾了一下，但仍旧鼓起勇气说道：“人们都说慎太郎被那个女人狠狠利用了一把。当时战争还没有失败，慎太郎在参谋本部呼风唤雨，美也子可以说是想尽各种办法讨好他。慎太郎稀里糊涂地被她钻了空子，她丈夫去世以后，慎太郎就住进了她家。于是，一时间村里都在风传，说美也子可能要和慎太郎结婚了。可是事实是怎样的呢？战争最后成了这个样子，慎太郎落魄了，美也子便再也不理他了。别看他们住在一个村子里，可平时连一句话都不说。就算关系不那么密切，毕竟是曾经一同住在东京的同乡，就凭这一点也应该有些感情吧？更何况他们一度频繁交往，甚至都传出了结婚的消息啊。可如今两个人甚至比陌生人还要疏远。当然，美也子是什么身份？她继承了丈夫的遗产，又聪明绝顶，在战争中还购买了大量的钻石，即便遇上再厉害的通货膨胀，资产也不会有损失。可是慎太郎呢？是个看不见未来的浪人。不论以前如何，以他现在的情况，美也子对他有所防范或许也在情理之中。可是，我觉得她也太过势利了。别的不说，据说美也子的那些钻石就是慎太郎暗地里劝她买下的……”

我不知道姐姐为何变得如此多话，也不明白像她那样的老好人为什么会突然说起美也子的坏话。我呆呆地望着她。姐姐似乎察觉到了我的眼神，脸一下变得通红，顿时闭了嘴，然后仿佛无法释怀般坐立难安。过了一会儿，她终于抬起眼，仿佛乞求我的怜悯一般说道：“我说了些无聊的话。我竟然在背后说起了别人的坏话……辰弥，你心里一定很不高兴吧？”

“没有。”为了安慰姐姐，我特意用比平时温柔的声音说道，“就算你在背后议论美也子，我也不会不高兴的。”

姐姐的脸色似乎好看些了。“是吗？真是这样的话，我就放心了。

不过……总之，都说人不可貌相，今后咱们也都注意一些。”

姐姐似乎还想跟我说些什么，我借口身体累，没过多久就回别院去了。姐姐的眼神有些悲哀。

累倒确实是累了，不过我想尽早回到别院却是出于别的目的。我决心今天晚上一定要找出别院里的那条密道。

别院的防雨窗已经关上，我的被褥也已经铺好了。我连看也不看它一眼，径直走进屋子后面的储藏室，打开了昨天晚上那个长方形衣箱的盖子。我在铺在箱底的两三床绢质被褥里摸索了一阵，摸到了一个硬硬的像是杠杆一样的东西。我将那根杠杆向各个方向摆弄了一会儿，然后使劲往前一推。

只听哐当一声，衣箱底部竟和被褥一起往下掉，一个黑乎乎的洞出现在下方。

我不禁倒吸了口凉气。

我的预想是正确的。这里有一条密道，有人不时从这里潜入别院。小梅夫人和小竹夫人也会通过这条密道来进行诡异的拜佛活动。

啊！我又想起了那个深夜进行的诡异参拜活动。这条密道深处究竟供奉着什么呢？

我的心扑通扑通跳得厉害，额头上渗出了一层汗。我再次回到屋里，观察了一下四周，然后便关上灯，返回了储藏室。我看了看表，九点刚过。

我点着了早就准备好的蜡烛，关上储藏室的电灯，借着蜡烛的光亮，悄悄查看了一下密道里面。衣箱的下面是一段很宽的石阶，我轻轻下到石阶上，刚好站在储藏室的下方。再次查看周围，我发现了衣箱底部那根杠杆。我试着摆弄了一下，衣箱底部突然啪嗒一声关上了。

我被完全关在了密道里面。心中掠过一阵不安，我连忙找出刚才那根杠杆，向反方向一推，衣箱底部又哐当一声反弹了回来。我稍稍有些放心了，便从里面关上衣箱的盖子，再次拧着杠杆使衣箱底部恢复了原样。如此一来，就算有人打开衣箱的盖子，也不会发现这里有一条密道。随后，我一手拿着蜡烛，顺着被磨平的石阶一步步走下去。

啊！我究竟想做什么？连我自己都不知道。别的先不说，我甚至不知道这条密道和这一连串杀人案有什么关系。我只知道，这条密道和田治见家的某些秘密有关，仅此而已。可是，即便只知道这些，对我而言也已经足够值得为此而冒险。为了拨开环绕着自己的那团疑云，只要是田治见家的秘密，我都有必要弄清楚。

石阶很长，但还算好走。只要有一根拐杖，像小梅夫人和小竹夫人那样的老人也能够自由上下。

走完了石阶，我来到一个横向的洞口前。我走进洞里，借着烛光仔细看了看四周，终于发现这是一个钟乳洞。

烛光闪烁，照耀着洞穴的墙壁，墙壁上浮现出乳灰色的条纹。有些地方垂挂着近乎完整的钟乳石。这并不是一个天然的钟乳洞，而是人工凿成的隧道因为地质和水的关系呈现出了类似钟乳洞的样子。

我站在这个异样的隧道里，不禁兴奋不已，鼓起勇气继续前进。这时我意识到这个隧道绝不像一个封闭的袋子，肯定在某个地方有出口。因为烛光一直在摇曳，这说明空气是流动的，一定有某处和外面相通。

我究竟走了多久呢？周围一片漆黑，我又是第一次经历这种事，所以很难估计时间。不久我便走到了一段宽阔的台阶前。台阶是用天然岩石雕刻而成的，就像我刚才走过的石阶一样。没想到这么快就走到了隧道的终点，我有些不尽兴。仿佛只要顺着台阶爬上去，肯定会从某个出口上到地面，那样未免太没劲了。

我无处可去，只好走上台阶。我右手拿着蜡烛，左手扶着墙壁，刚迈步上了一级，刹那间便停住了脚步。左手扶的岩壁似乎晃动了一下，我大吃一惊，拿过蜡烛照了照那块岩壁。并没有什么特别的地方，不过是一面满是乳灰色杂乱条纹的普通岩壁。

我试着戳了戳那面岩壁，岩石确实动了。

我又拿过蜡烛，仔细地看了看岩壁，这时我忽然发现脚下有一块黑布一样的东西。我刚想将它捡起来，突然心中咯噔一下，不禁屏住了呼吸。这应该是小梅夫人或是小竹夫人和服外套上的一只袖子，而且是从岩石底下露出来的。

我顿时感到一股莫名的兴奋，额头冒出汗来。昨天晚上，小梅夫人和小竹夫人就是通过这块岩石进出的。它是活动的。既然像她们那样的老太婆都可以移动这块岩石，我也一定能。

我再次借着烛光仔细查看岩石，立刻识破了其中的机关。岩石上有一道很大的竖直的裂缝。我把蜡烛放在裂缝前面，烛火剧烈地摇晃起来。可见这块岩石的对面是空的。将蜡烛顺着裂缝移动，我发现了一块大小刚好够人爬着进出的拱形岩石。这块岩石是和墙壁分开的，被特意放置在这里。

我仔细探查岩石的下方，发现拱形岩石的旁边冒着三四根钟乳笋，其中有一根是铁做的杠杆。我立刻试着推了推。

一切正如我所料。随着我的推动，拱形岩石一点点朝对面移动，最后终于出现了一个勉强可容一个人通过的通道。对面那个洞穴也是一片漆黑。

我深深地吸了一口气。放开杠杆后岩石仍然静止不动，我便钻进了洞里。在洞穴的另一侧，也有一根像钟乳笋一样的杠杆。确定用那根杠杆可以让岩石自由开合以后，我开始仔细观察这个新发现的洞穴。

这个洞穴和我刚刚通过的人工隧道不同，是自然生成的钟乳洞，垂挂着一大片钟乳石。洞里的空间比刚才的隧道要小很多，一不小心头就会撞到洞顶。

至于这些钟乳洞的景色，后文应该有机会细细描述。在这里请允许我暂时打住，继续往前写。况且我当时并没有闲情逸致欣赏周围的景色。

小梅夫人和小竹夫人为什么会闯进这样危险的钟乳洞呢？洞穴深处究竟供奉着什么？我的心被各种各样的疑问搅乱了。

我走了一会儿，来到了一个岔路口，路在这里分成了两条。我有些不知所措，小梅夫人和小竹夫人究竟选了哪条路呢？低头看看地面，只看到坚硬的岩石和四处分散的小水坑，根本没留下脚印。

无奈之下，我选择了通往右边的路。没多久，烛光便开始剧烈摇晃起来。与此同时我听到了类似瀑布的水声。看来离出口不远了。

我稍稍加快了脚步。不久，前方突然出现了一个洞，洞外有一条小小的瀑布在流淌。说是瀑布，也只不过是从一条水沟流向另一条水沟的大约两米高的水流而已。走到这里时，烛火一下被风吹灭了。

我好像弄错了路。小梅夫人和小竹夫人一定是在刚才的岔路口向左拐了。因为如果她们穿过了瀑布，会被淋湿的。

我非常想返回探寻左边的洞穴深处是怎样的，又担心这样一来会弄到很晚，于是暗自决定明晚再去探路。现在我更想知道瀑布的外面通向村里的哪个地方。

我打定主意，钻过瀑布，跳向了外面。就在这时，突然传来一声惨叫："啊！"

有什么人从我身旁躲开了，是个女人。

我大吃一惊，向后退了两三步，想要看清对方的样子。她一边哆嗦，一边借着星光打量了我一会儿，突然高兴地大喊："哎呀，是哥哥啊！"

她一下扑到了我怀里，原来是典子。

典子的恋情

"啊，是典子啊。吓了我一跳。"我多少松了口气。典子天真无邪，我应该能把这个场面蒙混过去。

典子抿着嘴哧哧地笑着，说道："被吓到的人是我呀，因为哥哥突然从这种地方跳了出来。真坏！"说着，典子有些好奇地向瀑布里面张望。"你为什么要藏在这种地方呢？这个洞里有什么好东西？"

典子似乎没发现我是从密道里面出来的，以为我是一时心血来潮，钻到洞里面藏起来了。当然，这对我来讲反而省事，于是我决定尽量按照她的思路走。

“嗯，进去看了一下。里面什么都没有，只是个湿乎乎的洞穴。”

“这样啊。”典子很快便停止了张望，抬头看着我的脸，眼眸闪闪发光，“可是，都这个时候了，为什么你还会出现在这种地方呢？是不是有什么事情啊？”

“不，不是的。就是觉得心里烦躁，睡不着觉，就想，出来吹吹晚风，或许心情就能变好了，所以就晕晕乎乎地跑出来了。”

“是吗？”典子似乎有些失望，垂下了头，但立刻又快活地抬起头，说道，“不过……算了。能见到你我就很高兴了。”

我不太明白。看着星光下典子微微发白的侧脸，我疑惑地问道：“典子，你这话是什么意思？”

“没有，没有什么特别的意思。到我家里去坐坐好吗？家里现在一个人都没有，我感觉好孤单……”

“慎太郎不在吗？”

“嗯。”

“他去哪儿了？”

“这个……我不太清楚。最近每天晚上到了这个时候他都会出门。我问他到哪儿去，他也不告诉我。”

“典子……”

“嗯？”

“为什么都这个时间了，你还在这里走动呢？”

“我？”典子睁大了双眼，很认真地看着我，然后又垂下头，用右脚踢着土说道，“我呀，实在是太寂寞了。而且脑子里想了很多事，想着想着，突然觉得很悲伤……觉得无论如何也没法一个人待在屋里，就发了疯似的跑了出来，转悠到这附近来了。”

“你家在哪里？”

“那里，就在下面。看见了吧？”

我们站立的地方，是在斜坡中间开辟出来的一条仅二三尺宽的险峻小路，后面的悬崖和前面的斜坡上都长满了茂密的竹林。透过竹子，可以看到斜下方有一个小小的稻草铺成的屋顶和一扇隐隐透出白色灯光的纸拉门。

“求求你了，到我家来吧！我真的很孤单。”

典子紧握着我的手指不放，我实在不知该如何是好。她虽盛情邀请，我也不打算去她家，可是我又不能直接返回洞里去。一定要想办法让她离开这个地方。

“去你家不太方便……咱们找个地方休息一下再走吧。”

“咦？为什么到我家不太方便？”

“慎太郎要是回来了就麻烦了……”

“咦？为什么呢？”

典子睁大了那双天真无邪的大眼睛，盯着我。她似乎完全不介意别人的想法或世间的传言。不，与其说是不介意，不如说是她根本就不知道那些。她就像一个刚出生的婴儿那般天真烂漫。

她倒没有固执己见。我们穿过竹林中的小径，找到了一块地势较缓的草地，便决定在那里休息一会儿再走。草地被夜晚的露水浸湿了，典子丝毫不介意，先坐下了。我在她身边坐了下来。

我们坐在像衣褶一样的洼地边缘，这片洼地位于环抱八墓村的一座山丘上。洼地上呈阶梯状分布着狭窄的水田和旱田，田地之间零星散布着稻草铺顶的农家小屋。这里的农户睡觉时并不关防雨窗，也不熄灯，每户人家的纸拉门上都映着明亮的灯光。灯光照在刚刚插完秧的稻田里，甚是美丽。夜空中满是繁星，银河显出朦胧的乳白色。

有一阵子，典子陶醉地眺望着美丽的星空，随后将目光投向了我。

“哥哥。”她小声说道。

“什么？”

“我……刚刚一直在想哥哥呢。”

我吃了一惊，认真地看着典子。她似乎并没觉得难为情，只是天真地说道：“我呀，真的是太寂寞了，总觉得在这个世上孤零零的一个人，最后竟然哭起来了。哭啊哭啊，我可真傻，不知道为什么会有这种心情……忽然间想起了哥哥，想起了第一次见到哥哥时的情景，还有很多很多……然后也不知怎么了，觉得心里很难受……特别揪心，哭得更厉害了。后来我实在受不了了，就不顾一切地跑了出来。我像丢了魂儿似的到处乱逛，没想到竟然遇到了哥哥……我真的是吃了一惊呢，心脏扑通扑通地跳。不过，真的好开心……哥哥，一定是神明帮助可怜的典子实现了愿望呢。”

典子的话令我震惊不已，全身都被汗水浸湿了，身上感觉一会儿热一会儿冷。

啊！这分明是爱情的告白啊！这么说典子她爱我？

事发突然，我完全陷入了仓皇失措的状态，也不知该说什么好，只是定定地看着典子。她丝毫没有显出羞涩的神情，就像格林童话或安徒生童话中的少女那样天真无邪。她身上完全没有那种让我厌恶的感觉，相反，却有一种质朴、惹人怜爱的感觉。

可是，我究竟该如何回应她呢？搜遍整个心，我也找不出半点儿对典子的爱情。不，爱情难道不是应该在两个人有了深入了解之后才产生的吗？我现在对典子这个女孩几乎一无所知。

我实在不知该如何回答。若是说些应景的话来安慰对方，我的性格又不允许。可要是欺骗这样一个纯真少女，我又觉得是无法容忍的罪过。我只能选择沉默。典子看起来也并没有期待我的回复，仿佛说完了自己想说的话就满足了。可是她的样子又像是深信自己深爱的男人肯定也会同样爱着自己，这又令我感到不安了。

我必须尽量避开这个危险的话题。

“典子。”过了一会儿，我主动叫她。

“嗯？”

“你疏散到这里之前，一直和哥哥住在东京吗？”

“是啊。为什么问这个呢？”

“在东京的时候，美也子是不是经常去你们家？”

“美也子小姐吗？是的，有时候会来。大部分时候是哥哥过去。”

“听说美也子和慎太郎曾经决定结婚，是吗？”

“是的，有过这样的传闻。哥哥和美也子小姐说不定也曾经这样想过。如果战争的结果不是那样的话……”

“美也子现在也经常来玩吗？”

“没有了，最近一直都没来……对了，刚开始的时候来过两三次，可是哥哥总是躲着不见，所以就……”

“慎太郎躲着她？那是为什么？”

“我也不知道为什么。可能是因为美也子小姐是有钱人，但哥哥变穷了吧。别看哥哥成了现在这个样子，可是自尊心很强。他最讨厌接受别人的怜悯和同情了。”

典子的回答没有一丝犹豫，恐怕她从来都没想过我为什么要问这些问题。想到这儿，我心中不禁有些愧疚，可是既然问了，我还是想刨根问底弄个明白。

“那么，是不是只要慎太郎同意了，美也子就会立刻和他结婚呢？”

“这个嘛……”

典子天真地歪着脑袋。看着她歪着头的样子，我突然发现她的脖子长得惊心。这么形容绝非贬义，反倒是有些妖艳的感觉。

“我就不太清楚了。我本来就笨，看不懂别人的心，况且美也子小姐的性格那么复杂。”

我吃了一惊，看着典子。我今天刚刚得知姐姐对美也子没有什么好感，难道典子也是一样吗？人不可貌相……姐姐这样说美也子，现在典子也说了同样的话。姐姐这样说，不排除其中混杂着忌妒的因素，可天真的典子应该不会。难道在同性眼里美也子是个阴险的人？可是在我看来，她不过是个有大姐风范的泼辣女人而已。

慎太郎的脸

我们究竟在那里坐了多久呢？那天我恰巧没戴表，完全不知道时间。应该不短，因为典子一直都不肯放我回去。我们之间并没有太多的话题，可典子似乎只要坐在我身边就很满足。她不停地讲过去的故事给我听，净是些童话一样天真无邪、无毒无害的故事。听着听着，我那像竹刷子一样分裂而紧张的神经竟然神奇地平静下来。

来到八墓村以来，我第一次有这样的感受。当时的我就像只受惊的刺猬，总是绷紧了神经察言观色，因此和典子在一起令我觉得无比安详舒适。典子娓娓道来的声音令我听得入了迷，这时，不知从何处传来了挂钟的报时声。我数了数，已经十二点了。

我吃了一惊，从草地上站起身来。“啊，已经十二点了。太晚了就不好了，我要回去了。”

“是吗？”听说已经十二点了，典子也没有阻拦我，只是依依不舍地说，“可是，我哥哥还没回来呢。”

“你哥哥究竟去哪里了？每天晚上都不在……”

“不知道呢。以前他喜欢下围棋，常常下到深夜。回来以后他也不跟别人交往，所以连个下棋的地方也没有了。”

典子一副无忧无虑的神情，似乎并不怎么担心她哥哥的夜晚出走。我心中却一阵骚动，慎太郎究竟每天晚上去哪里了？

“那你哥哥都是什么时候回来？”

“我不太清楚。他总是在我睡着以后才回来。”

“那你每天晚上几点睡觉呢？”

“大约九点或十点就睡了，今天例外。不过幸好没睡觉，这样我才能见到哥哥你。对了，哥哥，明天晚上你也会来吧？”

典子的语气似乎认定我明天晚上也会过来。她的样子实在是太纯真了，我无论如何也无法拒绝。

“是啊，要来也可以。但要是下雨就没办法了。”

“真是下雨也没办法……”

“典子，你要答应我，今天晚上你在这里见过我的事，绝对不能告诉慎太郎。”

“咦？为什么呢？”典子好像吃了一惊，眼珠滴溜溜地转了起来。

“也没什么特别的理由。不只是今天晚上的事，明天在这里见面的事也不许说。否则我就再也不来这里了。”

我的威胁似乎很奏效。

“嗯，好的。我不会对任何人说的。不过，哥哥以后要每天晚上都过来，可以吗？”

女人真是天生的外交家。典子巧妙地前进了一步。

我苦笑着说道：“嗯，我会来的。”

“一定？”

“嗯，一定会来。好了，慎太郎应该快回来了，小典也该回去了。”我不知不觉称呼典子为“小典”了。

典子顺从地点点头，说道：“嗯，哥哥再见。”

“再见。”

典子顺着斜坡往下走了五六步，又回过头来说：“再见。”

“嗯，再见。”

典子继续向下走，可不知她想起了什么，只见她侧头向斜坡的上方看去，啊的一声，便站住了。

“发、发生什么事了？小典？”我心中一惊，也回过头看向斜坡上方。

我们身处低洼地的边缘。这片低洼地上方大约半町的地方，像口袋般收缩变窄了，那里有一间远离村庄的小屋。紧闭的纸拉门上映出红红的灯光，在我回头的瞬间，一个黑影从纸拉门前一闪而过。只是一瞬间，我看得并不分明。看样子是个穿着西装、头戴鸭舌帽的男人——我心中刚这样一想，屋里的灯就灭了，纸拉门前顿时一片漆黑。

“哎呀！”典子倒吸了一口气，呆住了，随后马上跑到我身边，“哥哥！那是怎么回事？”

“怎么了？小典。”

“刚才的影子啊！哥哥你应该也看到了吧。好像是个戴着鸭舌帽的男人。”

“嗯，有什么不妥吗？”

“不对啊，那里可是尼姑庵啊！”

我心中一惊，再次回过头，只看到已经熄了灯的尼姑庵在星光下黑黢黢地沉默着。

“小典，这么说，这一带就是浓茶了？”

“没错，那是妙莲师父的庵堂。这个时间，有男人出现在妙莲师父那里，太不正常了。而且为什么要熄灯呢？”

“尼姑庵不能熄灯吗？”

“是啊，因为妙莲师父总是开着灯睡觉呢。据说要是熄了灯她就睡不着。”

不知为何，我的心中涌起一丝不安。

“浓茶尼姑今天被警察叫过去了吧？”

“嗯，是被叫过去了。不过，她一句话也没说，最后很威风地回来了。不能惹她生气，要是把她惹火了，就算是知道的事情她也一句都不会说的。可是，到底是怎么回事呢？竟然关了灯……而且，刚才那个男人又是怎么回事？”

我脑中突然闪过一个猥琐的念头，脸一下变红了。所谓萝卜青菜各有所爱，看来那位兔唇尼姑的房里也有男人偷偷前去。可是，在典子面前，这种话无论如何我也说不出口。

“别瞎想了，什么事也没有。应该是有客人吧。”

“可是真的好奇怪啊。为什么有客人来还要关灯呢？”

“别再想了，赶快回家吧。再磨蹭的话就要到一点了。”

“也是。那么我就走了，哥哥晚安。”

“晚安。”

典子回了好几次头，才下了山坡。等到看不见她的身影了，我便往悬崖下竹林中的小路走去。就在这时，从上方传来急促的脚步声，我惊得站住了。

有人从山丘上下来了。

我从山崖一角悄悄向上方张望。可是山路崎岖，还是看不到脚步声的主人，只是听声音确实是向这边走来的。奇怪的是，那人似乎害怕被别人看见，蹑手蹑脚的……我迅速钻进竹林，蹲了下来。这样就不用担心被对方发现，而且还能看清对方的脸。

脚步声越来越近了，速度越发慢了下来，这正是警惕四周的证据。我的心狂跳不止，口干舌燥，喉咙火辣辣地疼。

不一会儿，脚步声终于到了我身边。先是路上出现了一个长长的影子，接着影子的主人出现了。刹那间，我的心脏似乎停止了跳动。

影子的真身是慎太郎。他戴着鸭舌帽，身着工作服，腰间挂着一条布手巾，脚上穿着胶皮底袜子，小腿上缠着绑腿，而且腋下还夹着一把鹤嘴镐。单是这一身装扮就足够吓人了，而他的脸——啊！那张脸啊！

两只瞪得像铜铃一般大的眼睛似乎马上就会从眼窝里蹦出来，

而且还充满了异样的热情，闪闪发光。嘴唇莫名其妙地扭曲着、哆嗦着，从额头到鼻翼浮着一层油汗。

人与人相对而坐的时候，不会轻易将内心的东西表露在脸上。可是，认定周围没有人的时候，平时潜伏在内心深处的那些东西就会不经意地表现在脸上。此时的慎太郎就是这样。我从他的脸上捕捉到的感觉是一种无可救药的阴险与残暴。

因为极度恐惧，我感觉心脏已经像冰块那样凝固变冷了，几乎就要喊出声来。如果我喊出来了，那把锋利的鹤嘴镐或许就会朝我的头顶飞过来。

我总算拼命忍住没出声，慎太郎也就没发现我。他蹑手蹑脚地从我面前走过，不一会儿，便消失在竹林中。

过了好一会儿，我才从竹林里爬出来。汗水已经湿透了全身，膝盖颤抖个不停。我感到头晕目眩。

我站在原地，等心情平静下来后，又钻进了那个瀑布深处的洞穴。再往后便没什么可说的了，我顺利回到了自己的房间，只是那个晚上怎么也睡不着，这也在预料之中。

久野叔叔的逃亡

因为昨天晚上直到很晚才睡着，第二天我便睡过了头。一睁眼，明亮的阳光已经从防雨窗的缝隙里照射进来了。我看了看枕边的表，已经九点。

我吓了一跳，连忙起来，叠好被褥，打开防雨窗。姐姐闻声从主屋匆匆赶了过来。

“早上好。我一不小心睡过了头……”

我向姐姐问好，她却只是默默地看着我。我不禁疑惑地注视着她。

姐姐一脸僵硬的表情，试探般看了我一会儿，终于用嘶哑的声音说道：“早上好。”然后又以非同寻常的郑重语气说道：“辰弥，我有话对你说。”

一定是发生什么事了，我心想。仿佛有一股墨鱼汁般漆黑的不安感从内心深处翻涌上来，可想而知姐姐当时的样子有多警惕。

“发生什么事了？”我战战兢兢地问道。

姐姐仍旧死死盯着我。“昨天晚上，又有人被杀了。”她用耳语般的声音说道，“浓茶尼姑妙莲被杀死了。”

姐姐似乎怕别人听见，刻意压低了声音，可在我听来却是晴天霹雳。我不禁手脚发抖，目瞪口呆地看着姐姐。姐姐有些胆怯地后退了两三步，仍旧盯着我说道：“今天一早，警察就来了，问我你昨天晚上出门了吗，我当然对他们说，你昨天晚上很早就回到别院休息了，绝对没有出去过。可是，辰弥，你真的没有出去吧？”

“当、当然，我哪里也没有去。因为很累了，早早就睡觉了。”

姐姐睁大了眼睛，有些害怕似的看着我，眼睛里的血色渐渐退去，嘴唇开始颤抖。

究竟是怎么回事？姐姐在害怕什么？为什么会用那种眼神看着我？这样想着想着，我突然意识到一个问题。莫非昨天晚上姐姐在我钻进地道以后曾经来过别院，发现我不在屋里，所以今早听说浓茶尼姑被杀后起了疑心？再加上刚才我说了谎，这更加深了姐姐的怀疑。

啊！怎么会这样？偏偏在我第一次溜出别院的晚上发生了杀人案，而且我昨天晚上就在浓茶尼姑的庵堂附近……

姐姐是同情我的，所以只要说出昨晚的事情，她一定会理解我。可是，究竟能否带来好的结果呢？姐姐这样的老实人，在别人面前绝对说不了谎。就算嘴上说谎，眼神也会立刻露馅，最终一定会忍不住将真实情况讲出来。对，就这样做吧。虽然我很不忍心让姐姐受折磨，但还是先不告诉她昨晚的事了，况且我不想让任何人知道那条密道。

“姐姐，”过了一会儿，我主动开口了，“你说浓茶尼姑被杀了，这次又是中毒而死吗？”

“不是的。”姐姐颤声说道，“听说这次不是下毒，是被人用布手巾勒死的。”

“是什么时候的事情？”

“昨天晚上十二点前后。”

我的内心深处又翻涌起一个阴郁的想法——昨晚我和典子看到的人影的确是凶手，浓茶尼姑就是在那个瞬间被勒死的，而我就在不远处多少看到了那一幕。

我突然感受到了剧烈的打击。啊！映在纸拉门上的那个影子不是戴着鸭舌帽吗？而且不久后从山丘上下来的慎太郎也同样戴着一顶鸭舌帽……

人的直觉真是个奇妙的东西。我从昨天晚上开始就一直想不通慎太郎为什么会有那样奇怪的行为。那时，慎太郎那张无法描述的、可怕凶恶的脸，我甚至做梦都梦见过它。我总觉得最近几天晚上，慎太郎是怀着不可告人的目的出来转悠的。但直到这一刻为止，我都没有把映照在尼姑庵纸拉门上的影子和慎太郎联系在一起。这是为什么呢？或许是因为慎太郎带着的那把鹤嘴镐。鹤嘴镐和尼姑庵……这两者实在相去甚远。或许就是这件事导致我一直将纸拉门上的影子和慎太郎分开来考虑。

“辰弥，你在想什么？”

“没有，没想什么……”

“辰弥，”姐姐的声音突然变得温柔，“你要是有什么想说的话就尽管说出来。我是站在你这边的，就算全世界的人都怀疑你，我也会相信你。我希望你一定要记住这一点。”

“谢谢你，姐姐。”我心中涌起一阵感动。

我打算将昨天晚上的事情藏在心里。可是，不管我怎么隐藏，早晚也会尽人皆知。到那时，人们对我的怀疑一定会更加强烈。那时，姐姐还会这么信任我吗？

不久，我们便离开了别院，在餐桌前相对而坐。两位姑祖母已经用餐完毕，回房去了。姐姐一直在等我起床，或许她没什么食欲吧。

我在姐姐的侍候下开始吃饭，这时姐姐像是想起了什么，说道：“对了，今天早上还发生了一件怪事。”她将拿筷子的手放在膝盖上，直视着我的脸。

“什么怪事？”

“久野叔叔躲起来了。”

我吃了一惊，看着姐姐。“你是说久野叔叔他……”

“是的。辰弥，你应该知道吧？昨天在梅幸师父的尸体旁边发现了一张写着奇怪字句的纸。”

“没错，好像是这次杀人案的计划表……”

“是的。据说已经弄清楚了，那是久野叔叔写的。”

我又吃了一惊。“姐姐，这是真的吗？”

“具体情况我也不太清楚，据说警察调查的结果就是这样。今天一早警察就闯进了久野叔叔家，可是叔叔已经不见了踪影，家里人也不知道他何时离开的。这下家里闹翻了天，里里外外都搜了个遍，终于在睡铺下面找到了他的留言。上面写着，我暂时躲起来了，不过我绝对是清白的，请不要担心。”

我的心完全乱了。我很久以前就怀疑过久野叔叔，没想到他这么快就投降了，反倒让人觉得扫兴。

“叔叔是什么时候逃出家的？”

“那就不知道了。昨天晚上叔叔说身体不太舒服，早早地就让家人在别院铺好了床，把自己关在屋里了。婶婶自那以后就没再见过叔叔。所以今早警察来的时候，她还以为叔叔在别院，就去叫他，结果发现被窝是空的。家里顿时乱了套。”

“那被褥里有没有睡过的痕迹呢？”

“完全没有。所以说，叔叔应该是昨晚进了别院后立刻就溜出了家。对了，他还把家里的现金都拿走了。”

“叔叔睡觉的时间是……”

“据说是九点半左右。”

如果他当时就从家里逃了出来，那么就有足够的时间杀死浓茶尼姑。

“姐姐，”我放下筷子，向姐姐探了探身，“久野叔叔是做那种事的人吗？我是说没有理由乱杀人……”

“应该不会吧。”姐姐叹了口气，“虽说他以前就喜欢读侦探小说……”

“侦探小说？”我愣了一下。

“是啊。婶婶经常为此发牢骚呢，说是都这个年纪了，还痴迷于侦探小说，说出来都觉得不好意思……我不知道侦探小说写些什么东西，据说里面有很多杀人之类的情节。但久野叔叔应该不会去学那些的……”

我对侦探小说的了解也和姐姐一样，并没有多深的研究。我曾经在哪里读到过，侦探小说的作者和读者里没有那么坏的人。一开始我也觉得“的确如此”，但反过来想一下，在这次的案件中似乎能嗅到侦探小说的气息。

就这样，我的心混乱不已，任何事情都没有了头绪。

令人意外的是，那天下午，金田一耕助一个人晃晃悠悠地过来了。我最初以为会有一番审讯，心中很是不安，可他似乎并无此意，看见我后便笑眯眯地说：“哈哈，不用这么紧张嘛。今天就是想看看你，就过来了。”

“哦。”

我还是忍不住紧张起来。所幸姐姐从旁解围。“我想问一下……久野叔叔抓住了吗？”她问道。

“估计还没有吧。矶川警部急急忙忙地赶到镇上去了，谁知道能不能抓住呢。”金田一耕助一副漠不关心的口气。

“金田一先生，”这次换我开口了，“昨天的那张纸，就是掉在梅幸师父枕边的那张纸……听说是久野叔叔写的，这是真的吗？”

“是真的，这一点我可以确信。那是银行在年末时发给客户的口袋记事本上的一页，这个村里只有三户人家收到了这份礼物，贵府、野村先生及久野医生。我们做了笔迹鉴定，发现上面是久野医生的笔迹，千真万确。”

“久野叔叔逃跑是因为这件事吗？”

“应该是吧。”

“那么可以断定久野叔叔就是凶手了吗？”

“这个嘛，有一种说法，说是逃跑就是一种坦白，所以一般来说也可以下这样的结论。可这里有一个矛盾。”

“矛盾？”

“关于昨晚浓茶尼姑被杀一案。”

我心中一惊，看着金田一耕助。他似乎是无心的。

“昨晚的案子，想必你也听说了。你似乎很关心这个案子，但我要说的是另一个问题，浓茶尼姑被杀是在十二点前后，无论从哪个方面来看，这都是铁一般的事实。不过，有迹象表明，久野医生坐上了昨晚十点五十分的上行列车。”

我不禁瞪大了眼睛。如此说来，在浓茶尼姑一案中，久野叔叔应该有完美的不在场证明。

“没错，正是如此。就算久野医生在下一站下车，也不可能立刻联系上下行列车，如果步行，十二点之前回不去。所以，单从昨晚的案子来看，久野医生毫无嫌疑，因此我认为他可能和这一系列案子都没有关联。”

“可他为什么要逃走呢？”

金田一耕助笑了一下。“这个嘛……就凭他在记事本上写下那些无聊的内容这一点，他也没法在村子里继续待下去了。他有足够的理由出逃。”

“或许昨晚的案子和之前发生的案子没什么关系呢？从昨天捡到的那张纸片来看，在凶手的计划里，是要杀掉并列或对立的两个人中的一个。至于尼姑，梅幸师父已经被杀了，再杀浓茶尼姑不是有些奇怪吗？”

这是从今天早上就萦绕在我心里的一个疑问。金田一耕助听后突然又开始挠头了。

“啊，你也注意到这一点了啊。没错，没错！不过，这件案子的确是之前的案子的延续，只不过并不在凶手最初的计划之中，而是因为突然有了不能让浓茶尼姑活命的理由。那个突然产生的理由是什么呢？是凶手犯了一个愚蠢的错误。是的，没错。在梅幸尼姑的案子里，凶手第一次犯了错误。辰弥君，你难道没看出来吗？你应该能看出来的。不，或许，你没看出来也是理所当然。”

金田一耕助认真地看着我，轻轻叹了口气，不一会儿，便飘飘悠悠地走了。

啊！金田一耕助究竟是为何而来呢？

故人

当晚，我再次钻进了地道。

前一晚刚刚发生了那样的事，而且姐姐很有可能已经发现我出去过，再次钻进地道只能说相当冒险。可我体内却有一股无法遏制的冲动，无论如何都想再去一次。况且我还答应了典子，我必须再和她见一面，叮嘱她千万不能将昨晚的事情说出去。

我从储藏室衣箱底部的洞里钻进了密道，因为反复犹豫，时间比昨晚晚了许多。

我一手拿着蜡烛，走下石阶，在黑暗的隧道里前行。这条路已经往返过一次，我不像昨天那样不安。我顺利穿过岩石伪装的关口，来到了岔路口。就在这时，我惊得站住了。

岔路口的右侧，即通往浓茶的隧道那边传来啪啪的声音，还有闪光出现。我连忙熄灭了蜡烛，像石头一样矗立在黑暗中。

那条路在离岔道口不远的地方有一道急弯，声音和闪光就来自弯道的另一边。闪光将转弯处四周的墙壁映亮了以后立刻又消失了。这样两三次之后，我终于明白，是有人在转弯处的另一边划火柴。

一瞬间，我仿佛被寒流袭击了，打了个冷战。心脏似乎也在那一瞬间停止了跳动，接着便扑通扑通地狂跳起来。浑身上下冷汗涔涔。

啊！这条地道里还有别人！我想起了前天晚上，那个偷偷潜入我房间的人，在地道里让小梅夫人和小竹夫人受到惊吓的人……莫非是那个家伙又出现了？

微白的闪光又亮起来了，可是这次没有立刻熄灭，而是跳跃着燃烧了一会儿，接着变成了其他颜色的光。我明白了，是蜡烛被点燃了。有那么一会儿，蜡烛的火焰在岩石上忽明忽暗地闪耀了一阵，最后终于变成了稳定的火光，看来对方是提着灯笼来的。灯笼的光亮渐行渐近。

我连忙闪进了岔道口的左侧。我的心仍在狂跳不止，但仔细想想，这可能是个绝好的机会。要是运气好，就能看到闯进别院的歹人的真面目了。

灯笼的火光摇曳着，渐渐向急转弯处靠近。我将后背紧紧贴在石壁上，焦急地等待着。

不一会儿，灯笼似乎转过了那道急弯，我的眼前立刻闪过一团黄光。我屏住呼吸，等待对方出现在岔道口。很快，那个身影出现在了近前。刹那间，我大大吃了一惊，差点绊了一跤。

“典子？”

那个人正是典子。听到我的声音，她吓得跳了起来，但立刻又用灯笼照了照我，叫了声“哥哥”，便开心地扑到了我怀里。

“小典，你为什么会来这种地方？”

我惊讶不已，只能呆呆地看着她。

她却若无其事地说道：“我是来找哥哥的。因为哥哥怎么等也等不来嘛。”

“你早就知道这条地道吗？”我不由得变成了质问的语气。

“不是的，不是这样的。我本来在昨天晚上的地方等着哥哥。可是，我等了好久好久啊。不管怎么等，哥哥你就是不来，我就想，莫非你又躲进这个洞里了？于是我就钻了进来，结果发现这个洞好深啊！我想，哥哥说不定正在这个洞里走着呢，就回家拿了灯笼来找你了。”

我被典子如此胆大的行为惊得目瞪口呆。“小典这么做难道不觉得害怕吗？”

“害怕啊，当然害怕。可是，我一想到说不定能见到哥哥，就顾不上那么多了。幸亏我来了，因为现在已经见到哥哥了。”

典子自始至终都是这么天真无邪。与此同时，我也明白了她对我多么一往情深，不由得一阵心痛。可是，现在不是考虑这些的时候，我必须尽快把该做的事情做完。

“小典。”

“嗯？”

“昨天晚上的事，你没对任何人讲吧？”

“是啊，我谁也没告诉。”

“今天晚上遇见我的事也……”

“嗯，我不会说的。”

“对慎太郎也没讲过？”

“嗯。”

“慎太郎今天在做什么啊？”

“我哥说他头疼，今天睡了一天。而且，真是奇怪啊，他和你说了同样的话呢。”

“和我说了同样的话？”

“是啊，他叮嘱我不要将昨天晚上他很晚出去的事情对别人讲。奇怪吧？男人为什么都这么喜欢说谎呢？”

我的心不禁狂跳起来。“小典，你知道浓茶尼姑被杀了吗？”

“嗯，知道。今天早上听说的，吓了我一跳。哥哥，是不是昨天晚上纸拉门上映出的那个人杀了妙莲师父呢？”

“小典，慎太郎对这件事是怎么说的？”

“他没说什么啊……为什么这么问？”

典子抬起头，有些费解地看着我。

就在这时，我突然听到了啊的一声，好像是从背后传来的。紧接着，有人吧嗒吧嗒地向地道的深处跑去。我和典子顿时被吓得呆住了，但下一个瞬间我便从典子手中夺过了灯笼，循声追去。

“哥哥！”

“小典，你在原地等我！”

“不，我要和你一起！”

这边的地道在岔路口稍向前的地方也有一个急转弯。刚刚逃掉的人一定是因为弯道挡住了视线，所以走到近前才发现我们。

我们小心翼翼地朝地道的深处走去。这条路就像羊肠小道一样弯弯曲曲，绝不止刚才那一个急转弯。我一路捕捉着对方的脚步声和携带的灯火的反光，却怎么也看不到他的身影。

我们究竟从那个岔路口向里走了多远？不一会儿，脚步声听不到了，反光也看不见了，我们茫然地站在地道里。

“不行了。”

“嗯，还是跟丢了。”

“那个人究竟是谁？”

“我也不知道。”

“这个洞可真够深啊。”

“嗯，一定在某个地方有入口。”

“再往前走走看吧。”

“小典有那个勇气吗？”

“嗯，我有！因为是和哥哥一起。”

“好！那我们就再往前走走看。”

我已经放弃抓住那个歹人了，但我另有一个目的。不，应该说这才是我最初的目的。小梅夫人和小竹夫人参拜的神佛——今天晚上我必须弄清楚它的真面目。

我们提着灯笼，小心翼翼地又前行了五分钟左右，隧道突然变宽了。我吃了一惊，提起灯笼看了看四周。就在这个时候，典子突然大喊了一声，紧紧抓住了我的胸膛。

“怎、怎么了？小典。”

“那个、那个，哥哥，那个地方好像有人……”

“什么？有人？”

我也大吃一惊，用灯笼照着典子手指的方向，刹那间，我感到了一阵冰冷彻骨的恐惧。

从地面向上三尺左右的洞窟墙壁上被挖出了一个洞，好像安置佛像的佛龛。佛龛里，有一个身着铠甲的武士泰然安坐在石棺上，仿佛古代武士画里的大将。一开始，我以为那是装饰用的铠甲，可是事实并非如此。头盔的帽檐很深，看不清脸，不过铠甲里确实有人。那个人一动不动，一直俯视着我们……

第五章　铠甲里面

有那么一阵子，我一句话也说不出来。因为极度恐惧，心脏已经提到了嗓子眼，就算想说些什么，舌头也已经僵硬了。说来很没出息，当时的我的确膝盖哆嗦个不停，整个身体就像铁丝那样僵直。

但别人恐怕也没有资格嘲笑我的胆怯。在那个黑黢黢的洞穴里，遇上那样一个穿着奇特的人物，换成任何人恐怕也都会和我一样，陷入浑身僵硬的状态。而且，那个穿着诡异的人一动不动，也不开口说话，只是从深深的帽檐下目不转睛地俯视着我们，实在是令人毛骨悚然!

“什、什么人？坐着的那个！”我终于从喉咙里挤出了一句话。

可是对方并不回答。别说回答了，连动都不动一下。那家伙给人一种莫名其妙的寂静感——那是一种脱离了尘世的寂静，且周身都包裹着这种可怕的寂静。

我和典子对视了一眼。

“哥哥，”典子凑到我耳边说道，“那个莫非是人偶？木雕像之类的？”

我也一度这样想过，但还是有令人费解的地方。他身体的线条并不像木雕像那样僵硬，更接近人的感觉。可是，不管怎样，可以确定那绝不是有生命的东西。我总算松了口气。

“小典，你就待在这里。我过去看一看。”

“哥哥，你一个人没关系吗？”

“嗯，没事。”

我从典子身边离开，提着灯笼爬上了佛龛。我的后背阵阵发痒，不禁有些担心那个铠甲武士会不会伸出长臂，突然从上面跳下来。可是，铠甲武士仍旧稳稳地坐在石棺上。我将灯笼举到他的近前。

一股发霉腐烂的气味混杂着蜡烛燃烧的味道扑面而来，那是从盔甲里散发出来的。对于这种古董一般的东西，我并不精通，但还是能看出铠甲和头盔应该是地位很高的武士用的。这两样东西年代都已十分久远，穿起甲片的绳子已经破旧不堪，胸铠和保护腰胯的前挡有一半都朽烂了。

我举着灯笼，仔细看了看帽檐下面，突然感到一股无法描述的恐惧，浑身汗毛都竖了起来。

那不是人偶，也不是木雕像，的确是人。当然，是个早已没了生命的死人。可是，这个死人实在令人毛骨悚然。他的皮肤呈现出一种奇异的混浊之色，介于泥土色、灰色和茶褐色之间，而且泛着一层滑腻的光泽，感觉就像是肥皂。

这个死人大约在三十岁到四十岁之间。鼻子扁平，颧骨突出，是这一带人的长相特征。双眼离得很近，额头狭窄，下巴很尖，看起来很是凶恶。眼睛瞪得很大，可是早已失去了光彩的眼珠干巴巴的，就像是泥塑的一般。

我因过于恐惧，浑身不停地冒冷汗，牙齿咯咯作响，仿佛马上就要吐出来。我突然觉得仿佛在哪里见过这张脸。狭窄的额头，尖尖的下巴，还有离得很近的双眼——没错，我确实在哪里见过。

他究竟是谁？我在什么时候、什么地方见过这张脸？我还没来得及回忆起来，被我的样子吓到的典子走到了佛龛下面。

"哥哥，哥哥，你怎么了？铠甲下面有什么？"

典子的声音让我骤然回过神来。"小典，别过来。到对面去。"

"可是哥哥……"

"我这就下来了。"

我从佛龛上跳下来以后，典子惊异地问道："哎呀，哥哥，你这是怎么了？出了好多汗……"

"没怎么。没事，没事。"

我有些心不在焉。这个死人究竟是谁呢？石棺前面放着花束和香炉，看来小梅夫人和小竹夫人确实来这里祭拜过。那么这个死人一定和两人有着某种关联。他们究竟是什么关系呢？

"哥哥，"典子搂住我，有些不安地抬起头，"那个铠甲下面究竟有什么？那不是人偶吗？"

"啊，对了，小典，你可能知道。最近村子里有没有三十岁到四十岁之间的男人去世？"

"嗯？为什么？为什么要问这个？"典子很是费解，转了转眼珠，说道，"要说起最近村子里死的人，哥哥你应该也知道啊。其中三十岁到四十岁的男人，就是莲光寺的洪禅师父和你们家的久弥哥哥了。"

"我们家的久弥哥哥！"

我像是突然遭到了强烈的电击，因为一个想法掠过了我的脑海。

没错。那个死人的脸，的确和哥哥久弥有些相像。双眼长得很紧凑，额头狭窄，下巴很尖，看起来有些凶狠。

可是……真的会有这种事吗？哥哥明明被放进了棺材，埋在了田治见家的家族墓地里啊。虽然后来为了解剖把尸体挖出来了，可是解剖完毕后又再次装进棺材安葬了。棺材上面的第一抔土正是我亲手盖上去的。我亲眼看见那口棺材被埋进了土里，虽然墓碑还没有立起来，可是哥哥的的确确应该已经长眠在那片土地里了。

这个死人的确很像哥哥。既然最近没有听说田治见家族里有这个年龄的其他人去世，难道这个人就是哥哥？难道是有人从墓穴里挖出了哥哥的遗骸，摆放到这里？可即便是这样也很奇怪。哥哥已经死了十天，为什么一点儿腐烂的征兆都没有？

我被这一连串的疑惑所困扰，呆呆地站在原地，就在这时——

“是谁？谁在那里？”

背后突然传来一声叫喊。我和典子吓了一跳，回过头来，发现有一个人正提着灯笼站在对面。

“是谁？谁在那里？”

灯笼往前移了一步，典子吓得紧紧抱住我。

“是谁？谁在那里？”

对方又问了第三遍，将灯笼高高举起。在这个洞里说话，声音会反射到四处的墙壁上，变大很多。这时我才听出声音的主人。

“啊，这不是姐姐吗！是我呀，我是辰弥。”

“哎呀，辰弥？果然是你！可是另外那个人是谁？”

“是典子啊。里村家的典子。”

“啊，典子？”姐姐似乎很吃惊，声音都变尖了。她立刻急匆匆地走了过来。“啊！真的是典子呢！”姐姐有些狐疑地看了看我们，又看了看四周，说道，“可是……你们两个在这里做什么？”

“姐姐，这件事容我以后再向你解释。你又是为什么来这里啊？”

“我……”

“姐姐你早就知道这个洞穴了？”

“怎么会！我是第一次来这里。”姐姐看了看四周，缩起了肩膀，似乎很害怕，“不过，我小时候曾听大人说过，在很久很久以前，宅子里曾经有一条不知通往何处的密道。可是姑祖母她们说那条密道早就被填上了……”

“这么说，姐姐今晚才发现了这条密道？”

姐姐轻轻点了点头。

“姐姐是从哪里进来的？”我的语气仿佛是在质问。

姐姐犹豫了一下，但终究没有逃避，看着我的眼睛说道：“辰弥。”她加重了语气：“昨天晚上我有话要对你说，就去了别院。可是，我发现你不见了，哪里都找不到。门窗明明都从里面关得好好的，我很纳闷，便在别院等了你很久，怎么等你也不回来，我只好放弃，回到主屋去了。今天早上我过来一看，你却好端端地待在别院里。我更加纳闷了，但你什么都不说，我也就没敢问。我实在担心你，所以今天晚上又去别院看你，结果你又不见了，而且门窗仍旧锁得好好的。我这才想起小时候听说的密道的事，密道肯定就在别院的某个地方……我一边想一边找，找着找着，突然发现储藏室的衣箱盖子里夹着这个东西。”

姐姐从怀里掏出一个东西，是我的手帕。

“这是你的吧。我顿时恍然大悟，打开衣箱的盖子一看，发现被褥上滴了几滴蜡油。我试着摆弄了一会儿，衣箱底部哐当一下打开了，我就这样进来了……”

说到这里，姐姐又用怀疑的目光看了看我们。

“辰弥，你是怎么知道这条密道的？是谁告诉你的？”

事已至此，没必要向姐姐隐瞒了。但我还是有些忌讳在典子面前讲述事情经过。

“姐姐，这件事等回家以后我会告诉你。现在我有件事想要问你。姐姐，你看那边的那个东西，那究竟是什么？”

我提着灯笼，指着那个佛龛。姐姐似乎刚刚注意到，啊地叫了一声，向后退去，但很快又稳住情绪，向前走了两三步。

“哎呀，真奇怪！是谁把这个搬到这里来的？”姐姐气喘吁吁地喃喃自语。

“姐姐，这么说你见过这副铠甲？”

“嗯……很久以前见过一次。你应该也知道啊。别院后面不是有个像祠堂一样的地方吗？你不是还问我那是不是供奉护身佛的祠堂来着。其实那不是护身佛的祠堂，而是神社。表面上供奉的是稻荷大神，其实是……”姐姐犹豫了一会儿，接着说道，“你应该也听说了。很久以前，这个村的村民杀死了一个尼子城主手下的大将——那里祭祀的正是这位大将。他的遗骨本来就安放在这口石棺里，供奉于神社。可是很久以前，大约在十五六年前吧，他的遗骨突然不见了。当时有传言说是被偷走了，人们还感慨世上竟有这么奇怪的小偷。是谁把它搬过来安放在这里了呢？”

这下我大体知道了铠甲的来历。可是，关键的问题不在铠甲，而是铠甲里面的那个人。

“姐姐，我明白了。铠甲的来历我大体知道了。可是……姐姐，请你仔细看一下头盔里面。铠甲里面是不是有一个人？那个人究竟是谁？”

姐姐大吃一惊，回头看着我，脸上浮现出胆怯的微笑。“哎呀，真讨厌！辰弥，请不要吓唬我。我的心脏本来就不好……”

“姐姐，我没有开玩笑。请你仔细看一看，里面的确有人。我刚才已经爬到佛龛上看过了。”

姐姐怯生生地仰望佛龛。那个穿着铠甲的死人从佛龛里以可怕的目光向下俯视，姐姐的呼吸急促起来。随后，她高高举起灯笼，仿佛被吸过去似的向佛龛靠近。

看着姐姐这副不同寻常的样子，我和典子手心里都捏了一把汗。

姐姐紧紧趴在佛龛上，盯着头盔看了一会儿。突然，她的身体剧烈颤抖起来。她看着我，眼神中流露出兴奋。

“辰弥，拜托。把我举到这个台子上去。”

姐姐苍白的额头上挂满了汗水。我立刻把姐姐推上了神台。她眼中交织着恐惧和好奇，凑到头盔下面那张脸前，仔细看了起来。她的呼吸渐渐急促，看来她的确认识这个死人……

我屏住呼吸，望着姐姐。这时，典子忽然拽了拽我的袖子。

“怎么了，小典？”

“哥哥，这里好像写着什么东西。”

典子所指的方向，是姐姐站立的神台上方大约五寸高的地方。石头上好像刻着一行横向书写的字。我举起灯笼靠近查看，试着辨认那行字，刹那间倒吸了一口冷气。

猿之凳。

的确是这样写的。猿之凳，猿之凳……啊！我明明听说过这个词。对了，那是在我刚到田治见家的那天晚上，姐姐讲述了闯入别院的神秘人的故事。在闯入者落下的那张地图上面，就写着这个地名，而且我也有类似的地图。那张地图表示的莫非是这个地下迷宫？

这个新发现令我茫然不知所措，就在这时，头顶上突然传来姐姐的惨叫声。我心中一惊，连忙回头，看到姐姐摇摇欲坠，不由得大喊了一声："危险！"我张开双臂，接住了跌落下来的浑身瘫软的姐姐。

"啊！辰弥，辰弥！这究竟是怎么回事？是我神志不正常了吗？还是我在做梦？"

"姐姐，你要挺住啊！到底怎么了？姐姐你认识那个人吗？他是谁？他究竟是谁？"

"是父亲……"

"什么？！"

"是二十六年前逃进山里、不知去向的父亲……"

姐姐死死抓着我，像疯了一样大哭起来。

我的头顶仿佛被烧得通红的火钳狠狠敲了一下。典子则站在一旁，茫然地瞪大了眼睛……

金币三枚

对于心脏孱弱的姐姐来说，那天晚上的可怕发现实在是个巨大的打击。当晚我们一再叮嘱典子不要把事情说出去，在岔路口道别后，就从衣箱底部钻出来回到了别院。到了亮处，我才发现姐姐的脸色差得吓人。

“姐姐，你没事吧？你的脸色很不好，最好赶紧躺下休息。”

“嗯，谢谢。心脏不好真是没出息啊。不过，我的确受惊过度了……”

“可是姐姐，你说那个人是父亲，这是真的吗？”

“辰弥，千真万确。一开始我也怀疑是不是看错了，可是我反复确认了好几遍。父亲是在我八岁的时候逃进山里的，直到现在我都清楚地记得他的脸。只要我闭上眼睛，他的面容就清晰地浮现在眼前……”

姐姐眼中充满了泪水。即便是制造了那样恐怖的事件，他对姐姐来说终归还是令人怀念的父亲。我感觉浑身一颤。

“可是姐姐，你难道不觉得奇怪吗？父亲逃进山里时是三十六岁，那个死人看起来比那时也大不了几岁啊！”

“是啊。父亲一定是逃进山里后没多久就钻进了那条密道，然后死在了那里。难怪迄今为止都不知道他的去向。”

“可是，已经过了二十多年，为什么尸体都没有腐烂，还一直保持着以前的样子呢？”

“这个……我也不知道。像我这种没文化的人也想不明白。可这世上不是有许多不可思议的事情吗？比方说木乃伊什么的……”

“这倒也是。但那个看起来并不像木乃伊，虽然我也没亲眼见过木乃伊。”

“对了，辰弥，”姐姐忽然靠近我说道，“你怎么会知道那条密道？你什么时候发现的？”

我这才简要说出前天晚上的事情，她吓得一个劲儿地向后仰。

“啊，姑祖母她们……”

“是的。听她们的口气，好像每个月的忌辰都会去祭拜。”

“莫非她们早就知道那里安放着父亲的遗骸了？”

“看样子是。说不定把铠甲搬过去套在父亲身上供奉起来的人也是她们呢。”

姐姐的脸色越来越差，她把下巴埋在领子里默默思考了一会儿。突然，她像是记起了什么，猛地抬起头。她的脸已经扭曲变形，惨不忍睹，紧张的眼神中浮现出异常的神色。

“姐姐，怎、怎么了？你是不是想起什么了？”

“辰弥，太可怕了，太可怕了……可是，看样子的确如此，一定是这样！”

“姐姐，到底怎么了？你在说什么？”

“辰弥，”姐姐的声音已经变尖了，“我曾经为这件事痛苦了很长一段时间。尤其是最近……不是死了很多人吗？因为可怕的毒药……自那以来，我就越发忍不住想起那个时候的事来……”说到这里，姐姐的肩膀剧烈抖动起来。“辰弥，这话我只对你一个人说。你绝对不能告诉其他人啊！”

姐姐随后说出了如下一番话。

那是距今二十六年前，即那起恐怖事件发生后不久的事。当时姐姐才八岁，自从亲眼看见了母亲被杀的情景，便患上了严重的恐惧症。她每到深夜就会陷入恐惧，号啕大哭。小梅夫人和小竹夫人可怜她，便每天晚上搂着她睡觉。

“我当时就睡在两位姑祖母中间。可她们一到深夜就不知道跑到哪里去了。有一次，我曾经大哭大闹，满屋子找她们。后来，她们再也没有一起消失过，而是开始轮流消失，每天晚上总会有一个人不见踪影。我就问留下来的那位姑祖母，她总是会说，去厕所了，很快就回来。毕竟当时我还是个孩子，就没有细问，常常很快就睡着了。后来有一次，我无意中听到了两位姑祖母的可怕对话。”

那天晚上，姐姐还像往常一样，睡在两位姑祖母之间。她们越过她的头顶说悄悄话，姐姐被吵醒了。可是看两位姑祖母说话的样子，似乎生怕别人听见，她便装作睡着的样子，有意无意地听了起来。首先听到的是“毒药”这个词。之后她又听到了许多，像什么“这样下去终究不是长久之计”“要是被抓住了一定是死刑”“照这个样子一时半会儿也死不了”“要是又发起疯来那事情就闹大了”之类的。姐姐就这样断断续续地听着，听到最后，有一句话钻进了她的耳朵：不如索性在便当里下毒……听到这里，她吓出了一身冷汗。

“小时候深深刻在心里的事情一辈子也忘不了。即便是现在，当我想起姑祖母她们说过的话，还是会感到一阵说不出来的恐惧。”

姐姐颤抖着双肩，用衬衣袖子擦了擦眼泪。我已经完全领会了姐姐所说事情的可怕，只感觉腰部以下如堕冰窟。

“姐姐，照这么说，姑祖母她们在那件事发生后不久就把父亲藏在地下密道里了？”

“现在看来只有这一种可能性了。她们一定是每天过去送饭。”

“最后终于下了毒……”

“辰弥，即便真是这样，你也不要怪她们啊。她们一定是考虑到家族的名声、颜面，也是为了父亲着想，才会那样做的。父亲是她们最疼爱的孩子，可以说是含在口里怕化了，捧在手里怕碎了。对这样的孩子下毒……只要一想到她们当时的心情，就会觉得既可怜又心痛。”

一想到缠绕着这个家族的恶缘，我不禁战栗不已。

姐姐的推测应该是正确的。小梅夫人和小竹夫人一定是综合考虑了家族名声、颜面，还有父亲被抓以后的下场，才决定悄悄毒死父亲的。这对父亲来说也应该算是最慈悲的处决方式了。尽管如此，我的胸口仍旧被一种无可言状的阴暗情绪堵得死死的。

“姐姐，我明白了。我绝对不会把这件事告诉其他人，典子那里我也会仔细叮嘱。姐姐你就把这件事忘了吧。”

“好，就这么办吧。反正这也是很久以前的事了……我担心的是，这件事和最近发生的下毒案是不是有什么关联？”

我心中咯噔一下，看着姐姐。“姐姐，这么说你怀疑是姑祖母她们……”

“不，不，那种事情绝对不可能。可是我一想起久弥哥哥临死时的样子……”

两位姑祖母毒死了父亲，又毒死了哥哥——这样的怀疑在姐姐看来也是顺理成章的，而且那样高龄的老太婆，行事方式已经异于常人，思维方式有时也无法用常理来判断了。姐姐怕的正是这个。

“姐姐，不会发生这么荒唐的事情，你多虑了。至于那条密道，家里为什么会有那种东西呢？”

“啊，这个……具体情况我也不太清楚，只是听说这个家族的祖先里有过一位十分美丽的女子，她去领主大人的城池里奉公时，大人和她发生了关系。可是后来出于某种复杂的原因，她不得不离开了城堡。大人对她久久不能忘怀，有时会偷偷潜入到这所宅子里来，据说这别院就是为此建造的。那条密道可能也是为防万一才开凿的吧。辰弥……”

“是。”

“不要再去那种地方了。要是再发生什么不好的事就糟了。”

“好，我不会再去了。”为了让姐姐放心，我一口答应下来，但我其实一点儿也不想就此罢休。

一个疑问刚刚解开，又有一个新的疑问产生。小梅夫人和小竹夫人那诡异的祭拜之谜虽然解开了，可是又衍生出了不会变质的尸体之谜和猿之凳的疑问。地下迷宫的地图究竟为什么会被放在我的护身符袋里呢？母亲曾说过，它可能会给我带来幸福。可是那张奇怪的地图和上面的和歌为什么会有那样的功效呢？

那天晚上我只顾着说其他事情，最终也未向姐姐提起地图一事。姐姐那天晚上开始发高烧，一病不起，我也只能暂时将那些问题搁置下来。

姐姐发烧还是因为在地道里受了刺激。她在睡梦中不时会提到铠甲，有时还会喊父亲。我很担心地道的秘密会就此泄露，再加上姐姐是我在这个家中最重要的亲人，所以那几天我不分昼夜地陪伴在她身边。而她一看不见我就会不安，立刻就叫阿岛来找我，于是我只好片刻不离地守护着她。

小梅夫人和小竹夫人也很担心，不时过来看看。听说姐姐病了，慎太郎和典子也来探望。我对典子说，目前这个情况我暂时不能和她见面了，她很顺从地答应了。然后对我说，那件事她绝不会对任何人讲的，并请我转告姐姐，说完便回去了。美也子和久野婶婶也闻讯而来。久野婶婶脸色苍白，没什么精神，说是还不知道久野叔叔的下落。

每次有客人来探望，我最担心的就是姐姐发烧时会说胡话。就算是为了掩饰她的话语，我也不能离开她半步。就这样过了一周，我一心看护姐姐，把案子完全抛在了脑后，况且案子似乎也没有什么进展。金田一耕助也没再出现过。

就这样，十天转瞬即逝，姐姐的烧退了，也不说胡话了。有一阵子连新居医生都犯愁：她心脏不好，要是一直这么烧下去恐怕……现在他可以保证没问题了。我紧皱的眉头终于舒展开来。姐姐心怀感激地说："对不起啊，辰弥，我对你说了很多任性的话，你一定累坏了。我已经没事了，今天晚上你就回别院那边睡吧。"

就这样，我回到了久违的别院。虽说的确是很累，却无法进入梦乡。我好不容易有了机会，便再次钻进了密道。

这段时间，我一直在思考那具尸体的不朽之谜。幸亏田治见家有百科辞典，我查了又查，想要解开这个疑问，最后终于找到了一个比较确定的答案。我再度钻进密道正是为了验证这个答案。

那天晚上我很幸运，没有碰到任何人，也没有被别人惊吓，很顺利地走到了佛龛那里。我爬上佛龛，又仔细查看了一遍尸体，更加确信了。

那具尸体已经变成了尸蜡。根据百科辞典的解释，如果尸体被埋葬在水分充足的地方，尸体内的脂肪会分解生成脂肪酸，脂肪酸和水中的钙与镁结合，就会生成不溶于水的脂肪酸钙和脂肪酸镁，即化学合成了肥皂，因而能够长久地保持原样，这就是所谓的尸蜡。当然，并非随便哪个人都会变成这个样子，那些天生脂肪含量多的人容易发生这种变化，而且埋葬的地方必须水量丰富，富含钙和镁。

估计是因为父亲的体质和埋葬父亲的地方条件完全吻合的缘故，父亲死后不久，就保持着原来的样子变成了尸蜡。这件事一定让小梅夫人和小竹夫人惊惧不已。父亲的尸体总不见腐烂，她们一定从中感受到了某种神秘力量的威胁——这个对世界犯下了史无前例的罪行的人，在死后仍旧显示出这样的奇迹。想必她们正是出于这样的畏惧心理，才给尸蜡披戴上铠甲，像神一样安放在这里进行祭拜。

确认了这些之后，我总算心满意足。可是，我仍然有着强烈的好奇心。我将父亲的尸体轻轻移到一旁，打开石棺的盖子，检查里面。后来我才意识到，这个举动给我的命运带来了巨大的转变。

石棺里放着一把旧猎枪和一把日本刀，还有三支坏掉的手电筒。啊！这不正是让八墓村人至今噩梦连连的罪魁祸首、那个可怕夜晚的遗物吗！我不由得打了个冷战，正想匆忙关上石棺的盖子，忽然有别的东西吸引了我的目光。我不知道是什么，就将灯笼举到近前确认，结果有金色的光亮倏地闪了一下。我连忙从棺材底部抓起那个东西。

那是一块长五寸、宽三寸、四角磨圆的椭圆形金属，拿在手上沉甸甸的。一面有类似木纹的痕迹，另一面则未经打磨，很粗糙。我瞪大了眼睛，将它放在手心端详了片刻，突然，一股无名的战栗蹿过我的脊背。

啊！这是黄金打造的薄片——大金币啊！

我的牙齿咯咯作响，全身止不住颤抖起来。我哆嗦着手又在棺材底部摸索了一阵。

大金币一共有三枚。

第二次喝毒茶

那天晚上回到别院以后，我兴奋不已，仿佛得了热性病一般，喉咙干渴得厉害，咕咚咕咚拾起水瓶一阵猛灌。

啊！直到现在我才明白母亲的慈悲，明白她为什么会将那张地图装进我的护身符袋中，并且叮嘱我务必要好好保管。也才意识到，绝不能小瞧地方上的传说。

传说三百七十多年前，死在八墓村村民祖先手里的尼子家族的八名武士用马驮运了三千两黄金。八墓村的先祖们袭杀八名流亡武士，或许有其他理由，但其中一个重要理由是被那些黄金冲昏了头，可黄金当时却没有找到。

啊！那些黄金现在应该还埋藏在地下迷宫的某个地方吧。想必我的父亲在二十六年前逃进山里并钻进地下，在地下迷宫彷徨的时候意外找到了黄金的藏匿之处。他从那里拿了三枚金币出来，却被小梅夫人和小竹夫人下毒杀了。对此毫不知情的小梅夫人和小竹夫人也没来得及仔细考虑父亲为什么会有那样的东西，便将金币和父亲其他的随身物品一起收进了石棺。

没错，一定是这样。只有这样想才能解释那三枚金币的来源。

我以前听说过，织田信长首先下令铸造数量和质量都固定的大金币，在那以前，人们都是将金块用锤子敲平，上面既没有刻印也没有图案，有需要的时候就用秤称一下，按重量切下来使用。我刚才看到的黄金应该是这些金币中的一种。尼子家族于永禄九年覆灭，那时织田信长还没有称霸天下，正是群雄割据、金银计量混乱的时代，各个地方都有许多种金币。

尼子家族的八名逃亡武士为了日后能够东山再起，便从那些黄金中拿了几枚金币，逃到了远方。传说中的黄金三千两或许是以讹传讹。也可能是后世的人们在口口相传的过程中，仿照“白发三千丈”的句式，以“黄金三千两”来形容财富数量之多。不过，这些都无所谓。尼子家族的落魄武士拿出了几枚大金币并且将其藏到了某处，它们至今仍然安在。只要这个事实确凿无疑，黄金有多少并不是问题。而且石棺中的三枚金币不恰巧证明了这是事实吗？

由于异常兴奋和恐惧，我再次感到身体在微微颤抖。我将随身携带的护身符袋从脖子上拿下来，以颤抖的手从里面取出那张画在和纸上的地图。

那是一张用毛笔画成的纷乱复杂的迷宫地图，其中有三处分别写着三个看起来有些奇怪的地名——龙之颚、狐之穴和鬼火之渊，听起来有些奇怪，一旁写着下面这三句和歌：

进入宝藏之山的人　要领略龙之颚的可怕

踏入比黑夜还黑暗的一百〇八个狐之穴的人啊　小心迷路

即便被痛苦的干渴折磨得快要疯掉　也不要掬起鬼火之渊的鬼清水

啊，没错！从前我在读这些和歌的时候并没有多想，可现在重读之下，才发现这正显示了通向被埋藏宝藏的路标及注意事项。恐怕在去往宝藏之山的途中，会有龙之颚、狐之穴和鬼火之渊这些难关吧，若是一不留神踏进了那些地方，说不定会丢掉性命。

我不知道母亲为什么会有这样的地图。我也不知道究竟是谁在什么时候写出了这样的和歌。但这些都无所谓，只要知道这是一张引导我前往埋藏着三千两黄金的宝藏之山的地图就足够了。

我怀着一颗激动的心盯着地图仔细看了起来，可是渐渐就失望了。这张地图并不完整，有的地方线条模糊不清，甚至断掉了。恐怕是画这张地图的人尚未完成探险吧。这些暂且不管，最令人头疼的是，通往地图上所标地点的路径不明。我所知道的地下通道，并没有出现在这张地图上。这时，我第一次意识到姐姐持有的那张地图的重要性。那上面有猿之凳这个地名，猿之凳的所在我是知道的。啊，对了！姐姐的地图和这张地图一定是相连的两张。姐姐的地图表示的是入口，我的地图表示的是接下来的地形。可是为什么这张地图上也没有标出最关键的宝藏的位置呢？难道还有一张相连的地图……

那天晚上，我又失眠了，并非因为我贪得无厌。就算我现在找出了几枚金币，我也不知道在法律上它们是否归我所有。如此兴奋又如此着迷，是因为我热衷于这其中蕴含的浪漫气息。埋藏在某处的宝藏就像人类永远的乡愁吧。《金银岛》和《所罗门王的宝藏》至今仍为人们所喜爱就是一个很好的证明。在那些小说中，途中的冒险固然很有趣，但如果最后没有找到宝藏，那该是多么无聊啊！

第二天，我本来很想对姐姐提起地图的事，可是迟迟没能开口。这是因为我萌发了一种野心。如果那张地图并非指示宝藏的所在，只是标示了地下迷宫，或许我就能更轻松地向姐姐提起这件事。趁着姐姐对此一无所知而夺走重要的东西……这种内疚的心情让我很是犹豫，但我现在还不想将这个秘密告诉姐姐。寻宝只能一个人来进行，只有秘密进行才有乐趣，所以那天我终究还是没提及此事。

我记得就是在那一天，金田一耕助出现了。他向姐姐表示过慰问以后，说了一件奇怪的事。

“我今天来，是为了收回之前说过的话。上次我来的时候，说过浓茶尼姑被杀是在夜里十二点前后，久野医生在那之前就坐上了十点五十分从N车站出发的上行列车，所以他有完美的不在场证明。可是，我错了。”

“错了？”

“那天晚上，搭乘十点五十分的列车离开的人并不是久野医生，而是另一个人。是车站的人搞错了。有时候的确会发生这种错误，给调查带来困难。”金田一耕助挠着他那乱蓬蓬的头发说道，“如果说那天晚上久野医生没有坐上十点五十分的火车，会得出怎样的结论呢？不管是上行还是下行，十点五十分出发的火车是N车站的末班车，到第二天的首班车出发之前，警察已经都部署好了。所以，不管久野医生逃去了哪里，有一点可以肯定——他没有坐火车。”

我不禁皱起了眉头。“可不坐火车，他又能逃到哪里去呢？已经过去十天了啊……”

“所以说嘛，我现在在想，他会不会逃到山里去了。二十六年前的那个案子，凶手也是逃进了山里，随后下落不明。这次的案子说不定也是……”这时，金田一耕助注意到我的脸色变了，“咦？怎么了？你的脸色很差啊。啊，对了，是我失礼了。二十六年前的事情是不能在你面前提起的。唉，失敬失敬。”

金田一耕助又悠然离开了。我仍旧没明白他此行的目的。

当天晚上，小梅夫人和小竹夫人又要招待我喝茶。

“辰弥啊，这次辛苦你了。多亏了你，春代的身体也恢复得差不多了。这全是你的功劳。”

“没错，小梅说得是。要是没有你，我们真不知道该如何是好。仆人们肯定无法像你那样无微不至地照顾她。”

她们仍旧像猴子一样弓着瘦小的身体，蠕动着像荷包口一样的嘴巴。我只是硬邦邦地行了一礼。

小梅夫人哈哈大笑起来。“哎呀，不要这么紧张嘛，放松、放松。看你紧张成这个样子，连我们都觉得肩膀僵硬起来了。今天晚上主要是想犒劳犒劳你，小竹想请你喝杯茶。”

一听说要喝茶，我心中一惊，看了看她们。她们一脸茫然无知的表情。

“呵呵，我们两个满脸皱纹的老太婆请你喝茶，反倒让你为难了吧。俗话说得好，最要紧的是心意。所以你就当陪陪我们两个老太婆吧。”

小竹夫人轻轻拿起小绸巾，像是突然想起了什么，说道：“我说辰弥啊，春代得的那场病，究竟是怎么回事？”

“您的意思是……”

“是这样的，”小梅夫人也往前凑了凑，“那个孩子原本身体就不好，一天到晚总是病恹恹的，怎么说呢，她一直硬撑着，这许多年从没病倒过。为什么突然间发这么厉害的高烧呢？”

“是啊。新居医生还问我，最近她有没有过度担心什么事，有没有受到过惊吓，还是说有什么事情让她费心劳神，我心里没有什么头绪，辰弥啊，你知道吗？发生过那样的事情吗？”

“这个……我也是毫无头绪啊。可能是从久弥哥哥的葬礼开始，姐姐就一直劳心劳力，操心过度才病倒的吧。”

“这么说倒也是。不过，应该还有其他事情吧？对吧，小竹？”

“是啊。她还说过一些奇怪的胡话。说是隧道怎么怎么了，铠甲怎么怎么了，还叫着父亲、父亲……辰弥，这些话是什么意思啊？”

小竹夫人停住了搅拌茶水的手，定定地看着我。小梅夫人也一边眨巴着眼睛，一边探询似的凝视着我。我的腋下顿时冒出汗来。

她们之所以请我喝茶，看样子是想打探出姐姐说的梦话的意思。不，两人一定已经领悟了那些话的含义。她们感到不安，于是想试探一下我们究竟知道了多少。

“呵呵。”见我沉默不语，小梅夫人若无其事地笑了起来，“辰弥是辰弥，春代是春代。春代说的胡话，辰弥怎么会明白呢？对吧，辰弥？小竹啊，把茶端给辰弥吧。”

“好，好。我真是老糊涂了……辰弥啊，粗茶一杯，请品尝吧。”

我一声不吭地看着她们。她们装作什么都不知道的样子，看着我和茶碗。一股无名的恐惧化作细微的战栗在我的胸中涌起。

我想起了姐姐说过的话。二十六年前，在那条地下密道，她们也是摆出这样若无其事的表情，劝父亲喝下了毒药。在我眼中，这两个满脸皱纹的老太婆简直就是极度不可理喻的无情的妖怪。

“辰弥，你怎么了？这可是小竹的一番心意啊，还不快趁热喝下去！”

我一筹莫展，端起茶碗的手哆嗦个不停，碗沿儿碰到牙齿上，咯咯作响。我闭上眼睛，心中默默祈祷，咕咚一口喝干了杯中的茶。茶水的味道和那天晚上的一样，苦得直扎舌头。

“啊，喝了就好！辰弥啊，辛苦你了，你回屋去休息吧。”

两个老太婆对视了一眼，露出了狰狞的笑容。我摇摇晃晃地站起身来，恍惚中似乎看到她们的嘴巴笑得咧到了耳边。

洞窟里的怪物

这是她们第二次请我喝茶，所以我并不像上次那样战战兢兢。我已经明白了她们的心思。

两人一定是听了姐姐的胡话以后开始担心起地道的秘密了。她们年事已高，说不定已近耄耋之年，但仍然十分狡猾精明。姐姐究竟知道了多少地道的秘密？——为了确认这一点，两人一定是打算今晚钻进地道看一下。若是我醒着，她们行动起来多有不便，所以才让我喝下了安眠药。

好吧。既然如此，我就睡给她们看。最近接连不断的操劳和兴奋已经让我极度疲劳了，趁这个机会好好睡上一觉，对身体也好。两位姑祖母啊，请你们尽情地去检查地道吧！

我回到别院后，便熄了灯，钻进阿岛为我铺好的被褥里。可是，心中如果紧张，安眠药似乎也不管用。我并没有特意等待，却还是忍不住竖起耳朵倾听动静，在这个过程中我完全清醒了，安眠药一点儿也没起作用。终于，从三十米长廊那边传来了轻轻的脚步声。小梅夫人和小竹夫人像往常一样提着烛灯悄悄进了我的房间。我连忙装睡。

她们举起烛灯看了看我的脸。

“你看，辰弥不是睡得好好的吗？小竹你总是担心这个担心那个，这可不行啊。”

“还真是。刚才喝茶的时候，他的脸色很奇怪，我就担心他是不是已经察觉了……现在看来没问题啊。”

“当然没问题。他会一直睡得死死的，直到咱们回来都不会醒。”

“那么，小梅啊，咱们就趁这个工夫进去看看吧。”

“好，好。”

她们悄悄溜出房间，屋外檐廊的纸拉门上照例映出两个影子，不久她们便走进了后面的储藏室。长方形衣箱盖子打开又关闭的声音传来了，接下来四周又恢复了深夜的寂静，完全没有了人的气息。

总算是走了……我在被窝里长舒了一口气。我究竟该怎么做呢？是乖乖地待在这里等她们回来，还是应该跟在她们后面进去？我犹豫了一会儿，最后还是决定在屋里等。反正我也知道她们要去什么地方。她们一定是去猿之凳了，去确认那尊变成尸蜡的“佛祖”是否安然无恙。就算我跟去了也没什么用。

我这样想着，决定在被窝里等待两人归来。事后想来，我的怠慢给我和小梅夫人、小竹夫人带来了可怕的灾祸。如果我当时果断地跟进去，或许就不会发生那么可怕的事情。

可是，事后的牢骚话说得再多也没有用，又有谁会料到她们要去的地方，竟然有残忍的恶魔在等待呢？我相信，纵然最后造成了那样的结果，神明也一定会宽恕我的怠慢。

她们走了以后，我绷紧的神经一下子松懈下来了，安眠药也起了作用，我迷迷糊糊地睡了过去。

所以，我完全不知道那件事是在她们钻进地道多久以后发生的。

在一阵吵嚷声中，我被她们中的一人摇醒了。我依然分不清那是小梅夫人还是小竹夫人。她那非同寻常的样子立刻让我睡意全无。

“发、发生什么事了，姑祖母？”

我一下从被窝里坐起来，盯着她因恐惧而扭曲的脸。有一点我忘了说，姑祖母在叫我起来之前打开了电灯，所以房间里很亮。

姑祖母的表情越发像猴子了，似乎想说些什么，却舌头打结，说不出话来。她的和服上沾满了泥，有的地方甚至被剐破了。

看来事态确实非比寻常。我感到胸口沉重无比，就像吞下了铅块。

“姑、姑祖母，发、发生什么事了？另外一位姑祖母呢？”

“啊！啊！小梅她……小梅她……”

“小梅姑祖母她怎么了？”

“她被人抢走了！啊！辰弥啊，辰弥啊！佛祖活过来了！啊！太可怕了！佛祖复活了，动起来了！快！辰弥，辰弥，快去把小梅救出来！否则小梅就会被拖进洞穴深处，会被杀死的！快！辰弥，快去啊！”

我心中一惊，仔细看着小竹夫人，把手搭在像孩子般哭叫着的她的肩膀上，使劲摇着她，说道：“姑祖母，姑祖母，小竹姑祖母，到底发生了什么事？你说的这些我听不明白。不要慌，慢慢讲给我听。”

可是小竹夫人根本镇定不下来，愈发急得头昏脑涨，简直让人束手无策。这把年纪的老太太一旦激动起来，就会变成五六岁的不懂事的孩子。小竹夫人毫无顾忌地哇哇大哭起来，一会儿又用很快的语速说个不停。我努力捕捉着她的话语，听着听着，总算知道了事情的大概。

两位姑祖母穿过地道，一直走到了猿之凳，想走过去查看尸蜡是否安然无恙，就在这时，发生了一件怪事。佛龛上的铠甲武士突然动了，向二人猛扑下来。

当然，那具尸蜡不可能起死回生，所以一定是小竹夫人的错觉。但那里藏着某个人，这一点应该可以确定。可能是那个人在猿之凳旁边徘徊的时候，两位夫人不巧闯了进来。他情急之下便爬上了佛龛，藏到了铠甲武士后面。他的行动在昏暗的烛光下看起来就像是铠甲武士在动——一定是这样。

到此为止，还没有发生什么特别不可思议的事。我知道有人时常在地道出没，但那个人要是向着两位夫人猛扑过去就是另外一回事了，更别说那个家伙强行带走了小梅夫人。

我一边迅速穿衣服一边说："姑祖母，姑祖母，你说的是真的吗？真的有人把小梅夫人拖进洞穴深处去了？"

"是真的！我为什么要说谎啊。直到现在，我的耳边还回响着小梅悲惨的求救声。辰弥啊，求求你了，快去把小梅救出来吧！"

"姑祖母，那个人到底长什么样？"

"我怎么知道！佛祖跳下来的时候把烛灯打翻了，周围变得一片漆黑。"

小竹夫人说到这里，又像孩子一样放声大哭起来。这时姐姐从主屋闻声赶来，看到这一幕，苍白的面孔愈发僵硬了。

"姑祖母，辰弥，你们这是怎么了？究竟发生什么事了？"

"啊！春代，春代啊！"小竹夫人一看到姐姐，眼泪又奔涌而出。

我将事情经过简要告诉了姐姐。"事情就是这样的。姐姐，我这就去猿之凳看一看。灯笼借我用一下。”

“辰弥，我也去……”

“不行，姐姐你得留在这里。你的身体还没有完全恢复，不能勉强自己。”

“可是……”

“不行，坚决不行。你要是去了，小竹姑祖母怎么办？请你把小竹姑祖母照顾好。姐姐，快把灯笼给我。”

姐姐只好回到主屋，取来灯笼点着了递给我。“辰弥，不会有事吧？”

“没事。我会尽快赶回来。”

“路上当心！”

尽管姐姐有些不情愿，我还是抛下了她和小竹夫人，一手提着灯笼，穿过长方形衣箱钻进了地道。

我已经渐渐熟悉了这条地道，毫不犹豫地穿过那道岩石门，在岔路口向左一拐，朝着猿之凳的方向走去。

快要抵达时，发生了一件事。我惊得停住脚步，慌忙将灯笼藏到了身后。因为我发现有微弱的灯光从猿之凳附近照过来。

有人！我的额头开始冒汗，心脏开始狂跳，似乎能从胸腔里蹦出来。我感到口干舌燥，舌头似乎已经抵着上颚了。

我小心翼翼地准备好火柴，以备不时之需，然后吹灭了灯笼。

幸好对方没有发现这边的光亮，微弱的火光仍旧在拐角处的墙壁上闪烁。我脚下尽量不发出声音，用手摸索着一直滑到了拐角处。

只要绕过那个拐角，猿之凳所在的洞穴就一览无余了。确实有个人提着灯笼伫立在那里，似乎正在向猿之凳张望。

我将后背紧贴着墙壁，三步、四步、五步，像螃蟹一样横着身体靠近对方。离对方仅有几步之遥时，惊讶的叫声不由得冲口而出。

“小典！”

“哎呀！”啊，那个人果然是典子。她吓了一跳，回过头来，高高举起灯笼，在黑暗中四处张望。“哥哥，是哥哥吗？哥哥你在哪里？”

我从黑暗中一跃而出，紧紧抱住了典子的双肩。我胸中充满了炽热的感动，感觉整个身体突然烧了起来。“小典，小典，你、你为什么会在这里？”

典子撒娇似的抱住我，说道：“我是来找哥哥的。我想，要是来到这里，说不定能遇见哥哥，所以昨天晚上，还有前天晚上我都来这里等过哥哥呢。因为我已经好长时间没见过哥哥了。”

啊！典子的爱情是多么热烈啊！就为了有可能见到我的那一丝希望，无论怎样的黑暗，怎样的无底洞，在她那里都不值一提。她那我见犹怜的样子令人很是心疼。

“啊，我想起来了，真是对不住。我这一阵子太忙了，没能溜出来。”

“没关系的，真的没关系。因为你的姐姐生病了啊。我不会说那些任性的话让你为难的。而且今天晚上我已经见到你了，再也没有比这个更让我高兴的了。”

典子实在是太招人疼爱了，我情不自禁地紧紧抱住她。她很开心地任由我搂住。我们的心跳融为了一体，在彼此的身体中回响。

我抚摸了一会儿典子的头发，随即意识到现在不是做这种事的时候。

我轻轻松开典子的肩膀，说道：“小典……”

“嗯？”

“你什么时候来到这里的？你来的时候，有没有发现什么奇怪的事情？”

听我这么一问，典子好像突然想起了什么，眼中掠过一丝胆怯。“啊，对了，哥哥，的确有件怪事。刚才我从对面的岔路口过来的时候，听到这附近传来可怕的惨叫声。我吓坏了，站在岔路口一动也不敢动。结果，好像有一个人连滚带爬地从我身边跑了过去。是一个像猴子那么小的人……连滚带爬地跑向你们家那个方向了。”

那个人看来是小竹夫人。

我的呼吸急促起来。“你后来做了什么？”

“我什么也没做啊。我吓得呆住了。这附近又接连传来可怕的惨叫声，而且似乎是在求救。虽然我很害怕，但还是悄悄地走过来了。”

对于典子的大胆行为，我只有咋舌惊叹的份儿。“然后呢？那惨叫声后来怎样了？”

“我越是往这边走，那惨叫声就越远，最后终于听不见了。一定是到这个洞的深处去了。”

啊，看来是有人把哭喊着的小梅夫人拖进了漆黑无底的洞穴深处。我感到一阵莫名的恐惧，膝盖咔咔作响，舌头紧紧地贴住上颚。

丢失的金币

我重新点亮灯笼，和典子一起又查看了一遍猿之凳周围。

湿漉漉的地上留下了杂乱的足迹，还有什么被拖拽的痕迹，长长地一直延伸到洞穴深处。不用说，一定是小梅夫人被拖拽的痕迹。

不管对方是什么人，当时小梅夫人一定就像是被秃鹫捉走的小麻雀、落在猛兽嘴里的小兔子，被残忍的恶魔夹在腋下，绝望地叫喊着被拽进漆黑的洞穴深处。想到此情此景，我感觉全身的血液似乎都凝固了。

“小典，叫声的确是消失在这个洞穴的深处了，是吗？”

“是的，没错。那叫声真的很悲伤。哥哥，那个声音直到现在还在我耳边回响呢。”

典子似乎又回想起那一幕，双肩不住地颤抖。我提着灯笼，开始查看地下洞穴的深处。之前我们只到过这个洞窟，在深处似乎还有更长、更复杂的地下迷宫。

“哥哥，咱们到里面看看吧。”

“小典，你有这个勇气？”

“有。只要和哥哥一起就没问题！”典子露出雪白的牙齿，笑着说道。

典子是个早产的纤弱姑娘。可是，她那纤弱的身体里却有着不可思议的勇敢而乐观的灵魂。她那勇敢而乐天的气质或许源自对我的信赖，只要待在心上人身边，任何危险都不畏惧；又或者，她坚信根本不会有什么危险。她就像个刚出生的婴儿，单纯又质朴。

“嗯，去里面看看也可以。在这之前咱们先查看一下猿之凳吧。”

我一直很在意小竹夫人的话。佛祖复活了，动起来了——她是这样说的，我必须确认这句话的真假。我返回猿之凳，高高举起灯笼，仰望佛龛。果然和我想的一样。

那个可怕的铠甲武士仍然坐在石棺上，已经蜡化的眼睛从头盔的帽檐下面直直地俯视着我们。只是他所坐的位置与我之前看见的有些不同。看来是有人将他搬到一边，打开了石棺的盖子。

我忽然意识到一个问题。石棺里面应该有三枚大金币，我虽然找到了它们，但又放回了原处。那些金币还在吗？

“小典，稍等一下……我到佛龛上面看一眼。”

我爬上佛龛，搬开铠甲武士，打开石棺的盖子查看里面。那一瞬间，我浑身都开始冒汗——石棺里面已经没有金币了。

啊！有人将三枚金币拿走了。我心中涌上一股深深的失望，同时又对自己感到无比愤怒。当时我为什么没把那些金币拿走？为什么最后又决定放回原处了呢？

大金币应该有四十三四文。就算含金量只有百分之八十，四十文里面也有三十二文的金子。如果现在金子的价格是一文两千日元，一枚大金币的价值就是六万四千日元。丢了三枚金币，也就意味着丢失了大约二十万日元的财富。但让我懊悔得咬牙切齿的，绝不仅仅是这二十万元的损失。

那三枚金币正是这个洞穴内藏有巨大财富的有力证据。拿走那三枚金币的人很有可能已经意识到这一点了。如果那个家伙也想到了这一点，一定会开始寻宝，那样我不就多了一个可怕的强敌吗？

啊！我为什么没把那些黄金藏到更安全的地方去呢？

“哥哥，怎么了？那个棺材里面有什么？”典子的声音让我回过神来。

“啊，没、没什么。”我擦了擦额头上黏黏的汗水，盖上石棺的盖子，将铠甲武士挪回原处，从佛龛上跳了下来。

“哥哥，发生什么事了？你脸色惨白啊！”

应该是吧。当时我的心情就仿佛掌上明珠被人夺去了，失望透顶。

“没事，什么事也没有。”我强迫自己收回心来，“小典，那个恶人当时就躲在铠甲武士身后。毫不知情的小梅夫人和小竹夫人来到了这里。就在她们参拜铠甲武士的时候，恶人突然跳下来，抓住小梅夫人，逃往洞穴深处去了。”

“哎呀！”典子瞪大了眼睛，“那，这么说，刚才的叫声是小梅姑祖母发出的？”

“是的。刚才和你擦肩而过的人是小竹姑祖母。”

“啊……”典子越发惊讶了，“可是，姑祖母她们为什么要来这种地方呢？”

“唔，这里面的原因很复杂……”

“还有，抓走小梅姑祖母的恶人到底是谁呢？他把小梅姑祖母拖到洞穴深处，究竟想干什么？”

啊！我害怕的正是这个。

在八墓村，有人正在推进神秘莫测的疯狂杀人计划。那个家伙打算杀害村里并列或对立的两个人物中的一个。小梅夫人和小竹夫人不正是村里最典型的一对人物吗？凶手能想出这个疯狂的杀人计划，不正是源于孪生杉树中的一棵被雷劈死了吗？孪生姐妹小梅夫人和小竹夫人的名字本就取自那两棵杉树，她们中的一人早晚会成为牺牲者，这难道不是可以预测的事实吗？

我感到一阵寒意，起了一身鸡皮疙瘩。一想到那个像猴子一样瘦小、毫无抵抗能力的老太太被凶手打倒的场景，我就觉得像是看到了一幅残忍血腥的画面，心境无比凄凉。不管对方是什么人，要杀掉那样一个老太太，简直比撕碎一块破抹布还容易。

“哥哥，走吧。既然那个人是你家的姑祖母，就更不能置之不理了。走吧，到那附近去找找看。”

是不是女人一到关键时刻都会变得这么勇敢呢？典子比我勇敢多了。被她这么一催，我终于也下定了决心。

“嗯，好吧。那咱们就去找她。”

话虽这么说，可我们一时间却有些不知所措。

在这个洞穴里，除了我们刚刚走过的那条路，还有三条路延伸到深处。我们必须确定要走哪一条。我们很仔细地查看地面，发现小梅夫人被拖拽的痕迹在那附近就消失了。那个恶人大概是背着或抱着小梅夫人逃往了洞穴深处。小梅夫人衰老瘦小，想必对那恶人来说，这样做不费吹灰之力。

“真愁人。”

“不好办啊。”

“不管了，随便挑一个方向走吧。”

典子越来越勇敢了，可是我还不至于像她那样鲁莽。

“那可不行。洞穴深处还不知道会有什么呢。”

“也是。”

我们对视着犹豫了一会儿。就在这时，从我们身后传来一阵匆忙的脚步声，且越来越近。我和典子不由得大吃一惊，回过头去。

只见拐角另一侧突然出现了一个灯笼。

“站在那里的是辰弥吗？”

听声音像是姐姐。我放心地抚摸着胸口，说道：“是啊，姐姐，你怎么到这里来了？家里没关系吗？”

“嗯，没关系。我还是放心不下……而且，我有一样东西想要交给你……”

“是什么？”

“这个。”姐姐急匆匆地走了过来，这时她才发现典子也在。“哎呀！”她仿佛吓了一跳，瞪大了眼睛，“典子，你也在啊？”

“是啊，我们刚巧碰上了。姐姐，你说要交给我的东西是……”典子的事情若是解释起来话就长了。因怕麻烦，我便尽量略去不提，连忙催促姐姐。

“哦，就是这个。跟你说过的，是在别院捡到的地图。我刚刚才发现，这张地图上标着猿之凳的地名，所以我就想，说不定这是地道的地图，就赶紧给你送来了。”

我不禁欣喜若狂。我很想拿到这张地图，只是不想欺骗姐姐，所以一直犹豫到今天也没有勇气开口，没想到姐姐竟然自己送过来了。我高兴得几乎要跳起来，尽量抑制着内心的狂喜，说道：“啊，谢谢姐姐。小梅姑祖母被拖进洞穴深处了，我们正在犹豫该走哪一条路呢。”

“是吗？应该是中间这条路。你看，其他两条路进去后很快就到头了，是死路。”

我就着灯笼的光亮看了看地图，果然看见从猿之凳所在的洞窟向里延伸的三条路当中，两侧的两条路进去后很快就到尽头，只有中间的路仿佛羊肠小道一样绵延弯曲，一直向深处延伸。我想好好研究这张地图，可现在实在没有工夫。

“那就进到这个洞窟里面一探究竟吧。谢谢姐姐，你回去吧。”

“嗯，不过……典子呢？”

“小典说要和我一起去。”

“典子如果去的话，我也要去。”姐姐的语气有些反常，我不禁看着她的脸。她的表情有些僵硬。

“姐姐，可是小竹姑祖母她……”

“我已经喂姑祖母吃下安眠药了，她现在睡得很熟。总之我也要一起去。”

姐姐气呼呼地说完，便径自钻进洞里去了。看到姐姐今夜如此意气用事，和平时判若两人，我吃了一惊，不由得和典子对视了一眼。

姐姐为什么会突然现出生气的神色呢？我们究竟会在洞穴深处发现什么？

第六章　春代的激情

我在很久以前读过以钟乳洞为背景的侦探小说。

姑且不说小说里设计的圈套或情节如何，单是在钟乳洞里杀人这个设想就令我很感兴趣，有关钟乳洞景色的浪漫描写也让我着迷。我甚至还梦想过，一定要亲自去一趟那个美丽的地方。

现在我手头上没有那本书，记不太清楚了，仔细回想一下，那段文字应该是这样的。

> 刚从入口进来的一段路上，石灰岩形成的洞顶低垂，必须弯腰才能行走。越往里走，洞顶便越高，萤石结晶而成的墙壁仿佛镶嵌了千百颗宝石，在黑暗中发出璀璨而美丽的光芒。

我还记得接下来有一段描写钟乳洞里天然形成的大厅的文字。

> 洞顶大约有一百英尺高。成百上千块美丽的钟乳石像冰柱一样齐刷刷地悬垂下来，洞顶中央光灿灿地垂下一挂钟乳石，形如一盏珍珠白的巨大天然枝形吊灯。周围的墙壁上尽是天然雕像和藤蔓式的花纹，璀璨夺目，绚烂多彩，简直比古代的宫殿还要雄伟华丽好几倍……

可是，事实和小说有着天壤之别。我们正在探险的这个洞窟便如实地证明了这一点。

典子和我跟在姐姐身后向前走着。这个洞窟的确呈现出钟乳洞的样子。洞顶很低，到处都有冰柱一样的钟乳石垂挂下来。四周的墙壁上布满不透明的天然雕像和藤蔓图案。这的确是一种奇观，却一点儿也不像小说里写的那样美好，也并不浪漫。

脚底下及四周的墙壁、洞顶都湿漉漉的，不时有水滴到后脖颈，冰凉的感觉令我们浑身一颤。潮湿的空气阴沉而混浊，黏在皮肤上绝对称不上爽快。更别提那仿佛千百颗宝玉般镶嵌着的璀璨萤石了，我们周围根本看不到它们的影子。

我们只能怀着巨大的不安，像盲人一样，用四肢摸索着走在这个令人毛骨悚然、不见尽头的洞窟里。前行之时，我们周围两三米左右的区域，在灯笼火光的照耀下微微浮现出来。可是光晕之外，前后左右都是令人窒息的黑暗。我被不安和焦躁折磨得有些透不过气来，无数次想要掉头回去。

在这种情况下，女人是不是比男人更有勇气呢？我一直畏缩不敢向前，姐姐和典子却丝毫没有流露出那样的神色，只是默默前行。姐姐领先我们两三步走在前面，典子紧贴着我尾随其后，大家都静默不言。

这个洞窟里似乎有无数条岔道，我们常常会遇到分成两脉的岔路口。每次姐姐都会停下脚步，借着灯笼的光亮查看地图，然后又头也不回地飞快往前，也不和我们商量……

自我来到这个村子，姐姐的温情便是我生存下来的唯一依靠。迄今为止，姐姐从未对我流露出不愉快的神色或举动。她安静、温和，温柔的性格总是让我感到无比放松。

可是，今天晚上姐姐究竟怎么了？为什么突然变得那么固执任性？是我做错了什么？难道是我的态度、举止有什么不妥，惹她生气了？

我们又走到了一处岔路口。姐姐又在灯笼的光亮下确认了地图，连看也不看我们一眼，便飞快地向着阴暗的洞窟里走去。

我终于忍不住了，追上姐姐，抓住她的双肩一把把她拽了过来。

“姐姐，姐姐，请等一下。你为什么这么生气？为什么一句话也不和我说？”

姐姐的脸映照在火光里，像蜡一样苍白僵硬，额头上覆着一层汗。她痛苦地挣扎着、喘息着。“我……我……我没有生气。”

“不，你明明在生气，在生我的气。姐姐，请原谅我吧。要是我有什么做得不对的地方，我向你道歉。请告诉我，我到底哪里做错了，我一定按你吩咐的去做。你不要生气了……我……我……姐姐你不要对我这么冷淡，我都不知道该怎么做才好了。”

姐姐默不作声地盯着我看了一会儿，突然皱起了脸，像小孩子要哭鼻子一样，叫了声“辰弥”，便依偎在我怀里放声大哭起来。

“姐姐，你这、这是怎么了？”

我不禁大吃一惊，典子也吓了一跳。她呆呆地站着，瞪大了双眼。

姐姐扑在我的胸口，哭得更加厉害了。她一边抽泣一边说道："辰弥，原谅我，原谅我……我怎么会不理你呢，怎么会，怎么会……不，是我不对。你什么都没做错。都是我不好。对不起，对不起！"

姐姐以脸蹭着我的胸口，仍旧哭个不停。她的眼泪透过睡衣，灼烧着我的胸膛。

我茫然伫立，无法理解姐姐突如其来的激情。就算我想安慰，也不知该说什么。我束手无策，只能静静等待姐姐这一阵暴风雨般的激情平息下来。典子也有些惊慌失措，可又找不出安慰的话语，只是一脸担心地看着姐姐。

过了许久，姐姐的抽泣声渐渐弱下来了，我便轻轻地抚摸着她的肩膀，说道："姐姐，你一定是累坏了，所以会莫名其妙地情绪激动起来。咱们回去吧，回去好好休息一下。"

"对不起。"姐姐终于离开了我的胸口。她擦了擦眼泪，满脸害羞的神色，眯着眼睛看着我。"今天晚上我的确是有些奇怪。一会儿莫名其妙地发脾气，一会儿又突然大哭起来……典子，你一定吓坏了吧？"

"没有。我反倒是有些担心。姐姐，你是不是哪里不舒服？"

"是啊，一定是过度疲劳了。前几天还一直在卧床养病呢。待在这种地方，对身体太不好了。姐姐，咱们回去吧。"

"谢谢。可是我不能就这样回去。至少要等到确认小梅姑祖母平安无事……"

没错，这也是个问题。把那个像小麻雀一样可怜的老太太扔在一边直接回去，这样的事情我也做不来。可是，我又不放心让姐姐一个人回去……

“姐姐，那就暂时休息一会儿。说不定待会儿又有精神了。”

“好吧，就这么办吧。”姐姐并没有反对我的提议。

“小典，附近有没有可以坐的地方？”

“嗯，我这就去看看。”典子提着灯笼在附近照了一会儿，“啊，哥哥，这里能坐。这里的土是干燥的……姐姐，请到这边来。”

典子找到的是墙壁的一块凹陷处，脚边是像瓷枕一样拱起的钟乳石群落，高度恰巧适合坐在上面休息。我们并排坐下。姐姐看起来精疲力竭，脸色更差了，就连呼吸似乎都很痛苦。

“姐姐，你没事吧？别太勉强自己了……”

“没事的。休息一会儿就好了。”姐姐揉着额头，望向被灯笼映照出来的四周，“啊，这里一定是天狗之鼻了。”

“咦？为什么？”

“你看对面。有一块突出的岩石，形状就像天狗的鼻子。”

姐姐高高举起灯笼，指了指对面的墙壁。

我仔细一看，洞窟到了那一带突然变宽敞了，从姐姐所指的对面墙壁的凹陷处伸出了一块粗大的棒状岩石，果然很像天狗的鼻子。而且墙壁凹陷处的钟乳石上的蚀痕恰好表现了天狗脸上的龟裂。

“还真是。那面墙壁就像是天狗的脸呢。”

“是啊。所以这里一定是天狗之鼻。看，地图上也是这么写的。”

姐姐展开那张用毛笔所绘的地下迷宫图，上面写着猿之凳、天狗之鼻、回声之辻[1]这三个地名，旁边还记载着三首和歌——这一点和

①日本地名用字，路口之意。

我的地图一样。

像麻叶一样纷乱的路啊　猿之凳便是那里程碑

若在那翱翔的天狗之鼻休憩　定要侧耳倾听那回声之辻

要小心行走在那回声之辻啊　因为那是六道之鬼与佛的分岔路

“原来如此。那个猿之凳就是这座地下迷宫的第一个标志性地点了。”

“是啊，一定是的。那么这个天狗之鼻就是第二个标志了。附近应该还有一个叫回声之辻的地方。”

“可是，‘侧耳倾听那回声之辻’是什么意思呢？”典子开口问道。

“不太清楚。这里既然写着‘若在那翱翔的天狗之鼻休憩，定要侧耳倾听那回声之辻’，那么只要在这里仔细倾听，应该就能听见什么吧。”

我正说着，姐姐突然抬起手。

“嘘！”她示意我们不要出声，“听……那是什么？是什么声音？”

我和典子看到姐姐的脸色后，惊得倒吸了一口凉气。

“姐姐。你听到什么了？”

“嗯，好像听到了奇怪的声音……啊！”姐姐惊慌地捂住了嘴。就在这时，我也清楚地听到了。

从洞窟深处传来一声尖厉的惨叫，隔了一段时间后，那惨叫又一波一波地颤抖着传来。紧接着，我们又听到洞窟深处传来一阵慌乱的脚步声，就好像有千军万马攻打过来，震耳欲聋。

“啊！有人来了！”

“姐姐，小典，灭灯。”

我们同时吹灭了灯笼，蜷缩在黑漆漆的洞窟里。

震耳欲聋的脚步声很快就停止了，可是仍然有人从洞窟深处向这边靠近。这从不时传来的一阵阵重叠的跌跌撞撞的脚步声就可以判断出来。

啊，我明白了！刚才的惨叫声和脚步声绝不是许多人发出的。

回声之辻——从这个名字也能猜出来，再往里走，应该横亘着回声效果很好的复杂的地下迷宫。在那里，一旦发出声音，就会被四面的墙壁所反射，声音因此扩大几倍甚至几十倍，一直能传到很远的地方。

所以，现在正往这边走的人绝没有那么多，恐怕只有一个。如果是两个以上，应该偶尔能听到他们的对话。

咔嗒！

好像有人绊了一跤。紧接着便传来咔嗒、咔嗒、咔嗒、咔嗒的声音。同样的声音透过潮湿的空气陆续传来，渐渐变得不清晰了。

“是回声。”典子终于也察觉了。

“嗯，是回声。”

“嘘！别说话！已经离这里很近了。”

那脚步声似乎已经走出了回声之辻。隐隐约约的回声没有了，只听啪嗒啪嗒的脚步声悄悄向这边逼近。我们屏住呼吸等待着，不久，对面拐角处的岩石上出现了摇曳的光环。看来那个人拿着手电筒。我们不由得以后背紧贴着墙壁的凹陷处。

手电筒的光环晃动着，渐渐向这边靠近。二十步——十步——五步——啊，那个人终于出现在了我们面前。

幸亏我们在墙壁的凹陷处，对方没有看见我们。但当他从我们面前经过时，我们却看清了他的样子。

他穿着一身深灰色袈裟，是麻吕尾寺的英泉师父。

鬼火之渊

那天晚上，我们最终也没能查出小梅夫人的行踪，只得放弃，三个人垂头丧气地回去了。

毕竟地下迷宫很大很深，而且找不到边际，再加上姐姐的病情一直恶化，所以不能继续冒险了。

姐姐的状况突然变得很差，的确是受到了英泉的影响。以姐姐当时的健康状况，必须极力避免兴奋和强烈的刺激。可是那个时候英泉意外出现，不仅仅对姐姐，对我们所有人都是一个巨大的打击。

啊！那时英泉的脸啊！眼珠突出，鼻翼颤抖，下巴咔咔直响……那副可怕的、难以名状的凶恶表情究竟意味着什么呢？看到那张脸从我眼前几尺处经过，我顿时感到极度恐惧，仿佛有一把冰冷的尖刀插进了心脏。同时我又立刻想起似乎在哪里见过同样的表情。

是在什么时候？在哪里呢？

没过多久我就想起来了。那是在某个夜晚，没错，就是浓茶尼姑被杀的那个夜晚，慎太郎手里拿着鹤嘴镐，蹑手蹑脚走下山坡，当时他就是这样一副脸孔。啊！那时慎太郎那张可怕的脸和今晚英泉这张凶恶的脸……这两者之间似乎有着一脉相通的地方。事后一想，那天晚上的慎太郎的确在某种意义上和浓茶尼姑被杀有关联。那么，今天晚上的英泉呢？他在这个洞窟深处究竟做了什么，又看见了什么呢？

英泉意外出现，完全将姐姐击倒了。等到英泉的身影和脚步声都消失以后，我们重新点燃了灯笼。姐姐的脸色实在是差极了，一片惨白，仿佛身上的最后一滴血都被吸干了，额头上全是冷汗，呼吸声也十分痛苦，几欲昏倒。

我们在原地讨论了一会儿英泉的奇怪举动，姐姐似乎已无力听我们议论这些事，更无力参与。她捂着心脏，身体前倾，额头上冷汗涔涔。

典子终于忍不住叫了起来。“哥哥，回去吧。再这样下去姐姐会撑不住的！咱们改天再来探险吧。”

姐姐也没有再坚持。不久，我和典子便从左右两边搀扶着姐姐走到了第一个岔路口。在那里和典子告别后，我们就回到了别院。

我彻夜未眠。这固然是因为担心姐姐，小梅夫人的情形也让我放心不下。虽然我没打算当晚再钻一次洞穴，却困惑于究竟该不该把这件事扔在一旁，置之不理。第二天我一定会再进去查看，可是如果到时候发现的已经是小梅夫人冰凉的尸体，那该怎么办？

不过到了那时，一切都会水落石出。洞穴的秘密也好，小梅夫人和小竹夫人昔日的罪孽也好……这些或许都不可避免。洞穴的秘密一旦暴露出来，会对我的身世产生怎样的影响呢？所有人都以为我每天晚上老老实实地睡在这别院里。可有了那样一条密道，就意味着我可以随时溜出房间。若这件事暴露，警部和村民们会怎样看我呢？就算人们不知道这些秘密，我现在已经置身怀疑的中心了。

恐惧让躺在被窝里的我焦灼不已。浑身上下一会儿像火烧似的滚烫，一会儿又突然变得像冰块一样寒冷。喉咙干渴难耐，我一次次地从枕边的水瓶里倒水，大口吞下。

为驱走不祥的想法，我强迫自己去考虑英泉的事。他和案件究竟有什么关联呢？我想起自己曾经被他诬告过，还想起他曾经有过一次神秘出行，时间正好与神户的那个怪人调查我的身世一致。啊，他究竟想对我做什么……

突然间，我惊得从被窝里坐了起来，然后看着放在枕边的三酸图屏风。屏风上画着佛印和尚。跑山的平吉在这里住宿时曾说看见那个和尚从屏风里跑出来了，我在某个夜晚也曾有过这样的错觉。莫非那个人是英泉？

我想起英泉所穿的深灰色僧衣。他若是穿成那个样子偷偷钻进屋子，被错看成屏风上的和尚倒也不算意外。而且，那样一身打扮，除了他再无别人。没错，不时从那条密道钻进这座别院的人，一定是英泉！我再次试着从头考虑了一遍这次的案件，突然悟出了一件事：案子整体上自始至终都围绕着因果报应进行，充满浓郁的佛教意味。而且，英泉不正是和尚吗？

啊！这么说凶手难道是英泉？对，一定是这样。

因极度恐惧和兴奋，被窝里的我直打哆嗦，又出了一身冷汗。

就这样，整个晚上我辗转反侧，心中还抱着一丝希望，觉得小梅夫人说不定会回来。可是，我等到天亮，姑祖母还是不见踪影，我左思右想也拿不定主意，就想先去和姐姐商量。去了她的卧室，我立刻意识到姐姐已无力考虑这些事了。

她脸色惨白，像是被击溃了一样，双目紧闭，看上去筋疲力尽。小竹夫人睡在她身边。或许是安眠药还在起作用，她发出像男人一样的鼾声。

“辰弥啊，你想怎么办就怎么办吧。我已经什么事都想不了，什么事都做不了了。”我征询了一下姐姐的意见，她微微睁开眼，说了上面这番话，然后又立刻无精打采地闭上了眼睛。

“是吗？那我这就去一趟驻在所。”

听到驻在所三个字，姐姐惊得睁开了眼睛，旋即凄凉地点点头，说道：“是啊，或许这样做是对的。不，是不得不这样做。虽然姑祖母很可怜……”她转过头看了看躺在身边的小竹夫人，眼睛里渐渐涌上泪水。

“姐姐，那我去了。说不定会有很多警察过来。还得麻烦你在姑祖母面前好好掩饰一番。”

“好的，我知道了。只是辛苦你了。”

驻在所里，矶川警部刚刚起床。听了我的话，他大吃一惊，那样子就像是什么地方有炸弹爆炸了，一双眼睛瞪得溜圆，仿佛要掉出来。他干咳了两声，似乎想问些什么，立刻又改了主意，派人去把金田一耕助请了过来。金田一耕助听说此事后睡意全无，火速从西屋赶来。美也子也一同过来了。

这个时候能够见到美也子，可以说给了我莫大的力量。今后，我将陷入四面楚歌的窘境，接受更加严厉的审讯。矶川警部和金田一耕助一定会对我的话产生怀疑。我将被质问的目光所包围，成为众矢之的，这是多么痛苦啊！虽说我已做好思想准备，可还是渴望人们的支持，哪怕能多一个人支持我，我也会坚强一些。

矶川警部让我当着金田一耕助的面重复了一遍刚才说过的话。他还不时插话，把漏掉的问题刨根问底地问了一遍。

金田一耕助渐渐显出兴奋的神色，开始刺啦刺啦地使劲抓挠头发。等我说完，他不发一语，只是盯着我。过了好一会儿，他才叹道："辰弥君，我记得我好像在什么时候——应该是我们初次见面的时候提醒过你吧。我说，今后要是有觉得奇怪的地方，或是感到不解的事情，一定要告诉我们，因为你的处境很微妙，事态的发展很可能会变得对你极为不利……我是这样说过吧？"

"对不起。"我老老实实地低头道歉，"我没能战胜自己的好奇心，而且我一开始想，自己能解决的事情就不要麻烦别人，所以就……"

"太危险了！像你这样动不动就不顾后果地鲁莽行事，会给自己招来杀身之祸的。警部，现在打算从何处着手调查呢？"

"不管怎样，先去钟乳洞里面调查一下吧。小梅夫人被掳走了，我们决不能坐视不管。"

"那英泉师父呢？"

"嗯，英泉那里也得审问一下……辰弥君，你说你在洞穴里见到了英泉，你确信你没有看错？你不会是想陷害别人吧……"

"怎、怎么会！看见英泉师父的不止我一个人啊。姐姐和小典都和我在一起……"

这话刚一出口，我马上意识到完了，不由得咬紧了嘴唇。果然，矶川警部、金田一耕助和美也子都瞪大了眼睛疑惑地盯着我。

警部脸上浮现出令人厌恶的微笑。

"小典？小典是谁？"

“呃……就是……里村慎太郎的妹妹典子。”

“这我知道。可是你刚才并没有提到这位女士的名字。你说的是春代小姐和你两个人进了洞穴……”

“嗯，这个……毕竟对方是个年轻姑娘，我不想把她牵扯进来……”我已经语无伦次了。

警部又露出意味深长的微笑，说道：“嗯，好吧，好吧。我不知道你究竟讲了多少真话。早晚会让你把知道的都说出来。总之，有了这样一条密道，也就意味着你随时都能出去。那么迄今为止的这些案子——尤其是浓茶尼姑妙莲被杀一案中你的不在场证明，就有必要重新调查一番了。这件事先放一放，当务之急是去搜寻小梅夫人的下落。”

警部做了必要的部署，并命令部下拘留英泉，随后便从驻在所出发，去往东屋别院。金田一耕助自然也一起前往，美也子也去了。

一路上，美也子握着我的手说道：“辰弥君，什么都不要担心。不管别人说什么，我都相信你。警察和村里人说的话，你千万不要在意啊！”

“好，谢谢！我也是这么想的。”

“这就对了，一定要放宽心。不过听说春代又病倒了？”

“是的，昨天晚上的事对她的打击太大了。要是警部对她进行严厉的审讯，真不知她会变成什么样。我很担心……”

“我明白了。我去和警部说，让他尽量把审讯往后拖一拖。春代小姐也真是可怜……本来心脏就不好。”

有了美也子的支持，我的内心不知坚强了多少。我唯一的依靠春代姐姐病成了那个样子，非但不能给我任何建议，反倒需要人去照顾。在这种情况下，有美也子这样干脆利落、才智出众的人在我身边，我心中实在是万分感激。

“那就拜托你了！”

不久，我们一行人便抵达了东屋的田治见家。仆人们似乎已经隐约察觉出小梅夫人失踪了，三三两两聚在一起，正在不安地商量着什么。见一群人突然闯入，大家都瞪大了眼睛，面面相觑。

幸好，警部延迟了对姐姐的审讯，提出要立刻进入洞穴。于是我把剩下的事情全都拜托给美也子，带领警部、金田一耕助和两名刑警走向了别院后面。我们很快就从那个长方形衣箱的底部钻进了地下迷宫。

金田一耕助十分纳罕地看着长方形衣箱的机关和地下密道，但并没有指责什么。我拿着从警部那里借来的手电筒，走在最前面。四人默默地跟在我身后。

我们很快穿过岩石拱门，来到了第一个岔路口。我原本打算默不作声地走向猿之凳的方向，可是矶川警部却叫住了我，问道：“这条路要是往那个方向走会怎样？”

这个问题真是戳到了我的痛处。可事已至此，我不能再隐瞒下去了。

“沿着这条路下去，会通往浓茶。”

“什么？浓茶？”警部瞪大了眼睛，“你走过吗？”

“是的，走过一次……”

“什么时候？”

“妙莲师父被杀的那晚……”

“辰弥君！”警部的声音很是愤怒，似乎想要说些什么。

“算了算了，警部，这件事就等到以后再问吧。现在最要紧的是尽快去洞里面探查。”

于是我们又开始默默地向洞穴深处进发。

没过多久，我们来到了猿之凳，我拿手电筒照了照那具尸蜡，简单说明个中原委。四人似乎对于这具尸蜡和我讲述的诡异故事很感兴趣。金田一耕助又一次建议，所有事等到以后再细细调查。我们决定以最快的速度向洞穴深处搜寻。

很快就走到了天狗之鼻，我又把昨晚发生的事简要叙述了一遍，我们便离开了那里。没走多久，我们终于踏上了前往回声之辻的道路。

我到过的最远的地方就是天狗之鼻了，再往前完全是未知的世界。因此我注意着脚下，小心地一步一步前行。我很快就意识到自己恐怕正身处回声之辻。因为我们的脚步声、咳嗽声，甚至轻微的声响都会伴随着美妙的回声响彻不停。若是在这里喊上一声，一定会产生奇妙的效果。啊！那个时候我什么也不知道，不知道在接下来不久的时刻，回声之辻将会上演一幕那么戏剧性的场景。

我们走出回声之辻后不久，我突然啊地叫了一声，随即呆住了。

“怎、怎么了？发、发生了什么事？”金田一耕助慌里慌张地从后面跑了过来。

“金田一先生，那个，您看那个……”我一边说，一边赶紧关上了手电筒。

在我们脚下很远的地方，有某种发光的东西正在闪烁。另外四人也连忙关上了手电筒。

在那如漆般黏稠而淤塞的黑暗深处，有一片像萤火一样的淡淡光亮，一闪一闪。

“那是什么？”

“会是什么呢？”

有一阵子，我们屏住呼吸，注视着那一簇簇微弱苍白的光亮。后来我打开手电筒，再次环顾四周，这才发现自己竟然站在地底悬崖的断崖上。我大吃一惊，向断崖下方张望，发现那里沉淀着一潭黏稠的青黑色死水。

鬼火之渊！

没错。这一定是鬼火之渊。“即便被痛苦的干渴折磨得快要疯掉，也不要掬起鬼火之渊的鬼清水。”这句话暗含着关于鬼火之渊的注意事项。啊！我不知不觉已经离开了姐姐地图上的领域，踏入了自己的地图所示的范围。看来狐之穴和龙之颚也不远了。

可是……

就在这个时候，和我一样弯着腰打着手电筒张望鬼火之渊的金田一耕助突然大喊：“啊！水面上漂着一个人！”

话音未落，他猛地站了起来，借着手电筒的光亮查看了一下附近的地形，说道：“这里有路。大家都过来吧！”

他大喊一声后，便开始顺着悬崖往下走。我们自然跟着下去了。

我已经彻底慌了，膝盖在咯咯地哆嗦。但我还是注意到了，刚才被我误当作鬼火的发光物实际上是生长在悬崖上的苔藓类植物。

夜光苔——或许是这种植物吧。

我们很快走到了那潭水旁边。在黑暗中，悬崖看起来似乎很深，可实际上并非如此，从崖上到水面恐怕还不到两丈高。第一个冲下来的金田一耕助用手电筒在青黑色的水面上照了一会儿，说道：“在那儿！人在那儿！”

听到他的喊声，我们将手电筒齐刷刷地照向那个方向。在四束光芒聚集的地方，有一具猴子般瘦小的身体仰面朝天漂浮在水面上。

那的确是孪生姐妹之一——小梅夫人。

危机四伏

小梅夫人的死让我的处境越来越艰难，这显而易见。当然，我没有不得不杀害小梅夫人的动机。但这毕竟是我单方面的说法，世人自有他们的想法。

就像此前分析的那样，在这个案子里，有没有动机都一样。从外公丑松被杀开始的这一连串杀人案，背后究竟有着怎样的动机？毫无动机的杀人，毫无意义的杀人，杂乱无章的杀人……简直像是傻子或疯子所为。若说起傻子或疯子，村里人的怀疑必定会一下子都集中到我头上。毕竟我体内流淌着杀死了三十二个人的凶残罪犯的血液。

所以，如果那时没有出现比我更可疑的嫌疑人，我肯定会被逮捕并被关进拘留所，甚至直接被判定为凶手。

比我更可疑的嫌疑人——事情是这样的。

漂浮在鬼火之渊的小梅夫人被打捞到悬崖上面之后，两个刑警立刻离开了地下通道，一个找来了外来医生新居，另一个搜罗了灯笼、煤油提灯等各种照明用具返回现场。鬼火之渊自开天辟地以来恐怕都没有接受过这么多灯光的照耀。在那些灯光下，医生和警察们忙着进行尸检和现场搜查。

直到现在，我还能清晰地回忆起当时的情景。鬼火之渊比我想象中要宽敞许多。我们站立的这块地方，恰巧在这条路的尽头，是个死胡同，左侧有一块高高的岩壁耸立至洞顶。洞顶距地面大约有八米。岩壁中央有一条狭窄的栈道，顺着栈道可以到达对岸。河两岸相距约三十米。

鬼火之渊以我们所在的地方为尽头，向右长长地延伸出去。金田一耕助打着手电筒，顺着右手边的小路走了过去，没过多久便折返回来。据他所言，越往右走，洞顶就越低。大约走了三百米，悬崖和洞顶便连接在一起了，水潭里的水流入了地下。这个地方就像是一只倒扣的木碗，中央加了一堵截断墙。即便是在这条地道里面，这里也算得上洞顶最高的地方了。

新居医生的尸检并没花多长时间。据说小梅夫人是被人勒死以后从鬼火之渊的悬崖上扔了下来。毕竟她年事已高，又像猴子那样干瘪，无论凶手是谁，做起这件事来都不费吹灰之力。

矶川警部率两名部下搜查了案发现场，一名刑警发现了一个重要证据。“警部，我在悬崖下面发现了这个东西……”

那是一顶深灰色底子、粗方格花纹的鸭舌帽。我只看了一眼，便不由得啊的一声叫了出来。矶川警部闻声回过头，用锐利的目光打量着我：“辰弥君，你认得这顶帽子？”

“嗯，那个……”

我正在踌躇，金田一耕助走了过来，从警部手里接过鸭舌帽，左看右看，然后说道：“啊，这是久野医生的帽子。辰弥君，我说得没错吧？”

“嗯，我想应该是的……”

“没错，的确如此。新居医生，你有印象吗？”

新居有些支支吾吾，但从他的脸色可以明显看出答案是肯定的。我们不禁面面相觑。

“这么说来，久野医生就藏在这条地道里？”

“应该是吧。所以说啊，警部，我早就说过，有必要把附近的钟乳洞都搜查一遍。咦，这里好像有什么东西。”金田一耕助从帽子的皮质吸汗圈里摸索出了什么东西，像是一张小纸片。他借着煤油提灯的光亮看了看，突然响亮地吹了一声口哨。

“金田一先生，怎、怎么了？发生了什么事？”

“警部，请看。这是上次那张纸的另一部分，就是辰弥君在梅幸尼姑尸体旁发现的那张……”

我也看了那张纸。没错，正是我在梅幸尼姑枕边发现的那份奇怪记录的下文。是一张宽半寸左右、剪成长条的小纸片，和之前的口袋记事本是一样的纸，就连钢笔笔迹都一样。上面写着：

双胞胎　小梅夫人　小竹夫人

小竹夫人的名字上用红色墨水画了一条线。

“嗯……”警部低低地哼了一声，“金田一先生，这的确是久野医生的笔迹。”

“是啊。”

“怎么会这样呢？根据辰弥君的讲述，死在这里的应该是小梅夫人，可是这张纸上被划掉的却是小竹夫人的名字。”

“啊，这一点我也觉得奇怪。不过小梅夫人和小竹夫人实在是太像了，或许凶手原本想杀小竹夫人却不小心杀了小梅夫人，或者杀了小梅夫人却误以为杀的是小竹夫人。不管怎样，对凶手来说这些都不是问题。双胞胎无论是谁都无所谓，只要杀死一个就行。”

“原来如此。那么金田一先生，你的意思是，久野医生就藏在这个洞穴里？”

“没错。警部，看来这下您不得不大张旗鼓地把洞穴搜查一遍了。”

“嗯，既然你提出来了，我肯定会照做。这个洞也真够大的，而且久野医生真的在这里吗？”

“肯定在。警部，久野医生的确在这里。除了这里，久野医生再也找不到其他藏身之处了。”

他的话听起来太有把握了，我不由得看了看他。

没过多久，我们抬着小梅夫人的尸体撤了出去，紧接着我又接受了警方的审讯。

金田一耕助笑着提醒我说：“辰弥君，这次你一定要说实话啊！反正就算你隐瞒，很快也会露出马脚。”

我按他的意思尽量诚实地回答了问题，但有两件事我无论如何都说不出口。一是浓茶尼姑被杀那晚我见到了慎太郎，二是三枚金币的秘密。前者是为了典子，后者是为了自己。

金田一耕助似乎没有发现这一点，并未追究。审讯总算告一段落了。幸运的是，我没有被拘留，只是暂时被禁止离开村子。春代在我之后接受了审问，由于新居医生交代过，只问了几个简单的问题就结束了。

就这样，我逃过了牢狱之灾，可这对我来说究竟是不是好事还不得而知。村里人因这件事越发讨厌我，以至于后来我遭遇了那样可怕的经历。

警方撤走后，我突然感到心中很是不安。现在，这偌大的屋子里还活着的主人就剩下小竹夫人、姐姐春代和我了。说起小竹夫人，虽然还活着，却已经成了行尸走肉，不省人事了。

小说里经常会这样写：双胞胎中的一人死去了，另一人很快也会追随而去。小竹夫人并非如此。现在她还活着，但活着的只是一具躯壳，从小梅夫人死去的那一瞬间开始，她的灵魂也死了。

她成了这样，姐姐的老毛病又恶化了，根本无法再为我出谋划策。不，应该说她太可怜了，我实在不忍心找她商量。于是我只能守着小梅夫人的遗体，独自焦虑不安。然而，发生了这么大的事，竟然没有一个人前来探望，这令我陷入了更大的不安。小梅夫人的死讯应该已经传遍整个村子，为什么谁都不来慰问呢？我的心情越发沉重，而仆人们的态度又加剧了这种情绪。

不出现的不仅仅是外人，原本数量众多的仆人也都不再露面了。若是叫他们，他们会出现，有事情吩咐时也会照做。可是事情一做完，他们就会一溜烟地逃走。这让我越发觉得事情非比寻常，心里就像压了一块大石头，沉重得喘不过气来。

有时我会想，若是美也子在就好了。可是美也子在我进洞的时候便回去了，至今再未出现。我不无悲哀地想：就连美也子也抛弃了我。就在我快被无法忍受的不安淹没时，典子和慎太郎赶来了，尽管可谓是姗姗来迟。

“哎呀，失礼失礼。抱歉来晚了。你一个人料理这些事情，一定很不容易。”

慎太郎一反常态，精神十足，咧嘴笑着，露出一口白牙。从我认识这个人开始，还从没见他有过如此鲜活的表情。我认识的慎太郎总是紧紧皱着眉头，一副茫然若失的表情，今天为什么这么生气勃勃呢？他八面玲珑，又是慰问姐姐，又是安慰年迈的小竹夫人。

“我们来晚了，真是抱歉。本来想早些过来的，可是被警察阻止了……”典子也说了同样的话，向我们道歉。听说矶川警部一行人离开这里后立刻就去找了典子。“他们问了我好多问题。”

“小典，你是怎么回答的？”

“我实在没办法，只好都照实说了。不可以吗？”

“说什么呢，当然可以了。但这样一来你哥哥就什么都知道了吧？”

“嗯。”

“你哥哥没说什么？”

“没有，没说什么啊……”

“没生气？”

“咦？为什么要生气？”典子有些费解地看着我，“我哥他没必要生气啊。相反，他很高兴呢。虽然他嘴上没说……”

原来如此。难怪今天慎太郎一直笑眯眯的。可如此一来，我又开始惴惴不安了。

典子爱我，而且因为她与生俱来的天真无邪和乐观精神，她似乎深信既然自己爱对方，对方也一定会同样爱自己。

可是，我爱典子吗？最近我的确渐渐喜欢上了典子。不仅如此，令人不可思议的是，典子突然变美了。对此我曾经思量过，或许是情人眼里出西施。因为迷上了典子，所以这个早产的姑娘在我眼里也突然变成了美人……可是，事实并非如此。典子最近突然变美这件事，就连姐姐和阿岛也看出来了。

“里村家的小姐越变越漂亮了。说句实在话，我真没想到那位小姐能变得这么漂亮。”我曾听阿岛说过这样的话。

想来典子是因为爱情突然成长了。那些未成熟的细胞因炽热的爱情而突然成长，获得了青春的朝气和生机，唤醒了体内原有的美。

可是，我并不认为我现在爱着典子。正因如此，我更不希望慎太郎过早地抱有这种期望。

“哥哥在想什么呢？”

“没有，什么也没想……”

“我哥说，总算是动员全村去搜查钟乳洞了。”

“哦，是这样啊。”

“这样一来典子要发愁了，因为暂时见不到哥哥了。”

啊！即便是在这种情况下，典子还在期待着与我在地道中幽会。她如此强烈的爱情让我有些招架不住。

“哥哥。”过了一会儿，典子又开口了。

“怎么了？”

“哥哥你把昨天晚上的事情告诉警察了吧？就是英泉师父的事……”

“嗯，说了。”

“英泉师父今天被抓到驻在所去了。村民们因为这件事很生你的气。”

“为什么？”我突然一阵心慌。

“村里人觉得是哥哥你说谎陷害英泉师父，他才会被抓的。村子里有很多人不通情理，哥哥你可要小心啊！”

“嗯，我会小心的。”

我的心又变得沉重无比，总觉得早晚有一天要和村里人发生一次正面冲突，否则事态无法平息。但我万万没有想到，它会以那样一场暴动的形式出现……

就这样，八墓村正以我为中心，渐渐走向危机的深渊。

母亲的情书

当天，按照矶川警部提出的申请，村里的年轻人组织了一队人专门负责搜查洞穴。

经过这次搜查我们才弄清，八墓村的钟乳洞几乎遍布整个村子的地下，织成了一张通往四面八方的网。所以，再没有比这更理想的藏身之处了。也正因如此，搜查队可谓大费周折，历尽辛苦，绝不是两三天就能完成工作。

那天，我一面听人们议论有关搜查队的传闻，一面紧张地准备着小梅夫人的葬礼。正午过后，吊丧的客人陆陆续续来了。接待客人完全由慎太郎和典子承担，我尽量不出面。宾客说过安慰的话以后便立刻悄悄离开了。

到了傍晚，英泉还是出现了。听说他被抓到了驻在所，不知他说了些什么为自己开脱。他一直苦着脸，但并没有忘记他的工作，倒也尽职尽责。

第二天，葬礼顺利结束了。和哥哥久弥那时相比，让人觉得有些慌乱、凄凉和焦虑，但对我来说总算还有一件高兴的事，即我和堂兄慎太郎之间的隔阂消融了不少。

一说起慎太郎，浮现在我眼前的就是浓茶尼姑被杀那晚他那副穷凶极恶的面相。可是，促膝长谈一番后，我又觉得他不是那样的恶人，从人品上来看也不像会设计陷害他人。我反倒觉得他很单纯。正因为单纯，所以至今无法从战败的打击中恢复过来。难道说我对他的性格有巨大的误解？

那么，究竟是谁给我寄了那封诡异的警告信呢？总之，谜题一个也没有解开，反倒变得越来越多。

葬礼的第二天，金田一耕助又突然现身了。

“哎呀，昨天你一定累坏了。我最近也是筋疲力尽呢。”

“对了，听说您在组织人搜查钟乳洞。还没找到久野叔叔吗？”

“没有呢。”

“金田一先生，您确信久野叔叔一定藏在那个钟乳洞里吗？”

“当然了。为什么这么问？”

“久野叔叔离家出走已经快两周了。要是从那时起就待在钟乳洞里，他靠什么活下来呢？”

“自然是有人给他送饭了。”

“哦。可最近发生了这样的骚动，还会有人给他送饭吗？”

“这个我就不太清楚了。久野医生肯定就在钟乳洞的某个地方，这千真万确。还有那顶鸭舌帽，的确是久野医生出走时戴的帽子。”

“是吗？他怎能隐藏得如此巧妙呢？真是不可思议。”我仍感到不可理解。

“嗯，不管怎样，久野医生确实在那个洞穴里。要是不在我就惨了。这可涉及责任问题。”

“责任问题？”

金田一耕助抓挠着乱蓬蓬的头发，咧嘴笑道：“其实呢，算上今天我们已经搜了三天，可是仍旧没有久野医生的半点儿消息，有人已经开始抱怨了。这也难怪，用人家却不给人家钱，难免会有人发牢骚。所以，如果这次找不到久野医生，我很有可能被村民们攻击呢。”金田一耕助有些不安地耸耸肩。

我顿时觉得他十分可怜。“那您打算怎么办呢？”

“也没有什么好的办法，事到如今也不可能中途停止。我想明天彻底搜查一遍。我觉得鬼火之渊的对岸很可疑，可是村里人畏缩不前，无论如何都不敢再往前走了。我已经下定决心，明天就过去一探究竟。辰弥君，怎么样？你要不要一起去？”

我吃了一惊，看着他，他似乎并无他意。我稍稍安心了些，说道：“好，我可以陪您过去。不过，金田一先生，我还是不明白。久野叔叔究竟做了什么？不，应该说，他究竟想干什么？怎么会在记事本上写下那些无聊的东西……”

“啊，你是说这件事啊。久野医生既然在记事本上写下那些，一定有他的理由，肯定不会是得了梦游症乱写一通子虚乌有的事情。对了，关于那个记事本，还有一件有趣的事情。”金田一耕助露出一丝令人费解的笑，“久野医生在今年春天曾经被偷过东西。他把包挂在自行车上，去患者家出诊，一转眼的工夫包就被偷走了。根据他夫人的讲述，口袋记事本一直是放在那个包里的。久野医生当时十分担心，但他担心的样子实在是太夸张了，不像是一个包被偷那么简单，所以家里人也觉得很不可思议。”

“这样啊，那么那个包再也没找到吗？”

“不，你猜怎么着？最近那个包又以一种意想不到的方式出现了。”金田一耕助哧哧地笑着说道，“想必你也知道，浓茶尼姑被杀时，警方曾经调查过她的庵堂。当时，我们查出了许多赃物，说是堆积如山一点儿也不夸张。但里面没什么正经东西，尽是些缺了口的茶壶啊，掉了把儿的勺子之类的，甚至还有腌咸菜的石头，真把我吓了一跳。在这些赃物中，我们发现了久野医生的包。”

“哦，这么说小偷是浓茶尼姑？”

“没错。你也知道，那家伙有爱偷盗的毛病。久野医生的包正是被她偷走了。”

“啊。那记事本呢？”

“没发现。也不知道是被浓茶尼姑扔掉了，还是久野太太记错了，从一开始记事本就不在包里……浓茶尼姑被杀，真是令人惋惜。”

金田一耕助说到这里便戛然而止，脸色十分暗淡。于是我便转换了话题，试着问了问英泉的情况。我想知道英泉究竟是怎样解释他在地道游走一事。

金田一耕助咧嘴笑道：“哦，那个呀，虚惊一场。麻吕尾寺靠近这个村子的西边，如果要从那里去村东头的浓茶，就要翻山越岭，走很远的路。可是如果利用地道，就能节省一半的时间。所以英泉师父去浓茶办事时，一直是走地道。”

“是吗？那条地道能一直通向姥市？”

“正是如此。我让英泉师父带着我走了一圈，也是惊讶得不得了。这个钟乳洞实在是太夸张了。”

“可是，英泉师父怎么会知道这条地道呢？他不是最近才到麻吕尾寺吗？”

“这个嘛，据说是长英师父告诉他的。长英师父以前化缘完了往回走的时候，若是不想见人，就经常钻进这条地道。”

我不相信这些。可能英泉去浓茶时确实走了地道，再加上地道里面昏暗又复杂，或许免不了会迷路。但迷路归迷路，竟然闯到我的房间里来，未免也太离谱了。想必金田一耕助也不可能盲目相信英泉的话。仿佛是为了证明这一点，他用略带讥讽的口吻说道：“真是不可思议。这个村子里的人丝毫没把钟乳洞当回事，外面来的人却对此十分着迷，这是怎么回事呢？英泉师父也是，你也是……”说完他哈哈大笑，不过很快便收起笑容问道：“对了，森小姐还像往常一样来看你吗？”

他突然问出这样一句话，着实是戳到了我的痛处。

是的。那段时间，美也子的态度令我有种莫名的不安。她变得和以前判若两人。不知为何，她开始疏远我了。

在哥哥久弥的葬礼上，美也子就像自家人一样忙里忙外，冲在最前面。可这次她只是碍于情面露了一下脸，事情办完后，她就像害怕什么似的，立刻离开了。即便见了我，也不再说笑。

她为什么会有如此大的转变？我实在想不出原因。在这个四面楚歌的村子里，美也子是唯一支持我的人。现在就连她也突然变冷淡了，可想而知我有多么不安！如今冷不防被金田一耕助问起，我简直快哭出来了。

金田一耕助似乎并没有什么深意，不久便飘然而去。

我记得就是在那天晚上，我发现了那些旧书信。

那晚，我久久不能入睡。我想起了金田一耕助、美也子、慎太郎、典子，甚至英泉，头脑越来越清醒。正当我在被窝里辗转反侧时，突然注意到了一件怪事。

我的枕边照旧立着那扇三酸图屏风，可是我总觉得屏风对面有人。怎么会有这么荒唐的事呢，我想自己一定是想多了，却又无法释怀。于是，我壮着胆子从被窝里爬出来，打开灯，向屏风对面望去。那里自然不会有人，可是我却发现了奇怪的东西。

由于灯光是从对面照过来的，所以屏风裱糊的里层就像幻灯片一样映了出来。底子上贴满了像是书信一样的东西，有的地方字迹清晰可见。

我被好奇心驱使，读起了那些信。渐渐地，我意识到那些信似乎是年轻男女之间互赠的情书。我更加好奇了，开始搜寻起寄信人和收信人的名字。突然，我仿佛被绊了一跤，大惊失色。

阳一君启　阿鹤拜上

鹤子小姐启　阳一拜上

我看见了这样的字样。啊，怎么会这样！这是很久很久以前，我的母亲和她的恋人亀井阳一互换的情书！

我可怜的母亲啊！她的一生注定是个悲剧——无法与爱人相守，却变成了那个她不爱的、魔鬼一样的男人的俘虏。母亲一定是将自己和昔日深爱的男人之间传递的信函悄悄贴在了屏风里，当作仅有的一丝安慰。每到父亲不在的夜晚，她就会打开屏风对面的电灯，就像现在的我一样，一边读着那些透过屏风映出来的文字，一边默默地流泪。

我紧紧贴在屏风背面，揉着泪水模糊的双眼，努力辨认着母亲那熟悉的笔迹。渐渐地我发现，这些信并非都是来到这里以前写的。里面还夹杂着一些母亲被魔鬼般的父亲禁锢后写的信，而且那几封尤其悲切。

——造化为何如此弄人！那个魔鬼一样的男人，让我如此遍体鳞伤。阿鹤我真是命苦。

母亲感慨自身的不幸。

——即便如此，我还是时常回想起，在龙之颚初次接受你如火般的爱情。

母亲在怀念往昔。看来传言不假，在屈服于父亲的暴力之前，母亲早已和亀井阳一私订了终身。

——在伸手不见五指的黑暗中，把坚硬的岩石当作床，这些世人所惧怕的东西在阿鹤看来却是极乐净土。

母亲歌颂两人相见时的喜悦。

——可是，世事无常，那对我来说也只是一瞬间的幸福。

母亲哀叹着自己的命运。自从经历了那残暴的一天，她对于降临到自己身上的意想不到的命运转折瞠目结舌：“我甚至不敢相信自己现在还活着。”

我一夜无眠。

在狐之穴

第二天早晨，正当我迷迷糊糊的时候，金田一耕助和矶川警部来了。

“哎呀，我们来晚了。让你久等了。”金田一耕助笑眯眯地说。

我有些不知所措，但立刻想起来昨天他曾邀请我一同去搜查钟乳洞。“哦，这么说您还是要去？”

“是啊，当然要去。”

“我去合适吗？不会妨碍你们？”

“怎么会呢？你要是能来，我们会很感激的。毕竟你对洞内的地形最熟悉啊。”

这句话是什么意思？我试着去揣摩对方的心思，可是金田一耕助仍旧笑眯眯的，露出一副天真无邪的表情。矶川警部更是一副万事委托给他的样子，一声不吭地站在旁边。

“是吗？那我就不客气了。请等一下，我去准备准备。”

“啊，等一等！警部，顺便把那件事也跟他说了吧……”

“哦，对了。辰弥君，你不是曾经在神户收到过一封警告信吗？就是让你不要靠近八墓村的那封信……”

“是的。”

“我想看一下。”

我默不作声地看着两人，一种不安的感觉涌上心头。“是不是……又发生什么事情了？”

“嗯，这个嘛……以后我会告诉你的。总之，请先给警部看一下吧。”

我立刻从文卷匣里取出了那封警告信。矶川警部和金田一耕助仔细查看起来，不一会儿他们不由自主地点起头来。

“果然一样。”金田一耕助说道。警部颔首表示赞同。我愈发害怕了。

“出了什么事？关于这封警告信，调查出什么结果了吗？”

“不，那倒不是。”矶川警部说道，“昨天，N 町的警察收到了一封奇怪的信。不管是文风，还是信纸的质地，似乎都和你说过的那封警告信十分相似，所以我们才……”

“那么结果如何？两封信真的很像吗？”我迫不及待地问道。说不定通过这件事可以弄清写警告信的人。

“基本相同。除了内容不大一样，无论是笔迹、纸张还是随处可见的墨水洇湿的痕迹，全都一样……”

“辰弥君，从这上面晕开的墨迹来看，写信的家伙可是个狡猾的老狐狸。他是故意让墨迹晕开——不，应该说是故意挑选了容易洇墨的纸。这样，笔迹鉴定就会十分困难。”

“信上都写了些什么？是不是关于我的事……”

“没错，辰弥君。”金田一耕助有些同情地看着我的眼睛，“那个家伙在告发你。用的是和这封警告信一样的口吻，那种激烈的预言家式的语气。信上写着，八墓村的凶手是田治见辰弥，为什么不把他抓起来处以极刑？”

我的心无比沉重。“寄信人是谁？查不出来吗？”

“不知道。但可以确定，是这个村子里的人，因为信封上盖的是八墓村邮局的邮戳。”

“这么说来，这个村子里有人想要陷害我。”

金田一耕助点点头。

“我还想问一下，那封信说我是凶手，有什么确切的证据吗？”

“这一点请你放心。完全没有证据，只是叫嚣凶手是田治见辰弥，所以我才觉得不可思议。辰弥君，寄来警告信的家伙绝不是傻子。至少他知道如何隐藏笔迹，而且还是个需要隐藏笔迹的人物。这样聪明的一个人，不可能不知道，毫无根据地叫嚣田治见辰弥是凶手，警察是不会出动的。那么这样做的目的究竟是什么？寄出那封信，究竟期待怎样的效果？这些没弄清楚，我总有一种强烈的不安。”

“你是说，那封信的目的并非向警察举报我，而是别有用意？”

“我觉得很有可能是这样。否则这个举动不仅没有意义，反而非常危险。他既然肯冒这个险，必定期待着某种效果。可究竟是什么呢……”

我觉得自己的心都凉透了。

没过多久，我们就钻进了钟乳洞。今天没有刑警同行，只有我们三人。我们人手一盏煤油提灯，默默地行进在黑暗的地道里。刚才金田一耕助说的那番话化成了墨鱼汁般的黑色雾霭，淤积在我体内，让我连开口说话都觉得辛苦。没多久，我注意到一件奇怪的事情。

“怎么回事？今天的洞穴搜查停了吗？”

钟乳洞里没有一个人影。听我如此一问，金田一耕助挠了挠头，说道：“不瞒你说，搜查队罢工了。”

“罢工？”

“是的，他们说，搜查洞穴根本就是在做无用功。他们认为，久野医生根本不可能在洞里，如果在，都已经搜查三天了，怎么可能找不到呢。所以今天他们无论如何也不愿意进洞。”

“这么说，这三天的时间都白白浪费了？”

“为什么这么说？”

“既然没找到久野叔叔，那不就意味着无果而终吗？”

“那倒不是。多亏了那帮家伙，搜查的范围大大缩小了。”

“为什么？”

“这还用问？那帮家伙搜过的地方我们就不用再搜了啊。”

我惊讶地看着金田一耕助。这人究竟是不是正常人？“金田一先生，久野叔叔有脚啊！要是他在他们搜查完以后又到处乱跑，怎么办？”

金田一耕助惊叫一声。他拍了拍额头，似乎才注意到这一点。

“哎呀，也有这个可能啊。我怎么没想到呢？哈哈哈！”

矶川警部没有发表什么意见，只是拎着煤油灯默默地走路。金田一耕助糊里糊涂，警部又是这副模样，我顿时感到深深的不安。

我们很快就走到了鬼火之渊。

金田一耕助想去鬼火之渊的对岸，那也是我想去的地方。狐之穴和龙之颚都在那边，还有那些宝藏，好像也在龙之颚附近。

我站在鬼火之渊岸边，向对岸望去，不禁打了一个寒战。那个决定我命运的时刻到来了——不，不仅仅是我的命运，仔细想来，是从母亲那儿传承到我身上的、跨越母子两代人的宿命。站在宿命之渊的岸边，我心中不禁涌起一股莫名的渴望。

要渡过这潭死水，金田一耕助似乎也下了很大的决心。“警部，我们出发吧。”

“好啊，但真的没问题吗？再往前走可就是最近几年都无人踏足的地方了……”

“没问题。辰弥君，你意下如何？”

“我和你们一起。”我坚定地回答。

“好，那就这么定了！警部，我先走了。”

我们所处的位置恰似一条死胡同的尽头，左边是陡峭笔直的岩壁，岩壁中间有一段狭窄的栈道，其狭窄程度真的可以用“无立锥之地”来形容，而且岩壁表面不断有沙石滚落。因此，在栈道上行走可谓危险至极。

金田一耕助将煤油灯挂在腰间，紧紧攀住岩壁，然后一步一步地、像螃蟹那样横着身体前进。我紧随其后，然后是矶川警部。

这可真是一寸一寸地缓慢前行。我们紧紧抓住岩壁的小小突起，一点一点地向前挪动。有时脚下的岩石碎了，哗啦啦地掉进水里。每当这时我们都会心中一紧。其实，鬼火之渊并不是很深，但是这个时候深浅并不是问题，谁都不愿意掉进那潭黑漆漆的死水。

更令人毛骨悚然的是那些夜光苔。那苍白的光亮一闪一闪，会莫名其妙地让看见的人丧失距离感，一会儿觉得它们近在眼前，一会儿又觉得远在天边。若是不小心看得入了迷，身体就仿佛要被吸走似的，有好几次我甚至差点因此失去重心。

我们默默前行，没有人开口说话。我像蛆虫一样在黑暗中缓缓蠕动着，只听得见走在前面的金田一耕助和跟在我身后的矶川警部紧张的呼吸声，浑身都已经被汗水浸透了。

就这样，我们来到了栈道的中央。突然，金田一耕助发出一声尖厉的惨叫，随即传来某种东西被扔出去的声音。几乎就在同时，煤油灯熄灭了，周围陷入一片黑暗。我大吃一惊，心想，他一定是掉进水里了，全身的血液似乎因此而凝固。

“金田一先生！金田一先生！发生什么事了？”我朝着黑暗中大叫。

“耕助君！耕助君！”身后传来警部的声音。

这时，前方似乎有嘎吱嘎吱的声响，然后便是划火柴的声音。不久，金田一耕助的脸出现在煤油灯的光亮中。令人吃惊的是，他的脸出现在相当于我膝盖高度的地方。他有些慌乱地看了看四周，说道：“啊，吓死我了。我还以为自己掉进水里了。你们要小心啊，这里有一个陡坡。”说完，他又仔细地环顾四周。“太好了。警部，辰弥君，只要再稍稍忍耐一会儿就好了。走到这里路就变宽了。”

他的话给了我们力量。我们加快了步伐，很快就遇到了一段大约一米高的陡坡。跳下来后，道路宽阔了一些。虽说还得抓着岩壁，但已不需要横着身体前行了。

没过多久，我们抵达了对岸。岸上有一片不大的空地，上面有五个大小不一的洞窟。金田一耕助见状低吟一声，便钻进了最右边的那个洞，可是很快就出来了。“不行。这是条死胡同，马上就到头了。”

他又钻进了第二个洞窟，不一会儿便折返回来，说道：“里面好像很深。警部，把绳子给我。”

绳子一共有两捆。金田一耕助将其中一捆搭在左臂上，又解开另一捆，让警部握住一头。

“请一定要抓牢了，绝不能松手。这可是生命的绳索啊！辰弥君，你跟我来。”

我按照吩咐跟他进了洞，可是只走了一町左右就到了尽头。

“嘁，又白跑了一趟。”

我们顺着绳子回到了那片空地。这条绳子牵引着我们的方向。

“也是死胡同吗？”

“是的。接下来就是第三个洞了。”

我们将警部留在原地，又钻进了洞窟，很快就发现也是死胡同。

就这样，我们失败了三次。进入第四个洞窟以后，我们发现里面有无数个支洞。在第一个支洞前，金田一耕助将挽在手臂上的另一捆绳子解开，和第一捆绳子拧在一起，让我拿着。

“你就站在这里。千万不能松开。如果我在洞里使劲拉绳子，你就拽这边的绳子，这样警部就会赶过来。警部来了以后，你就把这根绳子的一头系在岩石的一角上，然后两个人一起过来。只要顺着绳子走就能找到我。”

警部的绳子意味着主干道，而我的绳子意味着分岔路。只要认真细致地重复这个过程，不管多么复杂的迷宫也不会迷路。金田一耕助攥着绳子的一头钻进了支洞，可没过多久就回来了。

“太令人吃惊了！这个洞里又分出来三个洞，还好都是些很短的死胡同。”

我们继续前进，很快就到了第二个支洞。金田一耕助让我拿着第二根绳子，自己钻了进去。

我把煤油灯放在脚边，左手拿着警部的绳子，右手握着耕助的绳子站在原地。没过多久，从主洞深处传来轻轻的脚步声。我心中一惊，身上开始冒冷汗。啊！没错，的确是有人向这边走过来了。

我连忙吹灭煤油灯，在黑暗中摆好架势。几乎就在同时，洞窟深处有一缕微光射过来，渐渐地越来越近。好像是煤油灯，有人提着煤油灯走过来了。我的心狂跳不已。要是能跑，我真想逃跑啊！可我不能逃走，我手上握着金田一耕助的生命之线。

我蜷缩在黑暗中，屏住呼吸，盯着那盏慢慢靠近的煤油灯。光亮越来越近，距离我仅有几米远了。在灯光的映照下，一张红黑色的脸隐约浮现出来。当我在黑暗中看清那张脸的轮廓时，心脏几乎都要裂开了。

“金田一先生！”我忍不住喊了出来。可我马上就意识到不该这么做。果然，他被突如其来的叫声吓得蹦了起来。

“什、什么人？”

“是我，是我，辰弥。请等一下！我这就点上煤油灯。”

灯光亮起后，我看见金田一耕助正瞪着一双迷茫的眼睛。

“辰弥君，你、你怎么会在这里……”

“我什么都没做啊！我一直都待在这里没动，是您转了一圈又回来了。您进去的那个支洞一定和这个洞相通。刚才真是吓了我一跳，没想到会是您，所以我才熄灭了煤油灯，躲在一旁等着。抱歉吓着您了。”

金田一耕助似乎终于明白过来了。“原来如此。刚才我在洞里走着走着，路分成了左右两条。所以说才需要绳子嘛。我感觉自己一直在朝前走，可不知不觉又转回来了。”

虽然经历了一番挫折，金田一耕助仍旧没有放弃洞窟的探险。只要遇到支洞，他必定仔细调查一番。在我们的前方，可以说有无数个支洞。

啊！这些洞窟一定是狐之穴。

就像和歌里所写：“踏入比黑夜还黑暗的一百〇八个狐之穴的人啊，小心迷路。”根据歌里的描述，那些洞足足有一百〇八个。即便这是夸张，那些支洞的数量也应该很庞大。我们必须做好心理准备，金田一耕助将会一个不落地搜查下去。

我有些厌倦了，还好我们的探险并没有持续多久。钻进不知是第几个支洞时，金田一耕助突然使劲拽起了绳子。

我心中一惊，下意识地想冲进洞里，可是立刻就想起了刚才耕助叮嘱我的话，便使劲拽起警部的绳子来。接着，我把那根绳子和耕助的绳子系在洞顶垂下来的钟乳石上。警部顺着绳子跑过来了。

“啊，辰弥君，发生什么事了？”

“我也不知道。好像是金田一先生在这个支洞里发现了什么。”

我们顺着耕助的绳子进入支洞。大约前进了三百米，前方出现了煤油灯的光亮。这个洞窟的尽头似乎就在那里，金田一耕助正蹲在煤油灯前凝视着地面。

“耕助君，耕助君，你发现什么了？”

听到警部的声音，金田一耕助甩了一下衣服下摆，站起身来。他向我们招了招手，然后默默地指了指脚下。在煤油灯的映照下，他的脸绷得紧紧的，很是严肃。我们加快脚步跑到他身边，只看了一眼他脚边的东西，就呆住了。

他脚边隆起了一块像坟墓一样的土堆。那土堆里露出的是什么？啊！怎么会这样！那不是一个穿着西装的男人的上半身吗？脸已经变了形，还散发着一股恶臭。

“尸体没有被完全埋葬，所以才会有臭气散发出来。多亏了这股臭气，我才能找到他。”

“他是谁？这个人究竟是谁？”我大喊起来，牙齿因恐惧咯咯作响。

警部咽了口唾沫，凝视着这可怕的场景。

“脸已经变形了，无法准确辨认。应该就是久野医生了，我可以拿脑袋担保。”金田一耕助转向警部，拿出了一个银质烟盒，“是在尸体的胸前发现的。打开看看吧，很有趣。”

警部打开盒子一看，里面并没有香烟，只有一张剪成长条的纸片。上面写着：

医生　久野恒实　新居修平

久野恒实的名字上用红色墨水画了一条线。而且……啊！这是怎么回事？那些字明明就是久野叔叔自己的笔迹啊！

难道是久野叔叔结束了自己的生命？

旧日书信

金田一耕助一定是早就知道久野叔叔很久以前就已成了冰冷的尸体，否则他不可能在搜查队连续三天搜查无果之后，仍旧那么坚定地主张搜查洞穴。

如此一想，我不由得羞愧万分。一路上我都以为自己驳倒了他，心中还暗自得意，可他对这件事早已了若指掌。经过推理、计算和考察之后，他认定久野叔叔已经死了，而且尸体就躺在这个洞窟的深处。一定是这样！一想到这些，我何止是羞愧，简直是对他刮目相看了。

金田一耕助——这个乍一看其貌不扬、一头乱发的口吃男人，莫非是个深藏不露的天才？

毋庸置疑，久野叔叔的尸体被发现后，形势又发生了巨大的逆转。

久野叔叔曾经嫌疑最大。虽然还没弄清是出于什么理由，可他毕竟在记事本上写下了那些不该写的名字。就在这件事败露的同时，他又失踪了。任谁看他都最可疑。可是现在，所有这些都来了个一百八十度的大转弯。

从久野叔叔腐烂的尸身来看，即便我这个外行，也知道他绝非刚死去三四天。后来，经过医生细致的检查才判定，久野叔叔至少已经死了两个星期，可见他失踪后不久就死了。那么，小梅夫人被杀时，他已经死了十天。就从这件事来看，久野叔叔也不可能是凶手，反倒成了被同一个连环杀人凶手杀害的牺牲者。

久野叔叔的死因仍旧是那种毒药。让外公等人命丧黄泉的毒药又用在了他身上。那么，毒药是怎样投放的呢？这似乎可以从与尸体一同被发现的用竹皮包裹的食物上看出些端倪。竹皮里只剩下两个硬邦邦的饭团，其中都检测出了那种毒药。究竟是谁把饭团送给了他？久野婶婶给出了如下证言。

久野叔叔离家出走时，家里人没有一个人知道，所以绝不可能给他准备便当。久野叔叔是个手脚十分笨拙的人，当然不会自己捏饭团。就算他偷偷做了饭团带走，家人也肯定会察觉。

婶婶如此强调了一番，或许是怕说服力不够，又红着脸补充道：“村里都知道，我们家是一大家子，一直为粮食不够而犯愁。这几年从来都没有做过白米饭，可这个饭团子却是白米饭做的……”

由此看来，久野叔叔离家出走后，有人给他送过竹皮包裹的饭团。

久野叔叔究竟为何会落得如此下场，我不得而知，但陷入困境的他一定满怀不安。这时，那个神秘人物悄悄钻了出来，假装亲切地把竹皮饭团交给了他。一无所知的久野叔叔狼吞虎咽，一个，两个，三个，四个，五个……

接下来便是那熟悉的场景：胸闷，呻吟，吐血，浑身抽搐。抽搐渐渐平息，久野叔叔没了力气，终于气绝而亡。凶手如毒蛇一般的眼睛自始至终都在一旁冷冷地看着这一切。

啊！毛骨悚然！这样的事情究竟要持续到何时？这场恐怖血腥的骚动究竟要何时才会结束？我受够了。放过我吧！让我回到以前那灰色的人生中去吧！我已经奄奄一息……

可这是不可能的。我还无法从这场疯狂的骚动中解脱出来，还有更加可怕的事情在等待着我。

首先，久野叔叔被杀一事导致我的处境越发艰难。久野叔叔曾是我唯一的挡箭牌。可是现在，这挡箭牌荡然无存。以前人们对久野叔叔的怀疑越深，现在对他的同情也就越大，对我的怀疑和憎恨也就越深。

"你要小心啊，辰弥。"一天，姐姐脸色苍白地提醒我，"听阿岛说，不知是谁写了些关于你的事情，贴到村公所前面了。"

"关于我的事情？"

"嗯。上面写着最近发生的杀人案一定都是你干的。昨天晚上就有人贴出来了。"

我的心情异常沉重。同时，一股无名怒火从心中蹿起。"姐姐，那个家伙说要怎么处置我？"

"这倒没有写，只是写着凶手一定是你。证据就是，所有案件都是你来到这里以后发生的。只要你还在这个村子里，这些血腥的骚动就不会平息。大体就写了这些内容。”

姐姐心脏不好，说完这些话已经气喘吁吁，看起来非常痛苦。她本来身体就弱，又屡遭不幸，再加上对我的关心和担忧，这些都让她的心脏越来越衰弱。我实在是心疼她，所以尽量不让她操心，可是现在也顾不了那么多了。我不由得向前凑了凑。

“姐姐，究竟是谁贴出了那样的告示？不，应该说，到底是谁那么恨我？我听警部说了，以前也有内容相似的信寄到警察局。这个村子里有人对我恨之入骨，想把我从这里赶出去，为了达到这个目的，他制造了很多事端。姐姐，那个家伙究竟是谁？究竟因为什么恨我至此？”

“这些我不太懂……辰弥啊，你一定要小心！虽说可能是我多虑了，不过村民们都很单纯易骗，将来会发生什么事情谁也说不准……”

姐姐当时已经察觉到了村子里险恶的氛围，语气里充满了不安，可我却没注意到。

“嗯，我会小心的。姐姐，我真的很遗憾。到底是谁出于什么原因恨我到这个地步？一想到这些，我就一肚子火。”我忍不住号啕大哭。

姐姐的眼睛湿润了，她温柔地将手搭在我肩上，说道：“你觉得委屈也是正常的。可是辰弥，不要总是瞻前顾后，考虑那么多。这些都是误会，日后一定会有化解的那一天。在这之前你一定要忍耐。知道吗？要忍耐，千万不能做鲁莽的事！”

姐姐最害怕的就是我会因为厌烦这些事情而离开这个家。以当时家里的情况来看，如果我出走了，这个家就完了。小竹夫人已经神志不清，完全像个婴儿，姐姐心脏又不好，稍微干点活儿就气喘得厉害。可是，姐姐不肯放我走，并不是出于这种功利的目的。她爱着我，她太爱我了，以至于一刻也不想放我离开她身边。我非常理解她的心情。不，应该说是我自以为了解。后来我才知道，我连她十分之一的情谊都没体会到……

虽然有人竭力想要陷害我，警察却迟迟不逮捕我。事实上，久野叔叔的尸体被发现以后，警察似乎就安静了，矶川警部就不用说了，就连金田一耕助也不见踪影。村民们还不至于立刻行动起来，新的案件也没有再发生。不知为何，美也子也和我断绝了往来，音讯全无。

于是，我进入了一段沉寂的停顿期。后来我才意识到，那正是奔泻的瀑布之上的一潭静水。当时的我只是无比感激这来之不易的平静。在这种状况下没法儿寻宝，所以我便想到利用这段时间整理一下母亲的情书。

我得到姐姐的允许，从N町请来了一位裱糊匠。我让他把三酸图屏风拆开，从里面取出母亲和龟井阳一的情书。我不想把那扇屏风挪出这间屋子，更不想让无关的人看见母亲的情书，所以便拜托裱糊匠每天午后前来，与我在别院一起工作。

对我来说，这项工作是一件无比快乐的事。自从我来到八墓村，几乎没碰上过好事。现在我发现了这些书信，至少是一种安慰。就像所有幼年丧母的孩子一样，无论长到多大，我都眷恋着母亲。

刚开始，姐姐只要身体稍好一些，就会来别院看我们干活儿。可是，母亲的情书被取出来，她读后总是感动得一塌糊涂，这样一来又影响到了心脏，便不怎么过来了。

我每天晚上都会整理并阅读当天取出来的书信，把这当作无上的乐趣。当然，每一封信都在讲述着母亲的不幸。

——不分昼夜的责骂与暴打，已经让我身心俱疲，憔悴消瘦……

——只要对他稍有不从，就会被他揪着头发在地上拖着走……

读到这些，我不禁泪眼模糊。

——他爱抚我时，必定要脱光我的衣服，舔遍我的全身。着实是令人作呕。卑鄙，下流，可耻，我简直欲哭无泪……

从母亲的哀叹可以看出，父亲爱抚女人的方式实在是非常怪异。

——偶尔他不在家，我难得放松一下，便躺着读书，或是心血来潮提笔写封信。他回家后必定会一一盘问：读的是什么书？给谁写信？对我的所作所为他简直了如指掌，实在令人毛骨悚然。想来因为他是个极其执着顽固之人，即便身体不在家里，灵魂也仍旧纠缠着我，一刻也不曾离开。每想到此，我便觉得心如刀绞，恐惧不已……

从母亲战战兢兢的语气来看，父亲似乎有某种神力，对他离家期间母亲的行为也能了如指掌。如果这些都是事实，母亲害怕父亲也就不足为奇了。我突然想起了壁龛上挂的能乐面具后的墙壁上的孔洞。

明白了，我明白了。父亲一定是做出离家外出的样子，实际上却从密道钻进了屋后的储藏室，偷偷地通过墙上的孔洞监视母亲，然后再装出一副若无其事的面孔，一一说出他离家期间母亲的一举一动。母亲害怕的样子令他觉得很有趣，并且十分享受。他的做法确实符合施虐狂的风格。或许父亲就是通过百般折磨柔弱的母亲来获得性欲的满足吧。

可怜的母亲啊！无论怎样做，她都无法获得片刻的安宁。想来母亲将一切思念偷偷藏在这扇屏风里，倒也不失为一个好主意。即便父亲疑心再重，也不可能看透屏风中的秘密。母亲可以在她想看的时候打开屏风正面的灯，再走到屏风背面阅读昔日的情书。

这个藏在屏风中的令人心酸的秘密，让我每晚都泪流不已。我想，至少发现这个秘密对我来说是种安慰，说不定是母亲的灵魂指引我找到了它。可是，那时的我还不知道，这里面隐藏着一个更大的秘密——一个足以颠覆我人生观的秘密。

那天，裱糊匠的工作接近了尾声。他一边修复已取出情书的屏风，一边说道："先生，这里好像贴着一个奇怪的东西。要不要顺便把它取出来？"

"奇怪的东西？"

"像是厚纸之类的东西。而且不是直接贴上去的，而是装在纸袋里，连纸袋一起贴进去的。怎么办？"

他这么一说，我也有些好奇了。透过灯光看过去，的确发现一个邮政贺卡大小的四方形纸袋被贴在屏风的左上方，像是一块膏药，以前我并没注意到它。我好奇不已，这里面肯定隐藏着某些重要的东西……

"麻烦你取出来吧。"

那是一个用奉书纸做成的袋子，袋口用美浓纸封得严严实实，用手一摸，发现里面装着邮政贺卡那么大的厚纸。

那天晚上，等到裱糊匠走后，我便打开了那个袋子，手止不住颤抖。等我拿出了里面的东西，不禁惊讶地瞪大了眼睛。

那是我的照片，我完全不记得什么时候照过这张照片。照片上的我看起来二十六七岁的样子，和现在相差无几，说明应该是不久前拍的。半身像中的我微笑着，姿势有些僵硬。看样子是在某个照相馆拍的，可是我竟然一点儿印象都没有。

我有些茫然，各种莫名其妙的可怕想法令我心乱如麻。渐渐地，我终于明白了。照片上的人和我长得很像，就连我都认错了，但那个人不是我。眼角、嘴角还有鼓起的双颊的确和我如出一辙，可还是有些地方并不像我。况且这张照片很旧，绝不是两三年前拍摄的。

我用哆嗦的手指将照片翻了过来，一行文字跃入眼帘：

龟井阳一（二十七岁）摄于大正十年秋

飞石之雨

啊！这究竟是怎么回事？母亲昔日的恋人竟和我长得一模一样，就像一个模子里刻出来的。还有比这个更确切的私通证据吗？我不是田治见要藏的孩子，我是母亲和她的情人龟井阳一的孩子。

这个发现令我震惊不已。一方面它带给我巨大的安慰与喜悦，另一方面我却尝到了失望的苦涩。既然我不是田治见要藏的孩子，我的体内就没有田治见家的疯癫血统。这是个天大的好消息。可是，这同时也意味着我必须眼睁睁地看着田治见家的巨额财产从我的指缝间溜走。

我厚着脸皮在这里向诸位坦白，那个时候，田治见家的财产对我来说有着巨大的吸引力。我甚至悄悄做了调查。一个负责养牛的仆人对我说过，刨除租给佃户的部分，田治见家当时至少有一百二十头牛在山上放养。一头成年牛当时的市场价格至少有一万日元。这些就足以令我眼花缭乱了。然而，据说这些还不足田治见家财产的十分之一。

“毕竟早年田治见家族就无人能敌，据说至少是领主级别呢。”

听了这些话，我愈发被田治见家的财产所吸引。我想这也是人之常情吧。

可现在我明白：这些财产对我来说已经没有任何意义了。我无权向田治见家要求任何东西，哪怕是一根稻草。啊！我是多么失望，多么沮丧啊！仿佛被人推下了黑暗的深渊，绝望透顶。这时我突然意识到，小竹夫人和小梅夫人难道就没见过龟井老师吗？即便只有一面之缘，看到我的脸以后也不可能毫无察觉，因为我们实在是太像了。

可是……可怕的回忆骤然闪过我的脑海。那是哥哥久弥临终时的场景，也是我和哥哥初次见面时的情景。哥哥见我第一眼的时候，脸上曾经浮现起谜一般的微笑。当时他对我说了一句话：“真是仪表堂堂啊。田治见的血统竟然能生出这样的好男人，实在罕见。哈哈哈。”

他那谜一般的微笑和恶毒的笑声曾经折磨了我很久，直到现在我才弄清它的意思。哥哥什么都知道，他知道我不是田治见家的人，知道我是龟井阳一的孩子。尽管如此，哥哥为什么还要接受我作为田治见家的继承人呢？毋庸置疑，因为他不想将继承权拱手让给慎太郎。

现在我才深深地体会到哥哥那可怕的执念之心，不禁战栗不已。这一切都出自对慎太郎的恨。为了排斥慎太郎，为了能够吐着舌头对他说“活该”，甚至不惜将整个家族让给一个外人。这绝不是出于对我的好心，我只是一个傀儡，一个为了让慎太郎不痛快、为了干掉他而存在的提线木偶。我感到深深的失望，同时也抑制不住内心的愤怒。

那天晚上，我失眠了。我憎恨父亲，憎恨母亲，憎恨哥哥，憎恨命运——是它将我带到了这个村子。我哪有脸再回神户？我总不能对那些为我的未来送上祝福和支持的同事和上司说：是他们搞错了……

就这样，我懊恼着、苦闷着，直到深夜都无法入睡。但塞翁失马，焉知非福，我却因此躲过了一劫。

深夜十二点前后，外面突然传来了一阵地动山摇的呐喊声，我惊得从被窝里坐了起来。第二次，第三次……呐喊声一次又一次地打破深夜的寂静。

“啊！出了什么事？”我话音刚落，就听见屋顶的瓦片和防雨窗上传来哗啦哗啦的声音。是飞石！我一下反应过来，迅速跳下床，换好衣服。呐喊声再次传来。

事态非同小可！我震惊不已，悄悄走到防雨窗旁边，膝盖在发抖。我透过防雨窗的缝隙向外看去，只见土墙外火红一片，是火把在来回移动。呐喊声再次响起，飞石如雨点般砸在屋顶和防雨窗上，发出巨大的响声。我不清楚到底发生了什么事，但有一点可以确信——大批人涌进了田治见家。

我想打听情况，便开门冲向三十米长廊，在半路上遇到了身穿睡衣的姐姐。

“姐姐！这是怎、怎么回事？”我问道。

几乎就在同时，姐姐大喊道：“辰弥！快跑！快逃！”我看见姐姐手里拎着我的鞋。“辰弥，快逃吧！那些人，他们是来抓你的！”

“你说什么？他们要抓我？”我一头雾水。

“他们要把你抓住，用席子卷起来扔到河里去！快！快逃！”

姐姐抓起我的手，拽着我向别院的方向跑去。我吓得打了一个冷战，与此同时，一股无法遏制的怒火蹿了上来。

“姐姐，他们为什么要抓我？为什么要用席子卷我？不，不，我不逃跑。我要去见那些家伙，把事情问个明白。”

“不行！绝对不行！就算你去了，也是对牛弹琴。况且他们现在都在气头上。”

“可是姐姐，这样太窝囊了！而且要是逃跑，不就等于承认自己有罪了吗？”

“现在不是计较这个的时候。不是有这样一句话吗，以退为进。先暂时逃离这里，等待时机……”

这时，主屋方向传来乱哄哄的叫骂声。姐姐顿时脸色惨白，就连我也心中一颤。

“走廊那边已经上了锁，但也抵挡不了多久。快，快跑！”

“可是，姐姐……”

“辰弥，你怎么还在这里磨蹭呢？”姐姐的语气变得急促了，“你怎么听不懂姐姐说的话呢？你难道不明白姐姐为什么这么担心吗？听话！逃吧！快逃吧！听姐姐的话……”

话说到这个份上，我也无法再反抗了。飞石击打屋檐和防雨窗的声音让我觉得危险在步步逼近。“姐姐，往哪儿逃？”

“没办法了，躲进钟乳洞吧。去鬼火之渊的对岸，那里谁也不敢去。然后，我会找时机安抚村里的人，如果花费的时间很长，我会给你送饭。不管怎样，今天晚上你就先按我说的做……”

姐姐的脸色越来越差，说这些话的时候已经喘了好几次。我实在不忍心再让她担心了。

“我明白了。姐姐，我会照你说的做。”

我戴上手表，跑进了储藏室。时间是零点三十分。所幸储藏室里还放着上次使用的煤油灯和手电筒，我拿起它们，打开衣箱的盖子，这时姐姐给我送来了大衣。

“千万注意身体，别感冒……”

“谢谢。姐姐，那我走了。”

“万事小心！”

姐姐拼命忍住涌上来的泪水。我也快哭出来了，连忙钻进了衣箱。

就这样，残酷的命运终于将我赶进了暗无天日的地道。

在黑暗中穿梭

后来我才知道，当时的形势已危在旦夕。

我刚刚从衣箱底部钻进地道，上面就传来了踩踏地板的脚步声和大声吵嚷的喧哗声。闯入者已经冲进了别院。从喧闹声判断，似乎不止三五个人，每个人嘴里都骂骂咧咧的。我吓得浑身冒冷汗，心想，幸亏听了姐姐的话。

我熄灭了煤油灯，在阴暗的地道里摸索着前进。幸亏最近我已经把这里摸透了，即使没有灯光也并无大碍。

很快我就来到了第二段石阶。此前忘了交代，沿着这段石阶向上爬，能一直通向庭院后方的祠堂。恐怕以前挖这条密道的人只是想把别院的储藏室和后院的祠堂连接起来，无意中遇到了天然的钟乳洞，所以才变成了规模如此巨大的密道吧。

我摸索着洞壁，寻找那扇岩石门。这时，头顶上方突然亮了起来。

“啊！这里竟然有条密道！”

“小心！注意脚下啊。”

“喂，没事吧？总觉得有些毛骨悚然啊！”

这些声音在狭窄的洞窟里回响，就像破锣在敲打。

我拼命拉下杠杆，那一刻，我从未觉得等待岩石门开启是那么煎熬。上面的脚步声越来越近了，可是岩石门仍旧慢吞吞地挪动着。如果赶不上岩石门打开，我将不得不沿原路返回。但是从那个方向也传来了脚步声和叫骂声，而且正在向我靠近。

我恐惧至极，浑身的鸡皮疙瘩都起来了。岩石门总算开启了一条缝儿，勉强能容一个人通过。我硬生生挤了进去，从里面拉下杠杆。这次又是千钧一发！岩石门还没有完全关好，便听到一大群人从上面下来了。

“哎呀！快看！岩石在动！”

“晚了一步。浑蛋！看来他一定是刚刚从这里钻过去。”

“怎么才能挪动这块岩石呢？”

“慢着，让我看看。”

我又开始在黑暗的地道里前行了。

这时，我才意识到这些人的计划是多么庞大与周密。他们应该在密道的每一个入口都布置了人手。如果真是这样，我必须尽快赶到那个岔路口。否则，我很有可能被那些从浓茶入口闯进来的追捕者堵住去路。

后来我才知道，他们的确如我猜想的那样，事先分成了几拨人马守在钟乳洞的各个入口。一得知我钻进了地道，便发出命令，所有人一齐进了洞。幸运的是，因为是晚上，行动不便，传达命令多少耗费了一些时间，再加上他们不熟悉地道的地形，行动不够敏捷，所以我才在他们之前赶到了岔路口。

可是我仍然无法安心。追捕者的数量似乎渐渐增多了，不时传来的吼叫声就像百雷齐鸣，震动着地道内的空气。我被他们追赶着，发了疯似的从猿之凳钻进了通向天狗之鼻的洞窟。

从天狗之鼻到达回声之辻，鬼火之渊也就不远了。只要渡过鬼火之渊就没事了。村民们不敢从那里再向前踏出一步，就算他们过来了，还有狐之穴这个理想的藏身之地呢。想要彻底搜查狐之穴是绝对不可能的。

靠着这种想法的支撑，我一直走到了天狗之鼻，却突然惊得站在了原地。前方的回声之辻传来吵吵嚷嚷的说话声。声音在回声之辻反复激荡，越来越大，渐渐向这边靠近。

啊！我怎么忘了！以前我曾在这里遇到过英泉。他说过，再往前走有一个通向姥市的出口。现在从对面走过来的那些人一定是从那个入口进来的。我陷入了穷途末路。后面的追兵越来越多，不时爆出的叫喊声让洞内的空气都在颤动。前方的回声之辻又时时刻刻有脚步声在逼近。

我打开手电筒，发了疯似的照向四周，注意到了头顶上方突出来的巨大的天狗之鼻。我不顾一切地爬上岩壁，爬到天狗之鼻上。真是天助我也。天狗之鼻上面有一块凹进去的地方，我躺在里面，刚好能够容纳我的身体。我刚躺下，回声之辻的拐角处便出现了火把的光亮，脚步声渐渐迫近了。

“真奇怪。要是逃往这个方向，应该就快遇上了啊……该不会是中途走到别的岔道去了，我们没注意到吧。”

“别说傻话！这个洞一共就这么点儿地方。”

“是啊。那就是他还没走到这里。”

“那个家伙不敢点灯，肯定是在黑暗中摸索着逃跑。那样会很费时间。”

“嗯，铁说得有理。那我们就在这里伏击他。”

从说话的声音判断，应该有三个人。他们走到天狗之鼻下面时停住了脚步，似乎打算在这里埋伏下来。

我几欲晕厥。如果后面追击的人也追到了这里，那该如何是好？他们一定会彻底搜查这一带。到那时，任何人首先想到的一定是这个巨大的天狗的鼻子。

“老爹，天狗之鼻这个说法还真是贴切啊。这石头的形状，太像了。”

下面传来说话声。

“还真是。而且听说那是自然形成的，真是神奇啊。不过墙壁上的眼睛和嘴是人刻上去的……”

“老爹，那个鼻子上面要不要查一下？会不会藏在那里呢？”第三个人说道。

这句话吓得我魂飞魄散。不过，幸好那个年长些的说：“犯什么傻呢！你看！”他好像举起了火把，洞窟顶部摇曳着火光。“要是真有人藏着，不可能看不见的。信，别再说这些没用的傻话了。”

我总算松了口气，心中不禁又一次深深地感谢天狗之鼻。三个人坐了下来，开始一边抽烟一边闲聊，话题渐渐转到今天晚上的抓捕事件上来，我不由得竖起了耳朵。

“铁，你嘴上是这么说。若是二十六年前的事情再度发生，难道你也觉得无所谓吗？”

这声音听起来有些耳熟，我觉得奇怪，便战战兢兢地向下望去。只见三个男人正呈鼎足之势坐在此前我们遇见英泉时躲藏的凹陷处，其中一个人我见过，是我初次来村庄时在汽车上遇到的牛贩子吉藏。

吉藏如此一问，对方咕哝了几句，我没听清楚。

吉藏稍稍加强了语气，说道：“铁，那个时候你几岁来着？三岁？难怪你不记得当时那种可怕的感觉了。听着，那个时候我二十三岁，刚刚娶了新媳妇才两个月。两个人渐渐有些明白个中滋味了，正欢喜得不得了呢。我媳妇比我小六岁，才十七岁。都说红颜薄命，我媳妇虽算不上倾国倾城，但也是可爱得不行，人们都说她配我是绰绰有余啊。可是……”吉藏的语气突然激烈起来。“那天晚上，他对着她砰的就是一枪。那个浑蛋，杀死一个和他无冤无仇的人，就像捻死一只虫子。只要一想起当时的事，直到现在我都气得心里直翻腾。”

吉藏的声音在洞窟里回响着，令人毛骨悚然。我感到一股阴风吹过，不禁打了个冷战。

“当然，那个时候亲戚被杀的人都会这么想。可是老爹，即便如此也没必要把事情闹到这个份儿上，对那个臭小子穷追猛打吧？不能交给那些警察老爷吗？”

吉藏冷笑了几声。“铁，你这么年轻，倒是挺相信警察啊。你给我听好了，警察是指望不上的。二十六年前，要藏那个浑蛋可是大闹了一个晚上啊！警察要是能早点赶到，死者和伤员至少会减少一半。可现实呢？那帮家伙出现的时候，一切都已经结束了，要藏早就逃到山里去了。这下你知道了吧？警察做事就是这个德行。他们总是在事情平息以后不知羞耻地出现。这种人靠得住吗？要是还爱惜自己这条命，就得学着自己保护自己。”

“可是老爹，就算不管那个臭小子，二十六年前的那件事也不一定会再次发生啊！”

“你能打包票吗？能保证不会发生？那眼下发生的这些杀人案怎么解释？自从二十六年前出了事以来，这些年村里没发生过一起杀人案，可那个臭小子来了以后，却接二连三地发生了这么多不吉利的事，这又怎么解释？那个家伙是恶魔的崽子。从我在汽车上遇见他，我就这么想。那个时候我就该一狠心把他打死。”

吉藏咯吱咯吱咬牙的声音仿佛一把锥子在钻动我的神经。我的心情异常沉重，如同灌铅一般。

“那是因为老爹你的恨不止一重啊。你不是还和浓茶尼姑妙莲关系不错吗？”那个叫作铁的年轻人用讥讽的口气说道。

吉藏回答的语气愈发严厉了：“难道不行吗？和妙莲好有什么不对？反正是破锅配破盖。妙莲是个三瓣嘴，还疯疯癫癫的。自从我的媳妇被杀以后，正经人家的姑娘都不再搭理我这样的男人了。可是，铁，你给我记住了，不管是男人还是女人，只看外表是不知道这个人的价值的。有的人是睡过以后才明白她的好。妙莲让我着迷，我对妙莲也是十分疼爱。可是，可是……这一切都被那个臭小子夺走了！”

我又听到了咬牙切齿的声音。过了一会儿，年轻人又开口了：“不过，那个臭小子真是凶手吗？我不太相信。”

这时，一直默不作声听着二人对话的第三个男人开口了：“说的就是这个。我刚开始也是半信半疑，可是最近我开始觉得他就是凶手。这是因为……”他向前探身继续说道，“我们家的那位少夫人，你也知道的，就是那位到神户把臭小子接回来的少夫人。以前她十分偏袒那个臭小子，只要别人一说起那家伙，她就会生气，还会为他辩白。可是现在呢？态度来了个一百八十度的大转弯，不但变得疏远了，甚至都不再接近他了。一定是因为少夫人看穿了那个臭小子的本性。别看她是个女人，可是个绝顶聪明的人呢。”

我心中咯噔一下。虽然他没有提到名字，不过这位少夫人一定是美也子。

“这么说西屋的少夫人也说那个家伙是凶手？”铁问道。

“没有。人家可是个谨慎的人，说话不会像咱们这样随便。不过，前几天我们家的工头悄悄试探了一下她的口风。结果，他刚刚说出臭小子的名字，少夫人的脸色就变了，说道：‘不要对我说这个人的事，我再也不想听到关于他的任何消息。’说完，就逃也似的进里屋去了。所以工头说，少夫人一定掌握着臭小子就是凶手的证据。”

啊！如此看来，就连美也子也抛弃了我！他们所说的证据是什么呢？当然，这种东西是不存在的，可就算美也子掌握着类似的东西，她为什么不向我确认呢？我仿佛被推入了地狱，感到深深的绝望。

“是吗？看来果然是……”

铁的话刚说了一半，突然从对面传来一声喊叫声。三人闻声一起站了起来。

“那是什么声音？”

“应该是那个臭小子被抓住了吧？”

“好，过去看看。”

三个人刚要离开，突然意识到了什么。

“铁，你留下。”

“这、这也太残忍了吧！”

“害怕了？没出息。我们很快就回来，你在这里守着。”

被单独留下的铁举着火把，坐立不安，没过多久，他终于忍不住了。

“老爹！等等我！等等我……”他一边喊一边追赶那两个人去了。

太好了！就是这个时候！错过了这一刻，就再也无法从追捕者手中逃脱了。我以最快的速度从天狗之鼻上滑下来，转过回声之辻，来到鬼火之渊。我最害怕的就是有人在鬼火之渊把守，所幸对方并没想到这一点，周围一个人都没有。

我松了口气，借助手电筒的光仔细辨认四周，很快就找到了那条栈道。四周一片漆黑，但我走过一次，所以并不太害怕。

我很快就到达了鬼火之渊的对岸。四周被黑暗所笼罩，简直不是人待的地方，可是除了这里，我再也找不到安全的地方了。

我感到无比寂寞，仿佛有一阵秋风从心中吹过。我万分沮丧，蜷缩在黑暗中。就在这时，有个东西突然扑进了我的怀里。

我顿时吓得跳了起来，足足跳出了两三步远。

这时，传来一个声音："哥哥，是我！是我啊！"

天啊，这不是典子的声音吗？

黑暗中的声音

"小典，你怎么会到这里来？你来这种地方干什么？"

"我是来找哥哥的。我听说哥哥躲进了地道，觉得你肯定会来这里，所以一直在这里等着呢。你真的很厉害，竟然能成功地逃到这里。你迟迟没有出现，我还以为你中途被抓住了，担心得不得了。"

"小典！"

事实上，对我来说，再也没有任何时候比这一刻更需要关怀了。这天晚上发生的出人意料的一切，几乎将我内心深处对人的信任剥夺殆尽。我畏惧的并不是身体上的危险。既然生活在一个法治国家，就不应该遭受不讲道理的私刑。我此前一直有这个自信。我一直相信用不了多久警察就会出现，说服他们并解救我，所以并不怎么担心身体上面临的危险。我最害怕的是人心。

这样的暴动之所以发生，一定有一个煽动者，我害怕的与其说是那个煽动者，倒不如说是村民盲从的心。如果村民心里对我没有恨意，那么即便煽动者再怎么巧言惑众，暴动也不可能这么轻易就爆发。难道村民们就这么恨我吗？如此一想，我心中不禁惴惴不安。

还有一件事令我沮丧，那就是刚才听到的有关美也子的传言。虽然我不知道美也子是出于怎样的理由开始怀疑我，可她曾经那样信任我、鼓励我，她的突然转变更让我觉得人心是靠不住的。

在这种情况下，典子的善意令我无比开心，并且十分感激。可是我觉得自己不应该接受她的好意。

“小典，谢谢你！你能来我很高兴。可这里不是你应该来的地方。快些回去吧！”

“咦？为什么呢？”

身处黑暗之中，我看不见典子的脸，但她一定瞪大了她那双天真无邪的眼睛。

“要是村里人追过来了，不知道会发生什么事。连累你受伤就不值得了。赶快回去吧！”

“嗯，这件事你不用担心。村民们不敢越过这潭水的。有一个传说，说是渡过这潭水的人会遭到诅咒。所以只要待在这里一定没事的。”

虽说如此，在这样漆黑的洞穴里，和一个年轻姑娘待在一起，心里实在是煎熬。

“小典，你还是回去吧。慎太郎会担心你的。”

“没关系的。哥哥，让我再待一会儿吧。反正过一会儿我还得回去一趟。”

“有事？”

“嗯。我得给你送便当过来……”

“给我送便当？”我很惊讶，反问道。

“是啊，我觉得这场暴动会持续很久，要是什么都不吃肯定撑不住。所以我再待一会儿，然后就回去给你做便当带过来。”

“小典，你为什么会这么想？为什么会觉得这场暴动一时半会儿结束不了？”

“没有为什么啊，就是有这种感觉。从大家的干劲就能看出来……”

“可是小典，警察应该不会对这种事情放任不管。我觉得村民们很快就会在警察的干预下解散的。”

“哥哥，”典子有些悲伤地说道，“在这种大山深处的小村庄，警察根本就指望不上。而且，如果是村里的一部分人闹事，还可以利用反对他们的那部分人来劝说。可是这次全村人都参与进来了，警察如果鲁莽插手，反而会把事情闹大。所以，现在警察也只能袖手旁观了。以前争水纠纷发生的时候也是这样的。”

我顿时慌了。“小典，这么说，今天晚上的骚动是全村人都出动了？”

“是的。不过像我们家这样的外来人没有参与……可是哥哥，并不是所有人都恨你。只不过一提起二十六年前的那件事，大家也只能都参与进来了。全村至少有四十个人是当年的亲历者，二十六年前的那场大惨剧对他们来说就像是昨夜的噩梦一样清晰。所以，一听说那样的惨剧会再次发生，他们不知道会做出什么事情来。再加上有人看准了时机从中挑唆，所以他们的怒火一下被点燃了。”

“究竟是谁在挑拨煽动？”

“不清楚。”

“我一直担心这个。”

“我一点儿风声都没听到，所以这个计划一定是村西头策划的。

都说老周和吉藏是挑头的呢。”

“老周是谁？”

“是西屋的工头。上次的惨案发生时，他的老婆和孩子都被杀了。”

我的心莫名其妙地躁动起来。“西屋的工头？小典，莫非西屋的主人是这次暴动的幕后主使？”

“怎么会……因为现在事情已经闹到了这个份儿上，所以不管是村长也好，西屋的主人也好，都已经无能为力了。”

我越发不安了。“小典，那我该怎么做呢？”

“所以说这是一场持久战啊。我们得等到那帮人的狂热冷却下来。现在大家都正在气头上，无论谁来劝都没用。要是轻举妄动，无异于火上浇油呢。不过，大家的怒气会渐渐平息的。不用多久，他们就会觉得听信别人的挑唆挥舞竹枪太荒唐了。所以，我们要做的就是等待。”

“他们在挥舞竹枪吗？”

“嗯，但都是虚张声势。你要格外小心牛贩子吉藏。听说他整天拎着一根粗棍子，说一旦发现你就要把你乱棍打死。这个人什么事都做得出来，你一定要小心！”

我想起刚才看见的火把映照下吉藏那张凶恶的脸，不由得打了个冷战。看来我是捡了一条命。

我沉默了，心情沉重到不愿意开口。过了一会儿，典子冰凉的小手在黑暗中摸索着捧住了我的脸颊。

“哥哥，你在想什么？你什么都不用担心，只要躲在这里就没问题。他们不会过来的。就算是老周和吉藏也不敢过来，越是这种粗暴的人就越迷信。只要待在这里就没事。我会给你送吃的。我找到了一条别人都不知道的近道，那条近道就像个兔子窝，你看，所以我才穿成了这个样子。”

我摸了摸，发现典子一身利落的装束，仿佛穿着战时的防空服。

“所以啊，不管是两天还是三天，只要熬到对方厌倦了放弃了就好，我们要死守。决不能认输。一定要坚持到最后！”

这一刻，我觉得典子是那么可靠。她大概生来就不知道“悲观”这个词怎么写，总是那么乐观，那么朝气蓬勃。

典子那柔弱的身躯里为什么会有这么强大的灵魂？我百思不得其解。

“谢谢你，小典。一切都交给你了！”

“好啊，就交给我吧！不要再担心了……啊，来了！”

我们条件反射似的闪身跳进了一旁的洞窟。几乎就在同时，伴随着一阵乱哄哄的吵闹声，鬼火之渊对岸霎时亮如白昼，就像被点燃了一样。那些追捕者一路追到了这里。他们似乎也注意到我已经渡过了潭水，一边很不甘心地用力跺着地面，一边冲这边不停地叫骂。

典子使劲抓住我的手臂，说道：“千万不能出声！他们现在还不能确信你在这里。”

我自然不会理会他们。

“看，手拿火把站在最前面的就是西屋的工头老周。站在老周后面的就是牛贩子吉藏。”

老周是个六十岁左右的白发老头，或许是火光的缘故吧，他脸膛发红，皱纹很深，不时翻动眼珠，活脱脱就是戏里面的矢口渡口的顿兵卫[1]。吉藏手里的确拎着一根又粗又大的棍棒。

就像典子所说，没有人渡过潭水。他们捶胸顿足地在对岸恶骂了一个多小时，后来也不知是怎么商量的，留下了两三个人看守，其余人都撤走了。

“看，我说得没错吧？”

留在对岸的人围着煤油灯坐了下来，一开始还唱唱歌，抽空还不忘向这边恶骂一通，后来就渐渐没了动静。到最后，连说话声都听不见了，看样子他们是睡着了。

我见状也放松下来。一股睡意袭来，我把头靠在典子的膝盖上沉沉睡去。

我究竟睡了多久？梦中的我一直辗转反侧，还听到有人在呼唤我的名字，我猛地睁开了眼睛。

“辰弥……”

梦中的声音仍在黑暗中回荡。

“辰弥，救我……”

有那么一瞬间，我以为自己仍在梦中，正在恍惚，突然意识到这并不是梦。远处的黑暗中确实传来了呼唤我的声音。

我猛地坐了起来。

“小典！小典！”我低声叫道。可是典子没有应答。我战战兢兢地打开手电筒照了照，四周没有典子的身影。我看了看手表，十点二十分，估计已经过了一夜。

这时，黑暗中又传来呼唤我名字的声音。

---

①日本歌舞伎剧目《神灵矢口渡》中矢口渡口的守护人顿兵卫，对金钱和权力欲望强烈，为此不惜拆散女儿及其意中人，甚至杀害女儿。

“辰弥！辰弥！你在哪里？救我！快救我！啊！有人要杀我！”

我终于完全清醒了，猛地跳出了洞窟。

看守的人似乎已经撤退了，鬼火之渊对岸一片漆黑，从那里传来忽近忽远的呼唤声：“辰弥……”

我顿时被巨大的恐惧所包围。

啊，那个声音！那是姐姐啊！

第七章　回声之辻的惊悚一幕

我稍稍犹豫了一下，并非因为害怕，而是因为情况不明。可是，在下一个瞬间我又听到了呼唤我的声音。

这悲惨的求救声令我立刻下定决心。姐姐正在向我求救，不管是什么样的危险，我都必须前往。我将手电筒装进兜里，迅速爬上栈道。只要走习惯了，也就不觉得这条栈道有多危险了。

走到栈道中间时，我又听到了姐姐的叫声。这次声音清晰多了，似乎并非停留在一处，而是在洞窟里飘来飘去。

有人在追赶姐姐！如此一想，我突然感到一股莫名的恐惧。追赶姐姐的那个人无疑是个可怕的家伙，而我更担心姐姐的健康。

医生叮嘱姐姐必须好好静养，哪怕是微微的兴奋或运动，都会对姐姐的心脏造成影响。我还担心昨天晚上的骚动影响到了她的身体。我集中一切精神过了栈道。

“姐姐！姐姐！姐姐，你在哪里？”我忘记了危险，大声喊道。

就在这时，那令人恐惧的异样声音和回响再次出现了。

“辰弥……辰弥……救我……救我……”

姐姐的每一声求救都重复着传到我的耳朵里。在黑暗中四处奔跑时发出的跌跌撞撞的声响夹杂其间，被放大后传了过来。

啊，姐姐她——姐姐和那个袭击她的人就在回声之辻！

“姐姐，姐姐！我这就过去！你一定要坚持住！我来了！”

我一边喊一边不顾一切地跑了起来。我谁也不怕了，管他是老周还是吉藏，要来就一起来吧！我抡起了手电筒。

“啊！辰弥！你快来啊！”

或许是姐姐听到了我的声音，绝望的呼喊突然有了希望和活力，四处奔跑的声音和求救声变得越发清晰了。我发疯似的奔跑着，心急如焚。

回声之辻里尽是些弯弯曲曲的羊肠小道，虽然求救声近在耳边，却怎么也到达不了，真是令人焦躁。而且姐姐和那个追她的人举手投足间发出的任何声响都会被放大好几倍后传到我的耳朵里，这对我来说简直是一种酷刑，我感到全身都被榨干了。

“姐姐！姐姐！你还好吗？追你的人究竟是谁？”我一边跑一边喊道。

“啊！辰弥！你快来……我不知道他是谁。周围太黑了，我看不见他的样子。他一句话都不说，我没法辨认他的声音。可是……可是……这个人要杀我！啊！辰……辰弥！”

我心中一惊，猛地站住了。有那么一瞬间，四周陷入了死一般的寂静。突然——

“啊！”

我听到了一声惨叫，接着是踢土的声音。这些都只是一瞬间的事。不一会儿，我听到咚的一声，像是有什么东西倒下了。接着便是蹑手蹑脚逃走的脚步声，伴随着轻微的回声渐渐远去，不久便完全听不见了，只剩下死一般的沉寂。

我感到深深的恐惧，仿佛一盆冷水当头浇下。我浑身发软，一动也不能动。虽然很没出息，可我的牙齿咯咯作响，膝盖也是直打哆嗦。但我很快回过神来，拔腿狂奔。

没过多久，我就发现了倒在黑暗中的姐姐的身影。

“姐姐，姐姐！”我迫不及待地抱起姐姐，就在这时，我不由得瞪大了眼睛：有一个异样的东西耸立在她的胸部，是钟乳石！她被那里垂挂的钟乳石碎片刺中了前胸。

“姐姐！姐姐！”我发疯似的大喊。

姐姐还没有完全断气，她睁开微微翻白的双眼，用混浊的目光看了看我，终于从喉咙里发出了细若游丝的声音：“辰弥……”

“是我，是我，姐姐，你要坚持住啊！”

我抱住姐姐，她惨白的脸上浮现出一丝微笑。

“不，已经不行了。比起伤口，关键是心脏不行了……”姐姐痛苦地扭动着身体，“不过，无所谓了。我真高兴，因为在死之前又见到了你……”

“姐姐，不要说这种不吉利的话。那个人究竟是谁？究竟是谁对你做了这种事？”

姐姐的脸上又浮现出淡淡的微笑。是那种谜一般的微笑。

“我不知道是谁。太黑了，我不知道。不过，我在那个人的左手小指上狠狠咬了一口，差点就咬断了……辰弥，你也听到刚才的惨叫声了吧？”

我惊讶地看着姐姐。仔细一看，她的嘴角的确沾着鲜红的血迹。原来刚才的惨叫不是姐姐而是凶手发出的。

姐姐又开始痛苦地蠕动，仿佛抽泣般地喘息着。“辰弥……辰弥！”

“姐姐，你想说什么？”

“我就快死了。在我死之前，你哪里都不要去，就在这里抱着我。能死在你的怀里，我真开心。”

我呆呆地看着姐姐，一个惊人的疑惑突然掠过脑海。“姐姐，姐姐！”

然而姐姐似乎已经听不见我的话了，她像说梦话一样自顾自地说了起来：“辰弥啊，我就要死了，所以也不怕丢人了。你知道我有多么喜欢你吗……我真的很喜欢、很喜欢你……啊！喜欢到可以为你去死，而且这种喜欢……绝不是姐姐对弟弟的感觉。其实，你原本就不是我的弟弟啊。可是，可是，辰弥，你一直都只是把我当姐姐看呢。这让我很伤心……”

啊！姐姐果然知道。她果然知道我不是她的亲弟弟，而且还对我这个阴差阳错闯进来的“弟弟”芳心暗许。我心中涌起无以言表的巨大悲哀。

“不过，我知足了。能够死在你的怀里，我很知足了。辰弥啊，在我咽气之前不要离开我……等我死了，你要偶尔想起我，就当是可怜我了……”

姐姐喃喃说道，最后急促地喘息起来，我已经听不清她在说什么了，她仍睁着一双失神的眼睛，不停地说着……她的脸庞如少女般清纯。

就这样，姐姐在我的怀抱里死去了。

我合上姐姐的双眼，轻轻地将她横放在地上，这时我才注意到她的左手拿着包裹和水筒。我打开包裹一看，里面装的是竹皮包的饭团。我顿时心酸不已，眼泪夺眶而出。啊！姐姐是为了给我送便当，才遭遇了这场飞来横祸。

我抱着姐姐哭了一会儿，立刻又意识到现在不是伤心的时候。我必须尽快把这件事告诉警察。

我把姐姐诚心诚意做的便当挂在腰上，将水筒搭在肩上，拿着手电筒站了起来。然而就在这时，一声充满憎恶的叫喊在黑暗中炸开了。

“你这个浑蛋！”

与此同时，一个东西嗖的一下朝我头顶打来。真是太险了。要是不小心被这一击打个正着，我的脑袋一定会像石榴一样炸开。

“你这是干什么？”

我本能地蹲了下来，勉强躲开后大喊道。与此同时，我用手电筒迅速照了一下攻击者，顿时吓得浑身发麻。

在手电筒灯光的映照下，一张脸浮现出来，正是吉藏。第一击落了空，他咯吱咯吱咬着牙，又用蝮蛇一般粗的手指重新握起了棍棒。

看到他的眼睛时，我立刻明白了刚才典子说的话毫不夸张，他的目光中充满杀气。从那张脸可以看出，对他讲道理已经没有用了。他一心想要杀我。

被手电筒从正面这么一照，吉藏有些睁不开眼。不一会儿，他用一只手挡住光，用另一只手将棍棒举过头顶猛挥下来。

“吃我一棍！”

那声音充满了发自内心的憎恶。他像野兽一般跳了起来，又是一棍砸下来，又打偏了。我拼命蜷缩身体，棍棒偏离了我的鬓角，狠狠打在了岩石上。

“啊！”

吉藏被反作用力震得跳了两三步，痛苦地喊叫起来。棍棒从他的手上弹了出去，飞出四五米远。应该是打到岩石的瞬间手被震麻了。他刚刚站直，我突然压低身子，猛地用头撞向他的胸膛。

“哇！”

吉藏被这一突袭打了个措手不及，捂着胸口坐在地上。我趁机拼命狂奔，当时我一定跑昏了头，中途突然回过神来——阿弥陀佛！我正在向鬼火之渊跑去！正当我打算折返时，又听到了追赶而来的吉藏的咆哮和脚步声。

啊！我已经没有退路了！

就这样，我又被赶回了鬼火之渊对岸。

小指之伤

我的内心充满了绝望与焦躁。现在，我不应该藏在这种地方。

田治见家只剩下一个派不上用场的小竹夫人，我又不在，谁来为姐姐举办葬礼呢？不，不仅是这件事，我身上还背负着更加重大的义务。我知道杀姐姐的凶手是一个左手小指几乎被咬断的人。我必须尽快把这件事报告警察。

可是，我无法从这个洞窟里出去！

在鬼火之渊对岸，吉藏点燃了篝火一直守在那里，身旁还有那个面目狰狞的老周。这次暴动的正副头目正怀着无休止的憎恶和执念监视着我。从刚才吉藏的气势来看，想要说服他们恐怕不可能。

我唯一的希望就是警察了。既然发生了杀人案，警察一定会出动。只要警察出动，一定会传唤我做证。若是那样，吉藏和老周无论怎样努力也无法从警察那里带走我。我等的就是这个。可是不知为何，我期待的救星迟迟不来。吉藏的篝火周围人来人往，他们似乎还喝起了酒，动静越闹越大，可警察就是不出现。

我心中充满了悲观的想法。万一他们渡过了鬼火之渊怎么办？一想到这里，藏在狐之穴里的我便焦灼万分。

诸位可知道在伸手不见五指的黑暗中，孤零零一个人待着，时间过得有多慢吗？若是当时没有那个可怕的担忧牵引着我的思绪，我很有可能会疯掉。

那个可怕的担忧就是：姐姐临终时，我首先想到这是不是一连串杀人案之一？

从外公丑松被杀开始的一连串杀人案中，凶手一直是使用毒药作案，只有小梅夫人和浓茶尼姑例外。根据金田一耕助的说法，妙莲被杀确系例外，估计并不在凶手的计划之中，而且妙莲的尸体旁边并没有那张莫名其妙的纸片。

那么姐姐是什么情况呢？当时我惊慌失措，没有精力再去留心有没有纸片。如果有，上面会写上谁的名字呢？和姐姐并列或对立的人……啊！除了森美也子，还会有别人吗？

姐姐因心脏不好离婚了，严格来说算不上寡妇，可是村里人都把她视为寡妇。美也子则是名副其实的寡妇。她俩还各自相当于西屋和东屋主人的妹妹。啊，这究竟是怎么回事？难道如果姐姐没死，美也子就会被杀吗？

我实在无法赞同这个想法。

如果把这一连串杀人案看作是疯子的癫狂行为，那田治见家的牺牲者未免过多了。小竹夫人和小梅夫人都是田治见家的人，就算这一点无可奈何，可久弥和春代呢？为什么总是东屋的人被杀？难道在久弥和春代被杀的案子里，并非任意一方死掉都无所谓，而是一开始他们就被认定为牺牲者？

莫非这一系列杀人案乍一看是疯子在犯罪，其实却是伪装，是为了将田治见家族斩尽杀绝而制定的周密计划？

极度的恐惧让我战栗不已。

但既然弄清了动机，凶手也就一目了然了。除了里村慎太郎，还有谁是更合适的人选呢？我想起了浓茶尼姑被杀那晚偶然看见的慎太郎那张凶恶的脸。

没错，是慎太郎，一切都是他做的。向警察密告我，在村公所贴告示诬陷我，所有这些都是他干的好事。他想杀死田治见家的所有人，再栽赃到我头上，以夺取田治见家的财产。这次的暴动说不定也是他煽动的。我被抓以后很有可能因为证据不足被判无罪，他一定是考虑到了这点，便迅速煽动吉藏和老周，想趁早把我干掉。

啊！这样就全都说得通了。一切都很合理。巨大的恐惧让我在黑暗中打了好几个冷战。

典子又扮演了怎样的角色呢？她也知道这个计划吗？是明明知道却假装毫不知情吗？不，不，这不可能。典子是那么天真无邪，怎么会如此表里不一呢？慎太郎也绝不可能把这么恐怖的计划告诉自己的妹妹。

我一整天都躺在漆黑洞窟的深处，像蚯蚓一样辗转反侧，时而恐惧，时而悲伤，身体也忽冷忽热。我甚至觉得自己生病了。

干脆趁这个机会进洞穴深处寻宝吧，或许还能排遣一下郁闷。可我实在懒得动，因为脑中全是那些可怕而悲哀的念头，而且也不知道自己的地图究竟是否值得信赖。

从地图上看，现在我所处的狐之穴和旁边的第五洞窟在洞穴深处合为一体，往里是龙之颚，再往里走一点儿就是宝藏了。可是毕竟那只是用毛笔画的简单线条，若是以之作为这个复杂迷宫的指南，未免有些信不过。

实际上上次我和金田一耕助来探险时，就已经知道狐之穴有着多么复杂的构造，而地图上画得却十分简略。所以要想在这个洞窟里探险，就只能采取金田一耕助用过的方法——顺着绳子走。只要有绳子，一个人倒也干得了，只是若能有个助手就再好不过了。我想到了典子，可是那天她终究没有出现。

典子回来时已是第二天早上了。

“哎呀，哥哥，你在这里啊。在那边没找到你，我真是担心得不得了呢。”

在狐之穴找到了我的典子以十分想念的语气说完这些，便扑到了我的怀里。

“啊，小典，你回来了。”

“是啊，我回来了。哥哥，昨天真对不起。我没吭声就走了。因为哥哥你睡得实在是太香了……”

“哦，我想也是这么回事。你能回来真好。难道没有人盯梢吗？”

“有，他们还在。不过好像是昨天晚上闹得太厉害了，那些人都累得睡着了。哥哥，你饿了吧？昨天我本想回来的，可是出了件大事……”

“没事，昨天姐姐给我送便当了。”

“啊！”典子一下从我身边跳开，用手电筒照着我的脸，“这么说哥哥昨天见过姐姐了？”她喘着气说道。

“嗯，见过了。姐姐就是在我怀里断气的。”

典子发出一声惨叫，又向后退了一步，目光惊慌地盯着我。“可是……可是，应该不是哥哥吧？哥哥应该不会做那种事吧？”

“你在说什么！小典！”我不由得加强了语气，“我为什么要杀害姐姐？我喜欢姐姐，我爱姐姐。姐姐是那么疼我。我为什么要杀害这么好的姐姐啊！”

说着说着，眼泪突然夺眶而出。莫说是姐姐在断气之前对我说了那样一番话，平日里她的善意好心已经让我难以忘怀。我总是陷入困境，她给予我的永恒不变的温暖令我铭记在心。失去她的悲痛仿佛现在才在心中弥漫开来。

“哥哥，对不起，对不起！”典子扑进了我的怀里，“我竟然怀疑哥哥，是我不对！我明明应该相信哥哥的。”

典子犹豫了一下，又说道：“可是……有人说看见哥哥你杀害了姐姐……”

“是吉藏吧。也难怪那家伙会四处散播这种谣言，他看见我抱着姐姐的遗体，所以才这么说。而且他本来就对我恨之入骨。小典……”我加强了语气问道，“警察在做什么？为什么不来救我？”

“那是行不通的，哥哥。春代姐姐被杀这件事仿佛火上浇油，村里人越发失控了……他们说哥哥的事情要由他们处置，还排起了人墙，从回声之辻一直到这里，都不让警察通行。要是强行通过，不知道会发生什么事，所以警察现在也只能袖手旁观了。不过，哥哥，”典子像是要给我打气，“这种情况不会持续太久了。警察不会放任不管的，只要再忍耐一会儿就好。哥哥，一定要坚持住啊！”

“既然小典这么说了，我肯定会努力，可是姐姐的丧事谁来办啊？”

“哦，这件事你不用担心。还有我哥在呢……”

“慎太郎？”

我突然打了个冷战，试探性地看了看典子。她一脸天真，没有丝毫别扭的样子。

“是啊。我哥是军人出身，这种时候他做事特别干脆利落呢。”

“啊，是、是啊。”我的喉咙里仿佛卡了一根鱼刺，“对了，慎太郎身体还好吧？没有受伤吗？”

典子惊奇地瞪大了眼睛。“咦？为什么这么问？他很好啊，哪里也没有受伤。”

“哦，那就好。”我若无其事地说道，但心里还是很乱。究竟是怎么回事？难道是我想错了？

姐姐说过，她差点把凶手的小指咬断。我不知道凶手伤到了何种程度，但是手指上的伤尤其疼痛。更别说手指几乎被咬断了，那种疼痛感是藏不住的。

“小典，你有没有听说有什么人手指受伤了？看见过谁的左手小指上缠着绷带吗？”

“没有，哥哥，我不知道。为什么这么问？”典子仍然是那么天真无邪。

啊，看样子她没有说谎。难道是我的想法错了？我又糊涂了。

慎太郎和美也子

一切都是那么合理，所有的事情都符合逻辑。就算锤子砸地能砸偏，我的推理也不会错——正因以前我如此自信，所以现在更加不知所措。

“小典，昨天晚上守夜时麻吕尾寺的英泉师父来了吗？”

“嗯，来了。怎么了？”

“他的小指莫非有伤……”

典子坚决否认了这一点。她很肯定地说，昨晚给大家上斋饭时，是她在旁侍候的，要是有这种事不可能注意不到，英泉师父两手的每一根手指都好好的，没有受伤。

我更加困惑了。除了慎太郎和英泉，还有谁可能和此事扯上关系呢？我又一次在脑海中从头到尾梳理了一遍，可就是想不出其他可能的人物。难道是姐姐的话有问题？

“哥哥，出什么事了？小指上有伤的人做了什么吗？”

“没，不是这么回事。只不过有件事我想不太明白。小典，这次你出去后，能不能帮我留意一下有没有这样的人？”

“嗯，好啊。要是发现了那个人，我会立刻告诉你的。”

“嗯，就这么做吧。还有，你下次来的时候，能帮我带些线吗？

最好是风筝线之类结实的线，要是没有，普通棉线也行。越长越好。那种缠在线轱辘上的就可以，帮我带五六个过来吧……”

“咦？哥哥，你要线做什么用？”

我犹豫了一下，转念一想典子迟早会知道，便说道：“其实，在这里待着实在无聊，就想趁这个机会去洞里探险，这就需要很长的线，越长越好。因为要在洞窟里做路标，以防迷路。”

听着听着，典子的眼睛里出现了奇妙的光。

“哥哥！”她小声说道，“你是要寻宝吧？”

真是一语中的。我的脸顿时变得通红，一时间有些语塞，不过最后我还是清了清嗓子说道：“小典，你也知道那件事啊？”

“当然知道了。这可是早就有的传说。而且……”典子压低了声音，“我知道，还有人也在寻宝呢。”

“是、是谁？那个人是谁？小典！”

“我哥。”

“慎——慎太郎……”我不禁呼吸急促起来，凝视着典子。

“是的。我哥可能觉得不好意思，所以一直没说。可是我知道，每天晚上他都拿着铁锹和铲子偷偷出去，一定是寻宝去了。”

我又想起了浓茶尼姑被杀的那个晚上，慎太郎那身异样的装扮。慎太郎和我一样也在寻宝？

“我觉得我哥很可怜，所以直到现在对谁也没说起这件事。我哥实在太可怜了，他失去了一切，地位、身份、未来的希望……不，不仅仅是这些，还有爱情。”

“爱情？”

“是的。我哥直到现在仍然爱着美也子小姐。可是他自尊心太强了，现在这个情况，他无论如何也张不开口求婚。美也子小姐是个有钱人，还有很多钻石。我哥是个穷困潦倒的落魄浪人，他宁可被打死也不愿张口。他一定是幻想着能挖到宝藏，所以才拼命地找啊找。一想到这个，我就觉得他太可怜了……”

我的心又乱了。若是这样，慎太郎更有可能打田治见家财产的主意了。与其寄希望于没什么指望的寻宝，倒不如着眼于近在身边的财产，毕竟后者才是最现实的方法。莫非凶手的确是慎太郎？小手指上有伤的说法只是姐姐临死前的幻觉？

“小典，慎太郎有信心吗？只要变成了有钱人，美也子就一定会接受他的求婚……”

“当然有。”典子立刻回答，“不，即便我哥成不了有钱人，只要他提出来，美也子小姐一定会高兴地接受的。哥哥，美也子小姐那么漂亮、聪明，还那么有钱，为什么会一直窝在这大山深处的乡村里呢？美也子小姐在等待呢。她在等待我哥向她求婚，在度日如年地等待呢。所以说她也很可怜。我哥要是不那么固执，赶快跟她结婚该多好。虽然我不太喜欢她……”

随后，典子说要去准备丧事，趁盯梢者不注意溜回去了。我心中涌上了一股无法形容的失落。

典子的话给了我巨大的打击。不管是昨天晚上我在天狗之鼻偷听到的那些话，还是刚才典子的那番话，都让我大吃一惊，刚刚开始意识到美也子这个女人的复杂性格和微妙的心理阴影，同时我又感到极度寂寞、痛苦。啊！难道我曾经爱过美也子？

第二天，典子逃过盯梢者的视线来找我，她说了这样一番话：

村民们依然十分激昂，无论警察怎样劝说、警告，他们都听不进去。但还是出现了一丝希望的曙光。有传言说，麻吕尾寺的长英师父可能会出面。

长英年岁已高，而且因宿疾长期卧床，寺里的事务都已经交给弟子英泉代理。若是这位高僧出马，或许能够说服村民们，所以金田一耕助已经去麻吕尾寺了。

听到长英的名字，我突然想起一件事。被杀害的梅幸尼姑曾经说过，关于我的身世，有一个秘密只有她和长英知道。梅幸死后，我一直想抽空拜访麻吕尾寺，可是杀人案接连不断地发生，时至今日都没能去成。

“小典，要真是这样就好了。我实在不想继续待在这个黑乎乎的鬼地方了。”

“是啊，只要再忍耐一点点就好了。”

“对了小典，另一件事办得怎么样了？”

“啊，你是说线？我带来了。”

“不，除了线，还有一件事，就是那个小指受伤的人。”

典子偷偷瞥了我一眼，笨拙地干咳了一下，说道：“我一直在留心，但没有发现小指受伤的人。”

她的神情似乎有些胆怯，甚至不敢正视我。

“小典，你说的是真的吗？你不会是为了包庇某个人而说谎吧？”

“哎呀，不会的。我怎么会欺骗哥哥呢……对了哥哥，好不容易把线拿来了，咱们去洞窟里探险吧！今天稍微放松一下。我们要去寻宝了！你不觉得很浪漫吗？”

典子忽然欢快地站了起来。啊！典子知道小指受伤的人是谁，而且还在袒护那个人。她袒护的究竟是谁？

黑暗中的激情

这个长长的故事终于要接近尾声了。在进入最后一幕之前，等待我的竟然是那么可怕的命运。自从这个故事揭开第一幕，我一路走过的路绝非平坦，可是与接下来要讲述的恐怖和危险相比，之前的一切简直是小巫见大巫。待我慢慢道来。

在典子的建议下，我们那天试着进行了探险。我按照以前金田一耕助教的方法，将线系在出发地点的钟乳石上，然后一边捯线一边向洞穴深处进发。

前面提过，在鬼火之渊里面有五个洞窟，上次金田一耕助已经查探了其中的三个，剩下第四个洞即狐之穴和第五个洞还没有查探清楚。我看了看地图，发现这两个洞在深处合为一体了。既然殊途同归，还不如挑一条比较熟悉的路走，心里比较踏实。于是我选择了第四个洞。

我们立刻就遇到了支洞。以前金田一耕助已经调查过了，没必要重复。当时我数过支洞的数目，金田一耕助发现久野叔叔的尸体是在第十三个支洞。我们没费多大力气就找到了那里。

“没错，应该就是这个洞了。久野叔叔的尸体就是在这里发现的。你看，这个钟乳石上有痕迹。这是金田一耕助为留作日后的证据做的印记。”

“这么说，前面的路还没走过？”

“是的。”

“赶快去吧，多有意思啊！而且我想看你是怎么用这团线的。”

“小典，你难道不害怕吗？”

“不怕。因为有哥哥在啊。”

很快我们就来到了第十四个洞窟前。我将一路捯过来的线连同线轱辘一起系在那里的钟乳石上，然后将另一个线轱辘上的线头系在同一块钟乳石上，捯着线走进了支洞。

这个支洞相当深，里面又有许多更细的分支。我又将第二个线轱辘系在钟乳石上，将第三个线轱辘上的线头系在同一块钟乳石上，捯着线走进更小的支洞。这个洞窟很快就走到了尽头，我一边收线一边返回原地，将第三个线轱辘放回口袋，扯着第二个线轱辘的线向深处走去。这个洞窟也是死胡同。于是我一边收线一边折返，没过多久就返回到第一个线轱辘那里。

“哇，太棒了！”典子高兴得不得了，“追着线走，简直就像《妹背山》里的三轮啊！[①] 这样返回的时候就绝不会迷路了。”

“是啊。刚才的洞都是死胡同，所以线没派上什么用场。要是遇上像蜘蛛网一样纵横交错的十字路口，或是不知不觉又走回了最初的洞窟，到最后自己也会变糊涂了。有时候以为走的是进来时的路，其实一直在往里走。这种时候只要有线就不会迷路了。”

我又讲述了以前金田一耕助走进支洞后，不知怎么又转回了这个洞窟并从对面走过来的事。

“哎呀，真吓人。这么说千万不能让线断了。”

“是啊。所以咱们别拽得太用力了。”

---

① 《妹背山》全名《妹背山妇女庭训》，歌舞伎剧目。三轮是剧中的人物，为追求心上人，在其衣服下摆系了白线跟随。

我们继续向深处前进。典子很是兴奋，劝她该回去了，她也不听，总是说“再往前走走”。我们又遇到了几个支洞，进去细细调查了一番。有的支洞地形十分复杂，甚至用到了第三、第四、第五个线轱辘。而且有时候从支洞进去，不知不觉又会从主洞走出来。

“哎呀，真有趣。要是没有这根线，根本就不会注意到这是咱们刚刚走过的洞窟呢。”典子的兴致越来越高了。

可是随后我们遇上了一个特别深的支洞，没有多少分岔，却仿佛怎么也走不到尽头，我渐渐不安起来。

“小典，这样不行。这个洞窟走起来没完没了。咱们差不多就往回返吧。”

“嗯，再往前走走看吧。如果还是看不到尽头，咱们就回去。”

我们又走了没多久，突然惊得站住了，连忙关上手电筒，在黑暗中屏住呼吸，一动也不敢动。前方传来说话的声音。

“哥哥，”过了一会儿，典子用干涩的声音小声说道，“你留在这里，我过去看看。”

“小典，没问题吗？”

“嗯，没问题。”

在黑暗中，我听到典子离开了。她似乎没走多远，不一会儿就打着手电筒回来了。

“哥哥，你在哪儿？打开手电筒吧，没关系的。”

我打开手电筒，典子高兴得两眼放光，飞奔了过来。

“哥哥，你知道我们现在在哪里吗？我们就在鬼火之渊旁边。”

“鬼火之渊？”我不禁瞪大了眼睛。

“是的。哥哥刚才不是说了吗，第四洞窟和第五洞窟在最里面合为一体。咱们不知不觉走进了第五洞窟，然后又回到了鬼火之渊。”

我有些茫然，但仔细想想，这件事对今后的探险十分有用。因为宝藏就在第四、第五洞窟的交会处，可是只走一遍还是弄不清那个交会处究竟在哪里。现在我们却偶然发现了它。

“系着第一个线轱辘的地方，看来就是两个洞窟的交会处。咱们从那里向左拐，一路走到了这里，明天往右拐试试看吧。这个线轱辘就先系在这里。从这边走好像近一些，明天咱们就沿着这根线找过去。”

典子将第二个线轱辘系在钟乳石上，躲过监视走出了鬼火之渊。那天晚上，我在第五洞窟睡了一宿。

第二天午后，典子第三次偷偷钻了进来。

“哥哥，对不起，我来晚了。你一定饿了吧？我本想早些过来，可是监视的人盯得很紧。”典子一边解开装便当的包裹一边说道，“对了哥哥，有好消息。说不定今天你就能从这里出去了。”

“为什么这么说？小典。”我的呼吸急促起来。

“麻吕尾寺的住持师父出面了。住持师父卧病在床，对事态一点儿也不知情，昨天金田一先生去拜访他，把情况都说了。他大吃一惊，今天就乘着轿子到你们家去了。”

“什么？长英师父到家里去了？”

“是的。现在他把村里有头有脸的人物都叫了过来，正在苦口婆心地劝他们呢。就算他们不听警察的话，住持师父的话总不能不听吧。更何况住持师父还是忍着病痛特意赶过来的。很快就会有人来接你了。”

我的心突然狂跳起来，胸口一阵酸楚。啊！终于能从这个洞里出去了！终于能摆脱这里的黑暗了！我的心因欢喜而颤抖，身体因兴奋而战栗。我从洞穴里出去这件事包含着巨大的意义。那个时候，就是可怕的八墓村杀人案终结之时，因为我能找出凶手。

“小典，小典！这是真的吗？不会让我空欢喜一场吧？”

“当然是真的。哥哥，你只要再忍忍就好了。”

“小典，”我一把将典子紧紧搂在怀里，“谢谢你！谢谢你！这都是托你的福。要是没有你天天过来看我，每天把外面的消息告诉我，我肯定早就在这漆黑的洞穴里被恐惧和不安逼疯了。不，在变疯之前，早就已经跳出来被吉藏打死了。那个家伙是真的想让我死啊。谢谢，谢谢你！小典！”

“哥哥，我真高兴。”

典子的身体像小鸟一般在我的怀里颤抖起来。她柔软的手臂不知何时缠上了我的脖子，我们的双唇不知不觉间叠在了一起。

随后的事情我记不太清了。突然，一股剧烈的冲动如暴风雨般压倒了我们。黑暗带走了我们的羞耻心。我们开始出汗，喘息，扭动身体。我们紧紧缠绕在一起不肯分开，直到喘息渐渐微弱。不久，粉色的美丽烟雾包围了我们。

“哥哥。”过了许久，典子从我的手臂中抽出身子，一边拢着两鬓的碎发，一边用陶醉的眼神望着我。在手电筒的灯光下，典子的双颊羞得通红，煞是可爱。

“怎么了？小典。”

我还沉浸在刚才的美梦里，典子却已回到了现实世界。

“是关于小指的事情。那究竟是什么意思？左手小指上有伤的人……”

“小典，”我的呼吸加速了，“你找到那个人了？究竟是谁？那个人是谁？”

“没有，我还不太确定……不过哥哥，那究竟是什么意思？小指的伤……”

我犹豫了一下，看来我要是不说出来，典子是不会松口的。我心一横，将姐姐的话告诉了她。

“左手小指被咬伤的人是这一系列案件的真凶，至少是杀害姐姐的凶手。所以，小典，说出来吧。那人究竟是谁？”

典子的脸因极度的恐惧而扭曲了。她似乎想喊，张大了嘴巴，可是喊叫声似乎冻结了，什么声音也发不出来。很快，她的脸色变成了土黄色，嘴唇变得干巴巴的，瞳孔像玻璃一样失去了光泽。

“小典！”

我摇晃着她的肩膀，她的头跟着晃动了几下。接下来的瞬间，典子将脸埋在我怀里，哇的一下哭了出来。

“小典，怎、怎么回事？你知道，对吧？你知道杀姐姐的凶手是谁。究竟是谁？那个家伙……”

典子在我怀里拼命摇头。“哥哥，不要问了，不要再问了！我实在说不出口。太可怕了，我实在说不出口。哥哥，不要再问了。”

我心里顿时疑云四起。“小典，到底是怎么回事？为什么说不出口？难道是慎太郎——”

“你、你说什么？！”

典子大叫一声，一把推开了我。就在这时——

“啊！他们在那里！”

破锣一样的喊叫声传进了我们的耳朵。

我们大吃一惊，回头一看，牛贩子吉藏一手拿着火把，一手拎着棍棒，正从洞窟入口慢吞吞地向这边走来。火把的油烟熏烤着洞顶，松树皮裂开时迸出的火星包裹了他的全身，那模样简直比地狱的恶鬼还要凶恶。

恐惧令我全身僵硬，我像个傻瓜一样呆呆伫立。

第八章　穷途末路

“哥哥，快跑！”

典子突然大喊一声，跳了起来。她这一叫立刻把我从麻痹状态中唤醒了，我也跳了起来，飞快地向洞窟深处跑去。

“哥哥，这个，给你这个。”我追上典子时，她往我手里塞了个东西。是手电筒。

“谢谢你，小典。”

我们不顾一切地跑了一阵，我突然意识到了什么。

“小典，你得回去。吉藏不至于连你都杀了。”

“不行，哥哥。”典子喘息着说道，“哥哥难道没看见他的眼神吗？吉藏要杀你啊！而且，他也绝不会放过知道这件事的我。”

“小典，对不起，是我连累了你，让你陷入这么危险的境地……”

“没关系，我不在乎。快些逃吧。啊，已经追到那里了。”

这种情况下，有一点我们比吉藏有优势，那就是我们走过这条路，哪怕只走过一次。所以吉藏不时会磕磕绊绊，我们走起来顺畅多了，甚至可以充满自信地跑下去。于是，吉藏和我们之间的距离渐渐拉远了。但也有一点对我们不利——我们不能关上手电筒，否则会十分危险，无法逃跑。于是手电筒的光成了吉藏追踪的目标。

渐渐拉远的距离让吉藏焦躁起来，发出阵阵叫骂，每一句都像在用鞭子抽打我的身体，令我感到阵阵恐惧。我们除了逃跑别无选择。靠着昨天放下的线，我们拼命地跑，不久就到达了第一个线轱辘所在的地方。

"我们得救了。哥哥。"典子一边喊一边从钟乳石上解下线轱辘，"只要一边收线一边逃跑，吉藏就不认得路了。而且这边的洞窟地形那么复杂，他一定会走到岔道上去的。我们从鬼火之渊逃出去。"

我完全赞同典子的想法。虽说能够暂时歇口气了，但还远远达不到放心的程度。我们刚刚跑出四五十米远，突然有一道令人目眩的光从正面照了过来，我立刻站住了。

"啊哈哈哈，找到了，找到了！我就说嘛，好像听到有人说话的声音，于是在这里等着，果然被我给找着了。咦？还有一个人是谁？"

那道光离开了我，照向典子。

"哟，这不是里村家的典子吗？这么说你们两个在这种地方私通了？哈哈哈，这样正好。喂，臭小子。"光束又移到了我身上，"你一个人太孤单了，就让我送你一个黄泉路上做伴儿的吧。"

此人不是别人，正是西屋的工头老周。他在一头白发上系了一条正面打结的包头巾，一只手攥着鹤嘴镐，另一只手拎着一盏孔明灯。他的眼中冒出刽子手般的杀气，闪闪放光。我一想到鹤嘴镐插在我头顶的样子，吓得浑身都麻木了。

老周向前走了一步，可我却动不了了。老周又向前走了一步，我还是动弹不得。然而，就在这时，典子突然大喊一声，同时挥了一下右手。刹那间，有什么东西击中了老周的脸，细粉一样的东西顿时向四周飞散开来。老周扔掉了鹤嘴镐，啊的一声叫了出来，用一只手捂住了脸。

“哥哥，快跑！”

典子抓住我的胳膊，我一下回过神来。我们手牵手，再次逃向了洞窟深处。

事后典子才告诉我她使用的是什么迷眼睛的东西：“我担心偷偷跑去哥哥那里时会被抓住，便准备了两三个里面装了灰的鸡蛋壳，一直随身带着。要是早知道会用在那种坏蛋身上，我就不会往里装灰了，应该装上辣椒粉。”

我们回到第四洞窟和第五洞窟的交会处，可是无法进入第五洞窟，因为吉藏正从那边赶过来。

“没办法。哥哥，往这边的路上逃吧。”

“可是小典，我们还不知道那条路上会有什么。那条路一次都没走过啊。”

“哥哥，总好过在这里坐着等死吧。啊！哥哥，他们过来了！”

第五洞窟那边，火把忽明忽灭的火光渐渐靠近了。同时，从第四洞窟那边传来老周愤怒的咆哮声。我们本能地转过身，闯进了那个未知的洞窟。

啊！黑暗！

我们的前方是无边无际的黑暗。那片黑暗中究竟隐藏着什么？是魔鬼还是毒蛇？即便有魔鬼和毒蛇，我们现在也无暇顾及了。

身后渐渐逼近的现实中的危险已经将我们驱赶进了绝望的黑暗深处。

这个洞窟里也有无数岔路。可是，背后有两个杀人魔在追赶，我们根本没有时间拉线做标记，只能在网状的迷宫里怀着绝望的恐惧向前逃跑。啊，事已至此，即便我们能逃脱吉藏和老周的魔掌，也不知道能否平安无事地从这个洞里出去。

“啊，哥哥，那是什么声音？”典子突然停住了，抓着我的胳膊问道。

“嗯？什么？”

“你听，就是那个声音啊。是风声吗？”

果然，从远处传来呜呜的声音，并且很快就消失了，典子的眼睛里放出了光。

“那是风声！一定是。附近一定有出口，有通往外面的出口。哥哥，我们走！”

此后我们也时常听到呜呜的声音，可是根本没有什么出口，相反，没过多久，我们的逃亡就不得不画上了句号。典子和我几乎同时叫出了声，然后就站住了。我们绝望的目光投向横亘在眼前的冰冷墙壁，终于被追赶到死胡同里了。

“哥哥，关手电筒！”

我们赶紧关上手电筒，可是为时已晚。老周的灯笼已经远远捕捉到我们的身影，他的身边还有吉藏。他们知道我们已无路可逃了，当即停止了追赶，然后提着灯笼将我们上上下下打量了一遍。

“哈哈哈哈！”老周发出恶毒的笑声，“你们终于无路可逃了！”

他和吉藏对视一眼，狞笑起来。那笑容实在可怕，简直像滴着血一样。

他们距离我们大约二十米，缓缓向前踏出了一步。老周握着鹤嘴镐，吉藏拿着棍棒……

典子和我紧紧握着手，后背贴在岩壁上，纹丝不动地盯着他们。没有人说话。我像是醉了一样，以前我好像多次遇到过类似的情况。

他们又向前走了一步。

这是我最后一次清楚地看见他们活着的样子。我完全不知道究竟发生了什么。那阵时常响起的风一样的声音忽然在附近呼啸起来，然后我就被一股莫名的力量推倒在地。那声音又响了两三次，周围的空气剧烈摇晃起来。接着，一些硬邦邦的东西噼里啪啦落在我头上。随后我就昏了过去，什么也不记得了。

黄金雨

我们究竟昏迷了多久？后来回想起来，时间应该不长。

当我清醒过来时，四周一片黑暗，偶尔传来微弱的风声，洞窟里一片死寂。我侧耳倾听。老周和吉藏怎么了？典子呢……

“小典！小典！”我低声呼唤着，摸索四周的地面，手突然触到了柔软的身体。我连忙抱起她。“小典！小典！”我摇晃着她，喊了几遍她的名字，突然听到了抽泣般的吸气声。

“哥哥？”典子坐了起来，“刚才是怎么回事？老周和吉藏怎么了？”

“我也不知道。小典，你知道手电筒在哪里吗？”

“手电筒？啊，在这儿。”

典子似乎是握着手电筒昏过去的。我打开手电筒，先照了照身边。很快，我的手电筒也找到了。我弯下身，想捡起它，身体却像石头一样僵住了。啊！在这个故事里，我曾经多次感到震惊，但是都比不上这次——我的手电筒旁边散落着两三枚熟悉的大金币。

“哥哥，你怎么了？”

听到典子的声音，我才回过神来。我用颤抖的手捡起一枚金币，默默地递到典子面前。我想说话，可舌根已经僵硬，发不出声音。典子也惊讶地睁大了眼睛。她急忙弯下腰，捡起两枚金币，然后又用手电筒照着四周寻找。我们总共找到了六枚，这下金币一共有九枚了。

典子和我静静地对视一眼。

“哥哥，真奇怪。为什么金币会散落在地上呢？”

答案很快就揭晓了。因为就在这时，那个风声般的呜呜声再次响起，洞窟剧烈摇晃起来。典子和我不禁拥抱在了一起，这时，金币噼里啪啦地落在了我们的肩膀上。我们下意识地向上看去。在那一瞬间，典子像疯了一样大喊起来：“啊！哥哥！在那里，在那里！是从那里掉下来的！”

这个钟乳洞很高，大约有九米多。无数粗大的钟乳石柱沿着洞壁像蛇一样缠绕在一起，扭曲着向上长。神奇的是，这些石柱在距离洞顶约两米处都被截断了。现在阻断我们前路的洞壁和洞顶之间就有着大约两米的缝隙，在洞壁的一角，有几枚金币仿佛马上就要滑落。不一会儿，它们就在我们眼前哗哗落下。我们不禁对视了一眼。

“哥哥，这就是宝藏啊！”

我没有说话，点了点头。最初的兴奋过去了，我们恢复了平静。

金币为什么会藏在那种不上不下的地方呢？我是这么想的：

尼子家族的逃亡武士藏匿金币的那个时代，这里的洞顶还没有这么高，从现在的洞顶处往下两米处即现在的洞壁上部，应该是当时的地面。地面经过长年累月的侵蚀，渐渐变深，最后形成了现在这样的洞顶很高的洞窟。尼子家的逃亡武士堆放宝物的地方是坚硬的岩石（现在已无从得知他们究竟是否知道这一点），逃过了侵蚀，于是宝物不知不觉间就被留在了这块岩石高台上。也正因如此，迄今为止才逃过了许多冒险家的眼睛。

命运是多么具有讽刺意味啊！在数百年的悠长岁月中，多少冒险家为寻求宝藏丢掉了性命！然而，一直巧妙隐藏的黄金竟然从天而降，落在了偶然闯入的我们的头上。这不能不说是造化弄人。

命运的捉弄不止这些。上天让我轻而易举得到了黄金，却堵住了将黄金带出去的道路。

我们从刹那的黄金美梦中醒来后，又想起了老周和吉藏，便打开手电筒四处寻找。我们发现了一个令人毛骨悚然的事实。我们刚才经过的通道已被岩石和土封得严严实实。

看来是发生了塌方，埋葬了老周和吉藏，同时也把我们关在了洞窟中。

“小典！”

“哥哥！”

我们紧紧拥抱在一起。

“小典，完了，我们出不去了。我们只能在这里饿死了。”接着，我狂笑起来，“上天把黄金给了我，却断了我的归路。我们会像国王弥达斯那样，抱着黄金活活饿死。”

我又大笑起来，一边笑，一边为自己的凄惨遭遇泪流不止。典子却远比我镇静。

“哥哥，要坚强啊！我们不会死，一定会得救的。救我们的人很快就会出现。”

“谁……谁会来救我们？别的不说，咱们被困在这里这件事，根本没有人知道！”

“不，不是这样。”典子断然否定，“村里所有人都知道哥哥在鬼火之渊对岸。既然老周和吉藏跨越了禁地鬼火之渊，说明麻吕尾寺的住持师父已经说服了村民前来营救哥哥。一定是老周和吉藏不服气，脱离了全村人，独自跑来杀你。”

后来我们才知道，一切正如典子的推测。老周和吉藏看到村民们态度软化下来，十分愤怒，便踏入了禁地鬼火之渊，最终落得如此凄惨的下场。

典子继续说道：“所以说，很快就会有人来接咱们了。不，说不定他们已经在路上了。就算村里人害怕越过鬼火之渊，警察也会来的。啊，对了。金田一耕助，那个人一定会来的。一旦他发现了第四洞窟和第五洞窟里的线，一定会立刻领悟其中的意思。只要顺着线走，必然会走到那两个洞窟的交会处，那就离这里不远了。而且金田一耕助知道线的使用方法，一定会把洞窟都逐个检查一遍。所以，我们要稳住心神，竖起耳朵，不要听漏了任何微小的声音。那些人一定会喊着哥哥的名字找过来的，我们要是听见了也得回应啊，而且还得告诉他们我们所在的位置。”

典子突然站起身，将落在地上的金币都捡了起来，然后在洞穴一角挖了个洞埋了起来。我吃了一惊，问她这是在干什么。

典子笑着说：“这些金币是哥哥发现的，就归哥哥所有了。营救的人若是找到了我们，那时我们意识清醒还好，万一昏迷了，那些人就会发现这些金币。所以得先把金币藏起来，得救之后再回来取。那面墙上面一定还有很多很多金币呢。”

啊！女人真是种奇妙的动物。现在还不知能否得救，她便已经做好了未来的规划。但她这些慎重的准备日后全都派上了用场。她说的话都应验了，我们便是按照她所说的过程被救了出来，只不过这个过程足足花了三天。

埋完了黄金，典子走到我身边，很是为难地看着我。

“金币的问题解决了，剩下的就是这个案件的凶手了。关于这件事，我有话要问哥哥。”典子用郑重的语气说道，然后目光炯炯地看着我，“哥哥刚才说了一句奇怪的话，说小指被咬伤的人是我哥。这么说，哥哥你在怀疑我哥，是吗？可这是为什么？我哥他为什么要干那种无聊的蠢事？我哥他怎么会去杀害那些毫不相干的无辜的人呢？”

现在的典子和平时判若两人，浑身上下充满咄咄逼人的气势。典子爱我，但是也同样爱她的哥哥。所以一旦有人冤枉他的哥哥，即便那个人是我，她也无法视而不见。

我被典子的气势震慑住了，一时间语无伦次。可是，既然被质问了，就必须回答。我说出了自己的推理。最后我说道，这一系列杀人案其实是为了掩盖将田治见家族斩尽杀绝这个目的而施行的。典子突然身体一颤，脸色刷的一下变得惨白。接着，她眼珠一动不动，思考了好一会儿，终于抬起头来看着我，眼睛里充满泪水。

典子温柔地握住我的手，嘴唇颤抖着，轻声说道："我明白了，事情应该就是哥哥推测的那样，这一系列变态杀人案的动机除此之外再也想不出别的了。可是，哥哥，凶手不是我哥。要是哥哥对我哥再多一些了解，就绝对不会产生这样的怀疑。我哥是个正直的人，是个自尊心很强的人，就算饿肚子，也绝不会觊觎别人的财产。而且，小指被咬伤的那个人，不是我哥。"

"是谁？手指被咬的人究竟是谁？"

"森……美也子小姐！"

我的头仿佛被钝器重重击打了一下。巨大的打击令我浑身都失去了知觉，一时间连话都说不出来了。

"森……美也子？"

我痛苦地喘息着。呼吸仿佛要停止了。

"是的。她想秘密医治受伤的手指，这下坏事了。听说伤口感染了恶性病菌，她全身都肿了，变成了可怕的紫色，一下子陷入病危状态。新居先生连忙赶了过来，这才知道她小指受了重伤。这是今天早上的事情。当然，谁也不知道那个伤口究竟有着怎样的秘密。"

"美也子……她……可是，她到底是为什么？"

"应该就是哥哥你考虑的那样吧。她想让我哥继承田治见家。她一定是觉得只要我哥继承了田治见家的巨额财产，就有信心向她求婚了。可怕的美也子小姐！可怜的美也子小姐！"

典子将脸埋在我怀里，潸然泪下。

后事（一）

故事写到这里，几乎可以算是终结了。因为宝藏找到了，凶手也找出来了。但还有很多细节尚未完全弄明白，诸位读者也一定有许多疑问。因此我决定一边回想，一边把那些事情写在这里。

在此之前，我想说一说我们被救的经过。就像此前所说，救援工作正是按照典子说的过程进行的，而且比她设想的还要迅速。这多亏了吉藏的火把。洞里空气流动性差，积攒的味道很难散出去。吉藏拿的火把发出了一股猛烈的油烟味。气味残留在洞里，成了搜查队的路标。

他们也没想到老周和吉藏竟然会为了抓我而潜入鬼火之渊深处。由于长英的努力，村民们总算被稳住了。与此同时，金田一耕助和矶川警部，还有两三个刑警，已经来找我了。他们隔着鬼火之渊喊了一会儿我的名字，不见回应，便担心起来，于是渡过了鬼火之渊。

在第四洞窟和第五洞窟里，金田一耕助发现了那根线，立刻领悟到了我做的事情。进展到此为止还算顺利。可是在第五洞窟里发现了被踩踏的便当和风衣，并且闻到洞里有一股强烈的油烟味后，他顿时心慌意乱。因为我不可能拿着火把，而那个同情我的人（虽然他不知道那人是谁，但从四周的情形判断，明显有一个同情我的人在场）也不可能举着火把来找我。

因此他们紧张起来，决定沿着线进入洞窟。他们很快就走到了两个洞窟的交会处，那根线到这里就断了。油烟的味道成了路标。金田一耕助十分小心，为防万一，他一路仍旧拉着线，就这样一直走到了塌方的地方。所幸塌方的范围不是很大，他们的喊叫声和脚步声虽然很微弱，但还是传到了我们耳朵里。我们用尽全身力气敲打洞壁和地面，直喊得声嘶力竭。

就这样，他们知道塌方的对面还有人活着，便火速组织了救援队。救援工作十分困难且危险。洞窟又深又窄，不知道什么时候又会发生塌方。但他们还是从附近的N町找来人手加入，昼夜不停地工作。

我和典子能感到塌方对面人们的努力，我们一方面心怀感激，另一方面又因救援的缓慢而心急如焚。这实在是希望和不安交织、极度紧张的三昼夜。

最终，我们在第四天早晨被营救出来。当时，塌方的墙壁上出现了我们盼望已久的缝隙，救援的人从那里跳了进来。我很没出息地差点昏了过去。跳进来的人有金田一耕助、矶川警部，以及慎太郎，然后就是麻吕尾寺的英泉。他眼含泪水，一副惊慌失措的样子。他的反应在疲惫不堪的我看来很是奇怪。最后，一张熟悉的面孔出现在我面前，我却无论如何也想不起他是谁。

“寺田君，要坚持住啊！是我。你忘了吗？我是神户的诹访律师啊。你真是遭罪了啊！”

说着说着他便掉下泪来。我惊讶地想，这个人为什么会在这里呢？想着想着，眼前模糊了，我渐渐坠入了梦境。

此后的一周，我一直在发高烧，游走在梦幻和现实之间。极度的恐惧、兴奋以及洞窟里不规律的生活真的让我生病了。后来典子告诉我，就连新居先生都皱了好几次眉头，她的心里别提多焦急了。她的情况好一些，睡了三天后便一直陪在我身边。

就这样，一周左右的危险期过去了，我第一个想到的便是美也子。可是，我没有勇气开口问这件事，身边的人似乎也在刻意回避，没有一个人提到她的名字。事后回想，曾经震撼整个八墓村的连环杀人案竟然在一周之内彻底解决了。不，从我被救出洞窟的那一刻起，就已尘埃落定。

度过了危险期，我恢复得也很快，不久，身体就和以前一样了。

一天，金田一耕助来了。

“哎呀，你已经完全恢复了嘛。不错，不错。今天我来是因为有人要我带个口信给你。”

他仍然是那么飘然。

“哦？”

“麻吕尾寺的住持师父说，等你身体康复了，希望能见一面，他有话要对你说。希望你能去寺里一趟。你这次的事也多亏了住持师父，过去跟他打个招呼如何？”

“啊，真是不敢当……我也一直想去拜访他。那我这就出发吧。”

“怎么样？要不要我陪你一起过去？我正好要回西屋……”

金田一耕助提出要和我同行，一定是考虑到万一我遇上村里人，双方都会很尴尬。我对他的好意表示感谢，和他一起上路了。

“你还在西屋住？”

“嗯，我正考虑着差不多也该离开了。”

“警部呢？”

“他回冈山了，两三天后应该还会回来。对了，我还要拜托你一件事，警部回来后我想把大家召集起来说一说这次的案子。至于集会的地点，我想借贵府的别院一用，不知方不方便？”

我没理由拒绝，便立刻答应下来。此后一路无话，金田一耕助一直把我送到了姥市的尽头。

“那么，我就送到这里了……请代我向住持师父问好。你可千万别太吃惊啊。”

说完这句奇怪的话，他便笑着离开了。我有些纳闷。难道还有令我吃惊的事情？我经历的那些遭遇，应该早已让我对吃惊这件事产生免疫力了。

然而，我错了。在这个事件的最后，我又遭遇了莫大的震惊。

长英师父虽年迈多病，可是看起来气色很好，长着一双很有福气的眉毛，身材也很高大，而且有些发福。听说他中风了，生活起居不太方便，说起话来发音却很清晰。我向他表达感谢，他靠在被褥上静静地听着，似乎十分高兴。

“哎呀，太好了，太好了。你能平安无事，这太好了。我一开始毫不知情，所以出手晚了，真是抱歉！之前听说你病得很严重，今天总算是来了。”

“是的。听说您有话对我说？”

“没错。英泉，你在那里慌什么？不像话。要镇静。”

英泉很是为恩师着想，一直在忙前忙后地照顾，但不知为何，他有些慌张，而且尽量不往我这边看。这让我觉得很是奇怪。

“辰弥啊，我要说的就是关于英泉的事。我听说你和他有些奇怪的误会，在这里就尽释前嫌吧。因为他和你有着极深的缘分。”

“师父！”

“你莫要阻拦。我要把一切都说出来，你不是也已经做好思想准备了吗？辰弥啊，英泉在满洲经历过艰苦的修行，所以长相完全改变了。除了梅幸，没有一个人认出他。你可知道，他就是当年村里学校的老师龟井阳一，和你母亲有着极深渊源的那个人啊！”

啊？这怎能叫我不吃惊！父亲——没错，我出生二十八年来，第一次见到了亲生父亲。我开始颤抖，浑身上下像着了火一般。那是一种莫名的激情，已经超越了怀念与憎恨。我默默地注视着父亲的侧脸。父亲只是一个劲儿地呜咽，甚至不敢正视我一眼。也难怪没人能认出他来，他的转变太惊人了！屏风里发现的那张清秀的脸孔已荡然无存。就像风雪削去了美丽的山川秀色，只剩下丑陋的秃山，二十八年的岁月已经彻底改变了父亲的容貌。

“辰弥，看来你也知道龟井阳一这个名字啊。”

长英凝视着我。我点点头，心想，与其在这里互相猜度试探，倒不如把一切都说出来，这样对方说话也方便。

“我在屏风里发现了他和母亲交换的信件，还发现了母亲珍藏的他年轻时的照片。”

长英和英泉吃了一惊，互相看了一眼。

我接着说道：“那张照片是他二十七岁时的照片，他的脸……长得和我一模一样。所以，我大体知道我和他是什么关系。”

英泉突然用两手捂住眼，放声痛哭起来。

长英责备道：“成何体统！控制一下你的情绪。辰弥啊，有些话不用说得那么透。但既然你都知道了，那就好办了。英泉，不，应该是龟井，在二十六年前那件事发生的那个晚上住在这里，躲过了一劫。他觉得那件事终究是由他而起，便立誓出家，逃出村子做了和尚。他想经历最苦的修行，便深入满洲腹地，做了苦行僧。后来战败了，他被强制送回国，走投无路之下便投奔了我。也是因为这个，他觉得这么多年来他一直丢下你不管，实在是对不起你。但毕竟事出有因，你就原谅他吧。”

英泉还在哭泣。我也甚是心酸，点了点头。

“那么，咱们就来说说这次的事吧。英泉听说东屋的两位老夫人在寻找你，并且想要把你接回来，吃了一惊。关于你的身世，在当时就有许多传言，这件事小梅夫人、小竹夫人还有久弥应该早就知道。为什么以前一直对你放任不管，到如今又要把你找出来呢？他越想越觉得不安，正好又有事情要到神户去办，就顺便调查了你的性格品行。也就是说，他也不知道你到底是谁的孩子。其实如果他能亲自见见你，就什么都明白了……”

长英苦笑了一下。

我决定敞开心扉。“原来如此，我大体明白了。但有一点我不明白，莲光寺的洪禅师父被杀时，为什么你会觉得我是凶手？”

英泉闻言露出痛苦万分的表情，向师父投去求救的目光。长英向前欠了欠身。

“这件事英泉也跟我说了。你来到村子里以后，英泉时常见到你，也渐渐明白了你是他的孩子。英泉说这让他十分害怕，仿佛以前的罪孽都被清楚地摆在眼前，令他十分煎熬。另外还有一件事在折磨他，那就是他不知道你是怎么想的。你是否知道自己身世的秘密？不，如此轰动一时的惨剧，你不可能不知道。那么你一定也知道自己不是要藏的孩子。明明知道这个事实，却还恬不知耻地想要继承田治见家的财产，一想到这个，英泉就害怕得不得了。他觉得你是个天一坊[①]那样的恶人，为了侵占田治见家的财产不择手段，是个不惜杀害自己外公和哥哥的可怕怪物，而且这个怪物竟然是他的孩子。就在他被自己过去的罪孽折磨得痛不欲生时，莲光寺的洪禅又在他的眼前被毒死了。于是他误以为你知道他是你的父亲，并且想要下毒害死他。英泉是这样想的，若是他不小心说出自己是你的父亲，就会妨碍你继承田治见家的财产，所以你才想除掉他。那段时间，英泉对你的为人不是很了解，深深陷在各种苦闷和烦恼中，所以你就原谅他吧。”

原来那个时候父亲责备的不是我，而是他自身所背负的过去的罪恶感。想到这儿，我便原谅了他。

“我明白了。若是一开始我就知道自己不是田治见家的孩子，无论别人怎么劝我也不会回来的。我还有一事相问，从洞穴悄悄潜入别院的那个人是你吗？姐姐捡到了你丢下的那张密道地图。那究竟是怎么回事？”

长英做了解释。

“辰弥啊，人呢，就算积累了很深的修行，也很难摆脱苦海。英泉本以为已经忘记了过去的一切，正因如此，他才回到了村子。可是，随着时间的推移，他的心情渐渐平静下来，又开始思念阿鹤——你的母亲了。你母亲贴在屏风里的书信是两个人之间的秘密，当他得知那扇屏风还放在别院里，便迫不及待地穿过地道去看那扇屏风了。特别是你回来后，开始住在别院里，他便越发地怀念了，时常

①全名天一坊改行（1699－1729），江户时代僧侣，谎称自己是将军的私生子，后被处以死刑。

在地道里徘徊。对了，那次你、春代和里村家的典子在天狗之鼻看见他的时候，也是因为他想见你，所以在地道里转悠，结果听到了可怕的惨叫声。他害怕得不得了，连走路都不敢发出声音，没想到正好被你们看见了。他有这些举动，都是因为太想念你了。你就莫要再怀疑他了。”

我想起那天晚上掉在我脸颊上的热泪，顿时觉得眼角湿润了。我默默地点了点头。

“原来是这样。我还以为他在寻找宝藏。”

“啊，关于这个，”英泉终于开口了，他用低沉的声音小声说道，“我年轻的时候也曾热衷于寻宝。这座寺里一直流传着奇怪的地图与和歌，我曾经得到师父的允许，将它们誊抄下来，然后不顾一切地在洞穴里四处寻找。但那些都是以前的梦想了，现在我已经不再做那种不切实际的梦了。”

“不，那不是梦。的确有宝藏。”长英的语气很坚定。他仿佛想起了什么，面向我说道：“我想起来了，辰弥，这次你和典子被困的地方，或许就是宝藏所在的地方……因为听那些前去挖老周和吉藏尸体的人们说，那里以前也发生过塌方。那时人们发现了一具古老的人骨，旁边散落着一些水晶念珠，所以人们就怀疑那是个和尚。再联想一下寺里流传的那首和歌，‘进入宝藏之山的人，要领略龙之颚的可怕’，我总觉得发生塌方的地方就是龙之颚。如此一来，你们被困的地方应该就是宝藏所在之地了。”

虽然有些对不起长英，但我并没有回应，而是默默地垂下了头。

后事（二）

姐姐五七那天的晚上，东屋别院的客厅里召开了一次集会，对这次的事件进行最后的总结说明。

参加集会的有金田一耕助、矶川警部、新居医生、西屋的主人野村庄吉、麻吕尾寺的英泉师父、慎太郎和典子兄妹、从神户回到八墓村的诹访律师，再加上我，一共是九个人。

因为那天是姐姐的五七，便准备了些薄酒，能喝的人就畅饮，不能喝的人则大吃，这是我来到村里以后第一次经历气氛如此祥和的聚会。

金田一耕助似乎和我一样不胜酒力，一杯啤酒下肚脸就红了，不停地挠着他那头乱发。在矶川警部的催促下，他终于结结巴巴地开口了：

“警部您应该知道，不知为何，我似乎和冈山这个地方特别有缘，一起和您办案也不是头一遭了，但像这次这样棘手的案件还是第一次遇到。我说这话并非谦虚，在这里我明确地告诉大家，在这次的案件里，我基本上没有发挥什么作用，完全是一个旁观者。最有力的证据是，即便没有我这个人，这个事件也会自然终结，凶手会顺理成章地受到惩罚。但我从一开始就知道凶手是谁。从辰弥君的外公丑松先生被杀的那一刻起，我就怀疑凶手是森美也子小姐……这话听起来有些自以为是，但的确是事实。知道这件事的并非只有我，还有一个人。这个人不是别人，正是坐在这里的西屋主人野村庄吉先生，美也子小姐的大哥。”

包括我在内的所有人都大吃一惊，看向西屋主人。野村庄吉只是沉着脸，缄口不语。

“那么我究竟是为何来到这个村子，并且在西屋住下了呢？相信只要我说完这一点，在座诸位就都明白了。庄吉先生对他弟弟，即美也子小姐的丈夫达雄先生的死怀有深深的疑问。达雄先生是在太平洋战争爆发的第三年去世的，据说是因为脑溢血。庄吉先生对此产生了强烈的怀疑，认为达雄是被人毒死的，凶手就是美也子……”

我们一片愕然，再次将目光投向西屋主人。尤其是慎太郎，他脸上那震惊和苦恼的神情尤其深刻。他呆呆地看了西屋主人一会儿，肩膀突然沉了下来，整个人都垮了。西屋主人却像是戴了能乐面具，眉毛都不动一下。

“至于西屋主人为什么会产生这样的怀疑，与本次事件没有直接关系，就不细说了。总之，庄吉先生十分疼爱弟弟，无法将这个疑问埋在心里就此作罢。要是有可能，他想找出真相，向凶手复仇。就在那前后，我因为‘夜行’那个案子来到附近的鬼首村，他一直等到案子结束，然后托我调查此事。所以我是抱着调查森美也子的目的来到这个村子的。”

矶川警部似乎也是初次听说这件事，看向金田一耕助的眼神中带着些许责难。他一定是在想，若早点儿知道此事，这个案子也能早点儿解决了。耕助对他的责备完全视而不见。

“来到这个村子后，我向西屋主人详细了解了情况，询问他怀疑美也子的动机和根据。可是那些都十分薄弱，即便有证据，到了现在也无法再调查了。我没有信心接手这个案子，就想拒绝并离开。

就在这时，我听到了丑松先生在神户被毒死的消息，而且美也子小姐竟然主动请缨去神户善后。还有一点，根据西屋主人的说法，达雄先生临终时的情形与丑松先生一模一样。于是我不得不开始重新考虑这件事，再加上西屋主人希望我能多留一阵子观察情形，随即又发生了久弥先生被杀一案，我本人也想主动要求留在这里了。”

在场的人默不作声地听着，没人说话，甚至没人咳嗽一声。只有诹访律师在一小口一小口地独酌。

“当着当事人的面说这话可能有些不太合适，但西屋主人当时一心想为弟弟报仇，对美也子恨之入骨。所以当丑松先生、久弥先生相继被杀，他立刻断定这些都是美也子所为。他说，包括达雄先生在内，这些案件的手法都是一致的。他说得或许有道理，而且事实上美也子也的确有下毒的机会。丑松先生去神户之前，曾经托美也子给诹访律师写了一封介绍信。那个时候美也子有机会调换胶囊。另外，大家也都知道，杀死久弥先生的毒药是在久野医生的诊所投放的，美也子经常出入那里，也有作案机会。可是，这就是最难办的地方——不能只因一个人有作案的机会就告发他。人不可能只凭机会就去杀人，行动的背后应该还有动机。那么美也子的动机究竟是什么？杀夫这件事可以另当别论，可是杀死丑松先生和久弥先生对她没有丝毫好处。不，现在案子已经终结，回过头来看可以发现久弥先生被杀有着重大意义，可是当时我并不明白。如果当时只有久弥先生被杀，或许我还能看穿凶手计划的第一步。可丑松先生已经先被杀了。一般人都会习惯性地认为杀丑松先生和杀久弥先生的动机是一致的，这样想的结果就是越想越糊涂，一切都搞不清楚。当时我还把达雄先生的情况也放在一起考虑，所以更加糟糕。达雄先生和牛贩子丑松先生，再加上东屋的主人，如果三桩案子都是同一个凶手所为，那么这个人就是一个彻头彻尾的疯子。可我们的女主人公美也子才貌双全，无论如何也想象不出她会做出这种早发性痴呆症般的犯罪行为。后来，随着莲光寺洪禅师父和梅幸尼姑被杀，这个特点越发突出。在这一连串杀人案中，只有当最后一个人被杀的时候，动机才会浮出水面。这也是这个案子最难的地方，凶手泰然自若地隐藏在‘动机不明’这一事实的背后。所以，如果那个时候——梅幸被杀时，枕边没有掉落那张纸条，凶手的动机可谓隐藏得天衣无缝。凶手把那张纸片放在梅幸枕边，这标志着到那时为止堪称完美的凶手第一次犯了错误，而且是双重含义上的……”

这时，诹访律诹师给金田一倒了杯啤酒，他便暂时停下了，喝了一口酒润了润嗓子，又讲了起来：

“实际上，迄今为止这一连串杀人案，只要一涉及动机，我们就束手无策了。从丑松先生到梅幸，这四桩杀人案究竟会有怎样一个贯彻始终的动机呢？我们只能认为这是完全没有动机的杀人案。然而，那张纸条第一次让凶手露出了类似动机的东西。小竹杉树被雷劈裂，这件事让某个人从神灵那里获得了可怕的启示，于是要从村里并列或对立的两人中选取一人杀死，作为供奉给八墓明神的活祭品。这种狂热信徒式的动机，作为发生在八墓村的杀人动机再合理不过了。然而，就算再合理，也实在过于虚幻，而且狂热信徒的犯罪历来是激情犯罪，像这种阴险而巧妙的例子实在少见。总之，凶手第一次呈现出类似动机的东西，所以我对那张纸条产生了兴趣。莫非凶手是为了掩饰真正的动机，才故意展示了这样的动机？这么一想才发现，这哪里是毫无动机的杀人，这个案子的凶手明明就是个极其厉害的角色。仅仅是捏造出纸条展示的动机，就已绝非寻常之辈了，而且还想以此掩饰真正的动机，这分明是犯罪高手所为啊。在杀人案中，如果能巧妙地隐藏动机，凶手的计划就已经成功了一半。说实话，当时我几乎已经束手无策了，可这样一来又燃起了斗志。凶手过早摊出了底牌。”

金田一耕助歇了口气，接着说道：

“凶手的另一个失败之举就是弄错了拿出那张纸条的时机。梅幸是吃了东屋送来的饭菜死掉的，但综合前后情况来看，投毒很明显是发生在东屋的厨房。因此，凶手完全没必要去梅幸的庵堂。那么，为什么那张纸条会出现在那里？难道是凶手特意放过去的？没错。除此之外想不出别的可能性。是什么时候放过去的？凶手十分聪明。梅幸被杀一事迟早会被发现，凶手绝不可能深夜偷偷潜入发生杀人案的屋子。因此，放纸条的最佳时机，就是在辰弥君和美也子去庵堂拜访并发现尸体的时候。在那时，两人中的一人悄悄扔下那张纸条，让另一个人发现。凶手觉得再没有比这更好的时机了，便付诸行动。殊不知，这才是最糟糕的时机。因为在两人抵达庵堂之前，浓茶尼姑已偷偷潜入，并在尸体周围转了一圈。对这件事的不知情，是凶手最大的失误。浓茶尼姑有可能会说出这样的证词：‘尸体周围绝对没有那张纸条。’若真是这样可不得了，于是那天晚上凶手便潜入浓茶尼姑的房间并杀了她。”

这时，在座的人当中忽然传出一声尖叫。我们吓了一跳，连忙转过头去。是慎太郎。他身体剧烈颤抖，眼中充满恐惧和紧张，不停地擦拭不断流出的汗。

我平静地说道：“那天晚上——浓茶尼姑被杀那晚，我看见你从庵堂方向的土坡上走下来，神情十分可怕，我还以为是你杀了尼姑。如果不是，莫非你那晚在庵堂附近看见了美也子？”

这次所有人都将吃惊的目光投向了我。矶川警部尤其不满，哼了一声。慎太郎双眼暗淡，点了点头。

“没错，我看见了美也子，可我不敢确信那真的是她。她当时穿着一身男装，而且我只瞥到了一眼。当然，她没有发现我。总之就是有一个很像美也子的人从庵堂里出来了。我觉得不可思议，就看了一眼屋里，发现了那具尸体。我无论如何也想不出美也子杀浓茶尼姑的理由，就决定暂时不提这件事。辰弥君，你都看见了吗？”慎太郎擦拭着不断流下的汗水。

矶川警部又重重哼了一声，愤怒地盯着我们俩。

金田一耕助像是要缓和这种局面，说道：

“你们没有将这些情况向我们反映，这无论如何说不过去。虽然现在说这些已经没用了。当时浓茶尼姑被杀，的确是我们的疏忽。我没想到凶手竟然有如此强大的执行力。实际上，浓茶尼姑作为证人究竟有多大的价值还有待商榷。尤其是那么一张小纸条，就算她说没看见，她的话究竟是否可信也未可知。凶手却不这么想，潜在的危险也一定要事先除掉。虽说她是个可怕的人物，可是仔细想想，这的确是最安全的方法。通过这件事，我脑海中森美也子的形象突然清晰起来。此前她只是西屋主人口中那个没有证据的怀疑对象，从她的行动中，我第一次发现了堪称证据的事实。令人头疼的是，几乎就在同时，久野医生突然变成了嫌疑人，而且比美也子的嫌疑更大……”

“对了，久野医生他究竟……”说话的是新居医生，这是他第一次开口，“在这个案子里他究竟是个什么角色？那张莫名其妙的纸条，真的是他写的吗？”

金田一耕助回头看着新居医生，眼睛里射出异样的光。他露出顽童般的微笑，说道：“当然了。那的确是久野医生写的。”

“他为什么……”

“这个嘛，请您听好了，新居医生。这一系列诡异的杀人事件，最初其实是久野医生想出来的。说起他为什么要制订这么一个奇怪的计划，原因其实在您身上，新居医生。”

后事（三）

“你、你、你说什么！”

新居医生不禁高声喊叫起来，声音里充满了惊愕和愤怒。一向温厚的他此时脸色苍白，嘴唇不住地颤抖。我们吃惊地看着这两个人。

“新居医生，抱歉让您受惊了。但我所说的句句属实。久野医生想出那个奇怪的计划，其实是因为您。我绝没有责备您的意思，因为错在久野医生，您只是遭到了坏人的嫉恨。久野医生被您这个外来医生把患者都抢走了，所以他对您可谓恨之入骨。他一定是觉得就算把您大卸八块也难解他心头之恨吧。这样的怨恨越积越深，他终于制订了一个杀您的计划。”

“杀我？”新居医生的脸愈发苍白了。在众人的注视下，他有些不知所措，端着酒杯的手不住颤抖。

“正是。久野医生想杀您，可他知道如果只杀您，他立刻就会被人怀疑。毕竟您夺走了他的病人，全村人都知道他恨您入骨。于是他想，有没有一种方法，即使把您杀了，也不会被怀疑呢？他左思右想，终于想出一个办法，就是这次的八墓传说杀人事件。他巧妙地利用浓茶尼姑散布孪生杉树中的一棵被雷劈倒是八墓明神索要活祭品的谣言，假设村里并列或对立的两者之一会被杀掉，制造出一种迷信式的犯罪。”

“你的意思是，”新居医生惊愕不已地问道，“久野医生为了杀我，打算连累那么多无辜的人吗？”

“正是。久野医生不在乎杀多少人，因为他从一开始就没打算真的去杀人。”

“你说什么？”新居医生瞪大了眼睛，“这话是什么意思？我不太明白。”

金田一耕助睁着天真无邪的双眼，笑眯眯地盯着他。“新居医生，请原谅我失礼了，您看起来是个温厚而完美的人，可是您迄今为止就没有恨过什么人吗？哪怕只有一次。想杀死那个家伙，或是想把他大卸八块之类的，难道您从来没有这样生气过吗？”

新居医生默不作声地看着金田一耕助，轻轻地点了点头。“说完全没有这样的想法也是骗人的。当然，我从没想过要付诸行动……”

“对吧？对吧！”金田一耕助好像很高兴，不停地挠着头上的鸟窝，说道，“我们这些愚钝的凡人，始终都是在精神上杀人的。在座的这位警部，已经不知道在脑海里杀了我多少回了。哈哈哈哈！算了，先不开玩笑了。久野医生的杀人愿望也是这种程度。他从一开始就没想付诸行动，所以只是极尽所能地将计划制订得奇特而夸张。

如果他只是在脑子里制订这么一个计划，是没有什么错的。不幸的是，他乘兴写成文字记录了下来。这就是这一切错误的源头。”

“那个记事本是怎么落到美也子手中的？”野村庄吉终于开口了。

“我正要说这个。中间人正是浓茶尼姑。久野医生实在是不小心，竟然将记录了如此重要信息的本子放在出诊提包里，带着到处走，结果被浓茶尼姑偷走了，她将提包乱翻一气，觉得记事本没什么用，便随手扔掉了，但不幸被美也子捡到了。大致经过就是这样。”

在场的人不禁深深叹了口气。金田一耕助的眼神暗淡下来。

“其实，谁也不知道事件的起因出自哪里。美也子就算没有捡到那个记事本，或许也会做类似的事。那个记事本加快了她的行动，这一点毋庸置疑。她看过记事本中那奇妙的杀人计划后该是多么惊讶啊，因为里面还写着她的名字，和春代的名字列在一起，都是作为牺牲者。她很快意识到这只是久野医生空想出来的不会付诸实施的计划，也注意到这和她一直想做的事——将东屋的人斩尽杀绝——不谋而合，因为那上面列举的牺牲者包括东屋所有的人。她将久野医生制订的这个以杀新居医生为目的的杀人计划原封不动地拿来，只是将目标偷换成了东屋一家。命运就这样注定了。美也子和久野医生不同，是个极富行动力的人，所以一切都在按照计划有条不紊地进行。于是，诡异的八墓村连环杀人案拉开了帷幕。”

令人窒息的沉默笼罩了人群，所有人的心情都郁闷到了极点。不久，金田一耕助似乎想要打破这沉默，大声咳嗽了两三声。

“虽说是自作自受，但这个案子里最可怜的还是久野医生。看到村里人依次按照自己编的计划被一个个杀掉，他该感到多么震惊与恐惧啊！当然，在他的计划里，除了新居医生以外，杀死两人之中的哪一个并未确定。可这件事他又不能对别人说。他只能睁着恐惧的眼睛关注事态发展。终于，他亲笔书写的那份杀人计划表出现了，他被打入绝望的深渊。他一度极力否认，可人们终究会查出那是他的笔迹。到时候该怎么辩解呢？那个愚蠢荒唐的计划，是因为自己太忌妒新居医生了，写出来只是发泄不满——这样的话他怎么说得出口？于是他出逃了。除了暂时躲起来，他别无出路。凶手把他骗到洞里，用毒药杀了他。我们已无从得知当时凶手是用怎样的花言巧语欺骗了他，估计是劝他在事态平息之前先躲一阵子，终归会找到解决办法之类的吧。毕竟对方是女人，久野医生最终也放松了警惕。”

“这么说，美也子对洞内的地形很熟悉？”我问道。

“没错。毕竟她是个才华过人的女人，不可能对宝藏传说不感兴趣。我觉得她很早就进行过洞窟探险，而且有确切证据表明她曾经出入地道。警部，麻烦您把那些东西给大家看看。”

矶川警部从包里取出那些东西时，我不由得睁大了眼睛。竟然是三枚金币！

“在座的英泉师父告诉我们，这三枚大金币就在不久前还安放在猿之凳的尸蜡的棺材里。英泉师父很早以前就知道此事，但他担心会打扰佛祖的清净，便没有动它们。虽说僧侣应该无欲无求，我还是要向英泉师父致敬。这若是换算成现在的价格，可是一笔不小的数目啊。还有，请允许我说点儿题外话，既然已经出现了这三枚金币，说明宝藏传说并非子虚乌有。要不要寻个机会去找找看？”

我和典子微笑着对视一眼，立刻又移开视线，不发一语。

“请问，那些金币是在哪里发现的？”典子恭恭敬敬地问道。

“啊，对了，我忘了说，是在美也子的文卷匣的底部发现的。仅凭这件事也能看出，美也子最近的确去过洞里。她或许是在小梅夫人被杀那晚发现这些金币的。她去确认尸蜡棺材时，小梅夫人和小竹夫人正好出现。或许是偶然碰上的，也可能是她特意等在那里，总之两人过来后，她突然从棺材上跳下，把小梅夫人勒死了。或许对她来说，小梅夫人和小竹夫人谁死都一样，但被雷劈死的是小竹杉树，所以她的本意还是想杀小竹夫人，这才在那张杀人名单上错误地划去了小竹大人的名字。”

“那个人……”我低声说道，“总是分不清小竹夫人和小梅夫人。”

“原来如此，所以说当时还是搞错了。小梅夫人被杀以后，以前看似毫无关联的受害者中第一次出现了两个有共同点的人，即久弥先生和小梅夫人。与此同时，我意识到田治见家仅剩的一人——辰弥君是新来的，所以暂时排除在外——春代小姐也有资格出现在凶手的名单上，即和森美也子一起列在寡妇这一项里。诸位可以想象当时我是多么吃惊。至此，作案动机终于浮现出来，凶手是想杀光整个东屋家族啊，此前所有的杀人都是为了掩饰这个目的。意识到这一点时，我太震惊了。因为我很早就知道美也子是凶手，于是试着把这个动机和美也子联系在一起思考。东屋整个家族被杀究竟对美也子有什么好处？并没有直接好处。可是，如果加入慎太郎，立刻就有了重大意义。西屋主人曾经告诉我，美也子在前夫死后曾打算和慎太郎先生结婚。于是我以为这次的案件是两人合谋。我这样想也无可厚非，因为我并不知道美也子和慎太郎之间微妙的心理斗争和意气用事。”

慎太郎目光暗淡地点了点头。现在想来，如果他肯抛弃那些所谓的意气、自尊，和美也子结婚，至少八墓村的杀人案就不会发生了。但那样他就娶了一个杀死自己前夫的女人。

“动机和凶手都弄清楚了，我究竟该采取怎样的对策呢？实际上，并没有什么好的解决办法。我手头没有任何可以揭发美也子和慎太郎——当时我这样认为——的材料，于是我只能等待。凶手迟早会向春代小姐下手，到时只要能抓住他……当时我这么打算。可是，唉，凶手远比我高明。我是这么分析的，美也子或许认为久野医生的遗体不可能被人发现，这点上她有些过度自信了，所以她打算将所有罪名转嫁到久野医生身上，让人们认为久野医生杀了所有人，然后畏罪潜逃。过上个半年一年的，即便那具尸体被发现，也已是一堆白骨了，不可能分辨出他和小梅夫人究竟谁先死掉。不，应该说，即便她在杀死小梅夫人之后接着杀死春代小姐，也能够做到让人们相信是久野医生干的，即认为久野医生失踪后，在洞穴里生存了一段时间，杀了小梅夫人，然后又杀了春代小姐，后来便逃进了洞穴深处，将那张杀人名单放在胸前，自杀了。她一定是想制造这样的假象。可是，当久野医生的鸭舌帽在小梅夫人尸体旁被发现时，我立刻就知道久野医生已经死了。正因为我坚持要搜查洞穴，逼得她不得不紧急变更计划。如果当时久野医生被发现，很快大家就会知道久野医生是死在小梅夫人之前，杀害春代小姐的罪名也无法转嫁给他了。于是，她必须选择一个新的嫁祸对象，那就是你，辰弥君。”

我已经隐约觉察到这一点，但被金田一耕助这样点出来，还是不禁感到一阵战栗。

金田一耕助的眼中流露出忧郁的目光。“不，应该说，即便没有发现久野医生的尸体，美也子早晚也会把你除掉。恐怕从她第一次去神户接你的时候起，就已下定决心不能让你活命。对了，美也子曾经说过，在她杀春代的时候，本来想在春代携带的便当里投毒，如此一来，人们就会认为你是凶手，在接连作案后陷入穷途末路，服毒自杀了。没想到你很快就赶来了，所以她没来得及下毒。”

我又打了个寒战。啊！按照她的设想，我无论怎样做都是死路一条。现在我能活在这世上简直是个奇迹。

金田一耕助的脸色越发暗淡了。“不过，在将辰弥君逼入绝境之前，美也子就想出了一条可怕的毒计，而且她施行得十分巧妙。她给警察寄密信，还在村公所张贴告示……没错，这些都是她干的。辰弥君，最初给你寄那封信、警告你绝不能回村的人不是别人，正是美也子。可是她竟然亲自去迎接你，就凭这一点，你也绝对不会怀疑她。她一方面给警察寄出密信，在村公所前张贴告示，另一方面又巧妙地煽动村民们。她嘴上不说怀疑你，却做出种种姿态，让老周和吉藏等人相信她也认为你就是凶手。于是，那场暴动终于爆发了。”

金田一耕助叹了口气。“我刚才说过，凶手的手法更胜一筹。暴动——谁能料到会发生这种事呢？事实上，回想一下那个时候我的表现，实在是太过手软了。就在我惊慌失措、坐立不安，一切都乱作一团的时候，春代小姐被杀害了。我说在这个案子里我没有起到任何作用，就是指这前后的事情。”

金田一耕助失望地闭上了嘴。过了一会儿，他又叹息似的喃喃道：“真是个可怕的女人，也是个厉害的女人。白天她用美貌和才气令所有男人为之倾倒，到了晚上则身着夜行衣变身为杀人狂魔，徘徊在洞穴深处。她是个天才型的下毒狂魔，也是个天才型的杀人凶手。这种人就是所谓的女妖吧。”

没人回应，令人窒息的沉默包围着我们。我突然大喊一声，打破了沉默。

“美也子究竟怎样了？她变成什么样了？没有人告诉我。她究竟怎么样了？”

人们顿时面面相觑。终于，金田一耕助清了清嗓子，说了一句话：“她死了。”

“死了？是自杀吗？”

“不，不是自杀。她临死的样子十分可怕。辰弥君，春代小姐和美也子曾经搏斗过。美也子就是因为被春代小姐咬伤，才死亡的。她临终的情形简直凄惨得无法形容。那个美丽的女人浑身肿胀发紫，被深入骨髓的痛苦折磨得满地打滚，就这样咽下了最后一口气。”

这时，我突然意识到，姐姐或许早已知情。虽然她不太可能预测到美也子会有这么凄惨的下场，可是她应该知道想要杀自己、被自己咬断手指的那个人的真实身份。虽说是在黑暗之中，但对方究竟是男是女，这一点她应该知道。一旦知道对方是女人，她就能大体猜出是谁了。没错，姐姐早就知道了，所以当我问她凶手是谁时，她才会露出那神秘的微笑。毕竟她还是忌讳说出那人的名字，但她心里明白，自己把那个人的小指咬成重伤，也算报了仇了。如此一想，美也子因那个伤口而落得如此凄惨的下场，或许也是姐姐的执念所致。想到这里，我不禁打了个冷战。

金田一耕助两眼无神，呆呆地望着远方，说了如下一番话，结束了说明。

"美也子最后死的时候真的很可怕，实在是令人毛骨悚然。可是她一死，一切就都随之埋葬了。与其说是为了美也子，倒不如说是为了我自己——在她断气之前，我必须引她说出实话。而且我手中并没有制胜的王牌，只能罗列出自己的推测。美也子何等聪明，一开始根本没把我放在眼里，只是发出冷冷的嘲笑。其实那是一种心理上的决斗，或者说是气势上的决斗更贴切一些。然而，当我说出慎太郎的名字，她瞬间就败下阵来。我乘胜追击，虚张声势地说道：'若是你什么都不说就死去，一切罪名都会落在慎太郎头上。'刹那间她就彻底投降了，拼命喊着：'不是！不是这样的！'她又说：'那个人——慎太郎君什么也不知道。全都是我一个人干的。这种事情一旦败露，他一定会瞧不起我。我原本想瞒着他，让他顺理成章地继承家业……'说着说着她潸然泪下，然后终于把一切都交代了。虽然她是个坏女人，可一想到当时她那绝望的叹息，现在我仍会感到一阵心酸。"

美也子说出一切后，便托金田一耕助往神户发了电报，将诹访律师叫了过来。诹访律师是第二天早上到的。她向律师托付完后事就断气了。那正好是我从洞窟获救的那一天发生的事，据说她在断气之前一直挂念着我的安危。

"好了，这下一切都结束了。"

就在事情经过全部交代完毕，所有人都沉浸在各自的感慨中时，突然从屋内一角传来一个开朗的声音。是诹访律师。

"既然该说的都说完了，就让咱们开怀畅饮吧！整件事情太过悲惨，心情沮丧得不得了。有没有什么令人高兴的话题啊？"

他眼里泛着泪光。他喜欢美也子。

我察觉到了他的心意。为了让大家转换心情，我站了出来。

“那么，我就不客气了。我有话要说，金田一先生。”

“嗯？”

“您曾经提醒我，千万别被吓着了。仔细想来，我自从来到这里，经历的尽是些令人吃惊的事情。所以，最后，该轮到我让大家大吃一惊了。”

所有人都诧异地看着我，不知我要说些什么。我和典子相视一笑。我的心狂跳起来，舌头有些不听使唤。我喝了口啤酒，定了定神，然后有些装模作样地说道：“金田一先生，您刚才说过，宝藏传说并非子虚乌有。没错，那不是梦，因为我发现了。”

在座的人顿时交头接耳起来。他们面面相觑，交换着眼色，似乎在说：“这家伙没事吧？”我再次和典子相视而笑。

“诸位，请不要担心。我没有疯，也不是在说梦话。今天晚上我将诹访律师请到这里，也是想拜托他这件事。当宝藏被发现的时候，它的所有权怎样界定？还有，该办理哪些手续？这些我都不知道。所以，我决定，将这件事全权委托诹访律师办理。还有一件事，我也想在此汇报给大家：我和典子结婚了，就在那个洞窟里……来，典子，快把那些黄金给大家看看。”

典子站起来，打开壁龛旁边的小壁橱，从里面取出许多枚金币。屋里顿时响起了暴风雨般的欢呼声和掌声……

大团圆

至此，我已经讲完了所有故事。我还是决定再多写几笔，给那些爱操心的读者一个交代。

大金币共有二百六十七枚，加上从美也子文卷匣里找出的三枚，一共二百七十枚。这个数目有些不上不下，很有可能是在龙之颚化作一堆白骨的那个和尚的同伙拿走了一些。至于这二百六十七枚金币的重量和含金量，按照时价换算出来应该是多少，就留待感兴趣的读者自己去计算吧。

我向慎太郎提出了放弃继承田治见家的申请，理由是我不知道自己究竟是谁的孩子。慎太郎默默地看着我，不一会儿，他摇了摇头。

“这可不行。辰弥君，按照你的说法，任何人都是一样。这世上有谁能坚定、明确地说出自己的父亲究竟是谁呢？知道答案的只有母亲。不，有时连母亲也不知道。”

我拿出在屏风中发现的龟井阳一的照片。“哥哥，请看这个。难道你认为现在我还有脸继承田治见家的财产吗？”

慎太郎一声不吭地仔细比对着照片上的人和我，突然握住了我的手。他是个十分刚毅的男人，但那一刻他眼中还是泛起了泪光。

慎太郎目前正为在八墓村建石灰厂一事四处奔忙。附近一带埋藏着数量惊人的石灰岩，可以做石灰的原料，就连专家都说，这项事业很有前途。

慎太郎是这样对我说的：“一旦在村子里建起新兴实业，掌握现代技术的人就会大量涌进来。如此一来，村民们的想法或许也会发生一些改变。这座可恶村庄的村民们对迷信之事深信不疑，除此之外，我实在想不出还有什么更好的方法可以纠正他们的想法。就算是冲着这一点，我也必须成功。”

还有一次，慎太郎说过这样的话：“辰弥君，我这一生都不会结婚了。这并不是出于对美也子的情意，我的经历已经让我变得怀疑女人、害怕女人了，想必这也情有可原吧。所以，你和典子要多生孩子。你们生下的第二个男孩就过继给我吧，我想让他继承田治见家，这样在道义上也算对得起你那不幸的母亲了。而且久弥君一直想让你成为这个家族的继承人，这样他的遗志也算是实现了。辰弥君，这件事你一定要答应我啊！”

我决定等到姐姐去世百日过后再出发去神户。诹访律师已在神户西郊为我们夫妇买下了一座新居。这世界真是奇妙。发现黄金的经过刚刚刊登在报纸上，就有许多人纷纷来找我借钱，还有不少人要借钱给我。看来穷人是找不到借钱途径的，有钱人则想借多少就能借多少。

我曾经邀请父亲住到我的新居里来，却被他断然拒绝。

“我有义务照顾师父，而且我这个老头子也不便介入你们新婚夫妇之间。等到我走不动的那一天，可能要麻烦你们照顾。在这之前，我要为那些死于非命的人祈祷，我想这是我想要的生活。”

为了向去世的姐姐献上微薄的心意，我决定不在这个家的屋檐下和典子行夫妻之礼。这件事也征得了典子的同意。但在百日忌辰前两三天，典子悄悄在我耳边说了一件事。

我不禁愕然。

我一直觉得，就是在那个洞窟里，我生命的第一个细胞在母亲体内萌芽了。现在，同样的事情在典子体内发生了。只一次就……不断重复的细胞的生命力是多么顽强啊！

我紧紧拥抱着典子，并在心中发誓，绝不让这个即将诞生的新生命再经历像我那样凄惨的前半生。